엔지니어
박 책임

엔지니어 박 책임

발행일	2022년 6월 27일

지은이	보정야		
펴낸이	손형국		
펴낸곳	(주)북랩		
편집인	선일영	편집	정두철, 배진용, 김현아, 박준, 장하영
디자인	이현수, 김민하, 김영주, 안유경, 신혜림	제작	박기성, 황동현, 구성우, 권태련
마케팅	김회란, 박진관		
출판등록	2004. 12. 1(제2012-000051호.)		
주소	서울특별시 금천구 가산디지털 1로 168, 우림라이온스밸리 B동 B113~114호., C동 B101호		
홈페이지	www.book.co.kr		
전화번호	(02)2026-5777	팩스	(02)2026-5747

ISBN	979-11-6836-349-6 03810 (종이책) 979-11-6836-350-2 05810 (전자책)

보정야 장편소설

엔지니어
박 책임

C++

베테랑 엔지니어가 소설로 완성해 낸
세계적 기업 엔지니어들의 도전과 모험, 실패와 성공!

북랩

작가의 말

길이 보인다.

오랜 시간 좁고 답답한 길을 가족을 건사하며 더듬어 더듬어 걸어왔다. 쉽지 않은 기간이었지만, 반드시 우리 앞에 길이 나타나리라는 믿음으로 버텨 왔다.

소설 『엔지니어 박 책임』을 통해 일반적인 가정의 가장들이 느끼는 무거운 책임감과 함께 그들이 감당해 내야 하는 현실적인 고통을 담아보고자 노력했다.

사실 엔지니어로서 살아온 나의 삶을 뒤돌아보니, 어떤 때는 많이 지치고 힘들었고, 또 어떤 때는 더할 나위 없이 즐겁고 행복했다. 항상 회사의 발전을 위해 노력하는 직장인으로서 매년 엄청난 혁신을 이루어 내는 애플, 삼성전자 등의 엔지니어들은 도대체 어떻게 일하는지 궁금했다. 소설 『엔지니어 박 책임』을 통해 보다 사실적으로 전문적인 엔지니어들의 세상을 그리면서 작가로서 나의 상상력을 극대화할 수 있어서 즐거웠다. 어디서나 천부적인 재능을 가진 사람들을 만날 수 있다. 또, 천부적인 재능을 갖고 있다고 항상 행복한 것도 아니다. 이 소설은 그런 일반적인 상황을 세심하게 그리고 있다.

소설 속에서 내가 꿈꾸는 혁신적인 제품들을 그려 냈고, 만들었으며, 생산해서 판매했다. 독자들에게 소개하는 나만의 스마트 기기들은 언젠가는 꼭 실현되리라 믿으며, 여기에서 끝나지 않는다. 더 많은 스마트 기기들을 창안하고 만들어 낼 것이다.

타국에서 생활한 지 벌써 10년이 되었다. 많은 가정이 아이들 교육 때문에, 한국의 삶에 지쳐서, 해외로의 이주를 생각하고 고민하고 있음을 잘 알고 있다. 그러나 내가 실제 겪어 보니 좋은 일보다는 결코 바람직하지 않은 일들을 너무 많이 경험하게 되었다. 해외 생활의 구체적인 경험담을 비롯해서 다양한 삶의 이야기를 '박 책임'을 통해 전개해 나가고자 한다. 독자 여러분의 깊은 관심과 사랑을 기대한다.

갈 길이 아직 멀다. 나의 길을 올바른 자세로 부지런히, 그러면서도 뚜벅뚜벅 천천히 걸어 나갈 것이다.

2022년 5월
북미 서부의 자그마한 도시에서
보정야

목차

✢

작가의 말　• 4

1/ 아이폰 아로마 골드　• 9

2/ 현미의 독성 실험　• 26

3/ 박 책임　• 49

4/ 캐나다 스타트업　• 78

5/ 한국에서 온 이메일　• 114

6/ 핑거슬림 LED TV의 비밀　• 167

7/ 포스코 잡을 기술을 가져와라　• 197

8/ 태스크 포스　• 225

9/ 흙마와 싸우다　• 246

10/ 플랜 B, EPS　• 280

1.
아이폰 아로마 골드

사부작사부작 내리는 꽃 같은 눈에 묻어 오렌지색 가로등 빛이 환히 흩뿌려 날린다. 미국 캘리포니아_{California}주의 쿠퍼티노_{Cupertino}는 겨울에 눈이 내리는 것이 꽤나 드문 곳임에도 오늘은 유난히 눈이 많이 내린다.

2019년 2월 22일 금요일 오후 6시, '애플 파크_{Apple Park}'로 불리는 애플 본사 4층은 한창 엔지니어들의 에너지가 넘쳐 나고 있었다. 애플 파크에만 설치되어 있는 스마트 신호등 위로 수북이 쌓인 눈이 B 연구동 4층 유리창 밖으로 보인다. 초록, 빨강, 주황색 교통신호 외에도 오늘 밤과 내일의 날씨뿐만 아니라 쿠퍼티노 주변의 교통 정보까지 실시간으로 계속해서 표시된다. 작년 이맘때부터 갑자기 부산스럽게 떠들더니, 마이클 상무가 결국은 제품화해 냈던 것이다. 러시아, 중국을 비롯한 미국 전역에서 스마트 시티 설계와 더불어 스마트 신호등이 검토되고 있다고 했다. 특별히 현재 신도시 건설이 진행되는 캘리포니아주 마운틴뷰Mountain View에도 저 스마트 신호등이 설치되어 스마트 시티를 완성하게 된다. 그런대로 스마트 시티에 어울리는 스마트 신호등으로 봐 줄 만했다. 55인치 LCD 패널에 신호등 프레임과 애플 로고를 박아 넣어서 애플의 스마트 신호등이 완성되었다. 교통 정보를 수집하는 것뿐 아니라, 패널마다 달려 있는 카메라로 모아지고 접수된 범죄 정보도 자체 인공지능AI, Artificial Intelligence이 분석해 스마트 시티 개발 계획을 세우는 데 활용되도록 했다.

"'향기를 찍는 아이폰iPhone' 어디쯤 되어 가고 있어? 완벽하게 제품이 나오기 전까지는 절대 발설하면 안 되고, 아예 말들을 하지 마. 걔네들 폴더블foldable에서 허탕치고 있을 때 우린 한참 앞서 나가야 해."

성큼 성큼 걸어 들어온 마이클Michael 상무가 매섭고 냉정한 눈빛으로 사무엘Samuel 장 부장을 쳐다본다.

"네, 상무님. 향기를 조합할 수 있는 기본 향기 요소를 연구하고 있습니다. 색깔 조합과 달리 향기 조합을 위해서는 네 가지 필수 향기와 활성화효소가 필요한 것으로 확인했습니다."
"그래? 빛은 RGBRed-Green-Blue면 되잖아. 향기는 다른가 보네?"

마이클 상무가 아는 척한다.

"네, 시각과 후각의 차이 때문에 그렇습니다. 시신경이 감지하는 빛의 파장과 달리, 향기는 특정 물질에서 나온 분자가 코 속의 후세포를 자극해서 감지되는 특징이 있습니다. 공기 중에 확산된 가스 상태의 분자가 점막에 닿으면…."

"아, 그래, 됐어. 대충 아니까 그렇다 치고. 언제까지 되겠어?"

"네. 이번 달 안에 네 가지 필수 향기 요소에 대해 정의하고 분석한 다음 보고드리겠습니다. 그리고 다음 달 안에 향기 카트리지 샘플을 제작하도록 일정 조율하겠습니다."

"음… 좋아 좋아. 내가 장 부장 좋아하는 건 다들 알지만, 항상 저렇게 준비가 철저하고 일정이 탁탁 나오잖아. 다들 말로만 '이거 한다, 저거 한다' 그러지, 장 부장처럼 일정에 맞게 샘플 갖고 오는 경우가 없어…. 눈 씻고 찾아봐도 없어. 정말 드물단 말야."

사무엘 장 부장이 살짝 미소를 머금는다. 잠시 잠깐 스콧Scott의 미간이 씰룩거린다.

삼성전자, 화웨이Huawei가 폴더블폰에 집중하고 LG전자는 듀얼폰dual phone이며 롤러블폰rollable phone 기술에 진입했다고 할 때, 애플은 차세대 스마트폰의 혁신으로 향기를 찍는 아이폰을 연구하고 있었다. 그게 성공하는 날에는 스티브 잡스Steve Jobs가 얘기했던 '스마트 카메라'가 한 단계 업그레이드되어 향기도 찍고, 순간도 찍는 형태로 출시될 수 있는 것이다. 향기를 찍는다는 것은, 향기를 직접 감지하고 재생산해 내는가 아니면 디스플레이 정보를 바탕으로 향기를 선택하는가의 문제로 나눌 수 있다. 어느 쪽이 바람직한지를 결정해야 한다. 화면 인식 기술이 발달되어 있는 상태에서 디스플레이 정보를 바탕으로 향기를 제어하고 분사하는 쪽으로 방향을 잡는다.

'딥 러닝Deep Learning이라잖아!'

사무엘 장은, 화면을 학습하는 인공지능이 탑재된 아이폰을 이용해 촬영자가 향기를 고르거나 아니면 향기가 자동 선택될 수 있도록 하면 좋겠다고 생각하고 있었다. 그는 이번이 임원으로 승진할 절호의 기회라는 걸 직감적으로 느끼고 있었다.

"그건 그렇고, 현미玄米의 독성 실험 어떻게 됐나? 한국 사람들이 관심 있는 거, 괜히 그러는 거 아닐 가능성이 크잖아. 내가 내준 숙제라고 대충 하지 않았으면 좋겠어. 당신네들 '팀 360'의 창의적 발상에 기대해 볼거야. 특별히 이번 보고서는 SCIScience Citation Index급 논문 형식에 맞춰서 제출하도록 해. 자꾸 논문 써 버릇해야지 실력이 녹슬지 않잖아. 한번 잘 해 보라구."

마이클 상무가 지난번에 언급했던 현미의 독성 실험에 대해 또 확인한다. 사무엘 장 부장을 쳐다보는 선임 엔지니어 스콧의 미간이 다시 한번 살짝 움직인다.

'현미의 독성이라니!'

마이클 상무가 떠난 사무실은 생각보다 크고 고요했다. 당장에 사무엘 장 부장이 스콧에게 다그친다.

"작년에 그 녀석이 네 가지 정도라고 했었지? 스콧. 그게 뭐였더라? 무슨 메마른 가지에 비둘기 똥 떨어지는 소리를 했었는데 말이지."

"아마 마른 향기, 습한 향기, 그리고 중심 향기와 주변 향기였던 걸로 기억합니다."

"역시 스콧이야, 대단해. 아니, 너 그걸 다 외우는 걸 보니, 너도 뭔가 되겠다는 생각을 했나 보구나. 스콧."

가볍게 고개를 끄덕이며 더 이상 말을 꺼내지 않는 스콧은 무심한 듯 어깨를 들썩하며 애써 창문을 쳐다본다. 그냥 일이나 열심히 해야지, 괜히 사무엘 장 부장에게 더 아는 척하다가 밉보이면 신상에 좋지 않다는 것은 모두가 아는 사실이었다.

캐나다 앨버타Alberta주의 에드먼턴Edmonton에서 나고 자라, 앨버타주립대학University of Alberta에서 기계공학을 전공한 스콧 에버린은 캐나다인이었다. 대학을 들어갈 때만 해도 오일 가격이 배럴당 100불을 상회하면서, 졸업만 하면 연봉 8만은 보장이 되어 어디든 골라 갈 수 있었다. 그랬건만, 2014년 말 이후로 오일 가격의 하락 때문에 돌고 돌아 여기까지 왔다. 애초에 애플에는 오고 싶지 않았다. 이런 분위기, 그에게는 별로였다. 캐나다인에게 군대 문화를 방불케 하는 애플의 대기업 문화는 결코 호락호락하지 않았다.

더군다나, 그의 상사인 사무엘 장 부장은 아름다운 성품을 지닌 인간이 아니었다. 기본 역량은 되는 사람이다. 그러니까 애플에 근무하고 있는 거지. 다만, '결출하다'거나 '뛰어나다'거나 '깜짝 놀랄 만큼 대단하다'거나 하는 수식어가 어울리지는 않는 사람인 거야. 스티브 잡스의 말도 참 잘 갖다 베껴요. 훔치는 데는 선수라는 거지. 애플에 근무하다 보면 많이 보이는 스타일인 거야. 아니, 세상에서 나름 성공했다고 인정받고, 경제적으로도 여유 있는 대부분의 인간들에게서 발견되는 공통분모일 테지. 기본 역량은 갖추고 조직의 규모에 기대어 적절히 훔치고 베끼고 그 안에서 쪼그마한 창의성이라도 있을라치면 과대포장 하는 것 말이야. 근데, 정말 우습고 기가 막히는 건, 그게 통한다는 것일 테고, 그것이 통하는 세상이 잘못된 건지, 아니면 거기에 끼지 못한 내가 잘못된 건지 헷갈린다는 거지.

"보스턴컨설팅Boston Consulting Group에서 신세대의 향수 취향 변화에 대한 보고서 도착했지? 요즘엔 니치 향수라고 고급 향수에 대한 수요가 갑자기 많아졌다면서? 패션 감각이 시각에서 후각으로 전이된 것이 상당하다는 결과 보고서라고 들었는데, 맞나?"

"네, 부장님. 확실히 신세대들의 향수에 대한 관심이 깊어진 것은 사실이라고 하고요. 향기를 찍는 스마트폰, 향기를 찍을 수 있는 카메라를 개발한다면 성공 가능성이 대단히 높다는 조사 보고서를 보스턴컨설팅에서 받았습니다."

"그래, 그건 좋아. 그건 그렇고, 스피커에 향기 분사 구멍을 함께 설계한다고 했잖아? 간섭 없겠어? 설계 공간이 있나?"

"뭐, 만들어야죠. 할 수 있을 것 같습니다. 다음 주까지 CADComputer Aided Design 설계 잡아 내고 보고드리겠습니다."

"그래, 수고가 많아. 공차 확인해서 스피커 기능에 문제 되지 않도록 조심해 주고. 향기 카트리지는 탈부착이 쉽고 안전해야 할 텐데, 어디에 어떻게 설계하고 있지?"

"어차피 향기 카트리지는 넣을 수 있는 여유 공간이 한정되어 있습니다. 배터리 옆 하단부인데요. 낙하 실험만 잘 통과하면 나머지는 걱정하지 않으셔도 될 것 같습니다. 네 가지 기초 원소가 종이 카트리지에 코팅되어 키트 속에 들어가고 키트를 아이폰 뒷면에 끼워 넣을 수 있도록 설계하겠습니다."

"실험에 대해서는 걱정 안 해도 되잖아. 낙하 실험이야 뭐 한두 번 해 본 것도 아니고… 뭐 걱정할 게 있겠어? 빨리 설계 끝내고 실험해 보자구. 그리고는 현업 개발 팀으로 부지런히 넘겨서 양산 준비시켜야지. 하여튼, 마무리 설계에 최대한 집중하라고."

한참 스콧에게 닦달하던 사무엘 부장이 어느 정도 만족을 했는지 엷은 미소를 띠며 자리를 옮겨 건너편의 제임스James에게 다가간다. 아마도 개발 과정이 더딘 스마트 쿠커smart cooker에 대해 쪼아 대기 시작할 것이다.

❖

　오랜만에 일찍 퇴근한 마이클은 반갑게 맞아 주는 딸 케일라Kayla와 가볍게 포옹을 하고는 아내 샤론Sharon에게 키스한다.

　"아빠, 오늘은 정말 일찍 퇴근하셨네요. 마지막으로 저녁 식사 함께 한 게 한 달도 넘은 것 같아요. 많이 바쁘신가 봐요."

　"그래, 케일라. 많이 바쁘구나. 요즘엔 어떠니? 공부하느라 지치고 힘들진 않니?"

　"힘들긴요, 뭘… 다들 하는 건데요. 얼마 전에 한국에서 장유림이라는 친구가 유학을 왔거든요. 옆자리에 앉게 되어서 문제 푸는 걸 봤는데, 한국에서는 특목고 간다고 어려운 문제들을 푼다네요. 선행 학습을 한다나 어쩐다나 하면서요. 근데, 그게 수열 문제였는데, 저도 잘 모르겠더라구요. 아빠 오시면 물어보려고 했죠."

　"그래? 그러자꾸나. 오랜만에 솜씨 좀 발휘해 볼까나?"

　마이클 상무는 집에 일찍 올 때면 항상 딸 케일라의 공부를 봐주곤 했다. 케일라 역시 아빠와 함께 자신의 학업과 성적, 그리고 학교 친구들에 대해 얘기 나누는 것을 좋아했다. 키우기 어렵지 않은 착하고 공부 잘하는 모범생 딸이었다. 소위 '엄친딸'이었다. 케일라가 공책에 적어 온 수열 문제는 다음과 같았는데, 마이클이 한참 쳐다보더니 가벼운 미소를 띠며 수열에 대해 언급한다.

$$131. \ 228. \ 331. \ 430. \ 531. \ 630. \ 731. \ \boxed{?}$$

"흠… 케일라, 먼저 수열이 뭔지 얘기해 볼까? 수의 나열이라고 단순히 얘기할 수 있지만, 아빠는 항상 그랬던 것처럼 조금 더 깊이 있게 얘기해 보고 싶구나. 숫자들의 나열에서 상호 간의 관계를 분석하고 파악한 후에 과거를 잘 살펴서 미래를 예측하는 것이 수학에서 수열을 배우고 익히는 근본적인 이유이고 원리겠지. 저 문제를 잘 보자. 숫자 사이사이에 무슨 관계가 있을까? 소위 패턴이란 것을 찾아야 할텐데 말야."

"글쎄요, 맨 앞의 숫자는 1씩 커지고 있고 두 번째 숫자인 228만 빼면 731 다음에는 830이 오겠다고 예상할 수 있잖아요. 근데, 228이 도대체 설명이 안 되거든요. 그리고, 일정한 숫자가 더해지는 것도 아니고, 일정한 숫자를 곱하는 것도 아니고요. 숫자가 커지고 있고 830이거나 그 근처의 숫자라는 것을 빼고는 확실하지가 않아요. 친구 유림이도 그래서 저에게 물어본 것이구요. 걔, 수학 디따 잘하거든요. 미분 적분도 다 공부해서 왔더라구요."

"그러면, 아빠가 문제를 좀 바꿔 볼게, 한번 풀어 봐요."

$$131. \ 228. \ 331. \ 430. \ 531. \ 630. \ 731. \ \boxed{?} \ . \ 930. \ 1031. \ 1130. \ 1231$$

"이젠 좀 알겠니?"
"흠… 글쎄요. 아까 얘기했던 것 이외에 별로…"

"달력을 생각해 봐. 첫 숫자는 달month이고 나머지 두 개의 숫자는 마지막 날day라고 하면 일정한 패턴이 되는 거라고 할 수 있을까? 규칙이 보이고 말이 되니? 8월 달 마지막 날이 며칠이지? 31일이지? 그러니까 답은 831 같구나."

"아… 말이 되네요. 수의 나열에는 꼭 규칙적으로 뭔가를 더하거나 빼거나 곱하거나 나누거나 무슨 신비한 비밀이 있는 줄 알았는데, 기껏해야 매일 보는 달력을 수열로 문제를 내다니… 에이, 실망이에요."

아직 수열이 무엇인지 충분히 이해되지 않은 것이다. 충분하게 설득되지 않았기에 불규칙한 패턴을 불편하게 느끼는 것이다. 그것을 한편으로 치워 두고 마이클은 케일라에게 가볍게 키스하면서 머리를 쓰다듬어 주었다. 잘하고 있다는 표시였다.

"아빠, 근데 또 하나 더 질문이 있어요. 요즘 인수분해 공식을 외우고 있거든요. 근데, 엄청 많아요. 인수분해를 도대체 왜 하는 거예요? 왜 인수분해 공식을 외워야 하는지 모르겠고, 양은 많고 헷갈리고…. 점점 수학이 재미가 없어져요."

큰일이다. 점점 외워야 하는 양이 많아지고, 수학은 원래 이해하는 학문으로 통해서 외운다는 것이 전혀 없다고 듣고 자란 아이들이 아닌가. 근데, 공식을 외워야 하는 시기가 있고, 그게 또 갑자기 엄청난 양이 되니, 당연히 싫증이 날 수 있다. 마이클도 자신의 학창 시절에 왜 인수분해를 해야 하는지도 모르는 채, 무조건 외우고 풀고 하면서 싫증 냈던 기억을 되살린다. 왜 인수분해를 해야 하는지 충분히 이해하고 있는 마이클은 웃으면서 케일라를 설득한다. 케일라는 아빠의 설명에 오랜만에 크게 웃으면서 내일 유림이한테 자랑할 거라고 하고는 저녁 식사 중에 엄마 샤론에게 신나서 설명을 한다. 샤론은 흐뭇하게 케일라의 설명을 들으면서 오랜만에 일찍 퇴근해서 케일라의 교육에 신경 써 주는 남편 마이클에게 고마움을 느낀다. 오늘 저녁에는 특별히 근사한 서비스를 해 주어야겠다는 생각을 한다.

샤론이 밝은 표정으로 와인과 안주를 준비해서 마이클 옆에 앉는다.

"저녁 맛있었어. 연어구이 오랜만에 맛있게 먹었네. 어디서 산 거야?"

"어디긴요? 맨날 똑같죠. 코스트코Costco. 오전에 갔는데, 꽤 싱싱한 연어가 있길래 샀죠."

마이클은 언제나 식사 후에 샤론을 칭찬했다. 맛이 있건 없건 상관없었다. 무조건 맛있다고, 잘 먹었다고 했다. 그게 음식을 준비하는 데 고생한 사람에게 취해야 할 당연한 태도라고 했다. 그의 사려 깊은 태도는 팀 360의 팀원들에게 존경을 받으며 팀이 하나 되어 계속해서 힘든 프로젝트를 밀고 나가는 데 기초 체력이 되었다. 마이클 상무가 아니면 팀 360의 난해한 프로젝트 대부분은 팀원들이 버텨 내지 못했을 것이었다.

"당신 올해 연말에 전무 승진하는 거 맞죠?"

"글쎄, 두고 봐야지. 아직 케일라에게는 얘기 꺼내지 말아요. 지금 하고 있는 프로젝트가 성공하면 작년에 스마트 신호등에 이어 향기를 찍는 아이폰까지 연속으로 성공하는 거니까 가능성이 굉장히 높긴 하지만 말야."

"연봉은 얼마나 올라요?"

"활동비는 지금처럼 1억 그대로고, 연봉은 지금의 두 배 정도 된다니까 아마 15억쯤 되겠지? 그리고, 승용차가 업그레이드되고 기사가 딸려 나온다고 하더군."

"아우, 좋아라. 꼭 프로젝트 성공했으면 좋겠어요."

"혹시 안 될 수도 있으니까 케일라에게는 절대 얘기하지 말고, 자기도 너무 크게 기대하지는 말아요. 팀원들이 잘하고는 있지만, 워낙 쉽지 않은 일이라서 말야."

"네."

와인을 주고받으며 승진과 연봉 얘기를 나누던 샤론과 마이클은 케일라 교육 문제로 이슈를 옮겨 갔다. 케일라를 토머스제퍼슨과학고Thomas Jefferson High School for Science and Technology에 이어 스탠퍼드대학Stanford University에 입학시키기 위해서는 부모로서 도와주어야 할 일들이 꽤 많았다. 특목고와 명문대에서 특별한 재능을 보이는 학생들을 위한 특별 전형 제도를 운영하고 있기 때문에 샤론과 마이클은 그 제도를 최대한 이용하고자 했다. 마침 케일라가 잘 따라 주고 있었다. 이는 대부분의 애플 엔지니어들도 마찬가지였다. 자녀 교육 때문에 박사 학위를 가진 엔지니어들끼리 모임을 만들어 자녀들 모임에 순서대로 튜터링 tutoring을 해 주고 엄마들끼리 입시 정보를 공유하는 등 난리 법석이었다. 샤론은 남편이 임원인 상무라서 일반 직원들의 엄마들 모임에 끼기가 조금 어색했다. 그래서, 더욱더 열심히 교육 제도에 신경을 썼다.

"케일라 논문이 아직 두 개밖에 안 되고, 그것도 중학교 1, 2학년 수준이라 조금 더 좋은 논문을 써야 할 것 같은데, 당신이 『총, 균, 쇠Guns, Germs, and Steel』의 저자인 UCLAUniversity of California, Los Angeles의 재레드 다이아몬드Jared Mason Diamond 교수에게 부탁해 본다고 하지 않았어요?"

"아, 그 양반 이번에 UCLA 지리학, 생태학과에서 스탠퍼드 지리생물학과로 옮긴다고 하시더라구. 케일라에게는 정말 잘되었지 뭐야. 우리 팀에 우선 케일라에게 적당한 주제로 논문 쓰는 연습을 시켜 주도록 숙제를 주었으니까, 그걸 가지고 재레드 교수에게 정식으로 도움을 요청하도록 하자구. 그게 올바른 방식일거야. 괜히 재레드 교수에게 폐 끼치면 안 되잖아."

마이클은 테슬라Tesla의 일론 머스크Elon Musk가 뇌신경에 관련해서 백서White Paper를 발표한 사실과, 그리고리 페렐만Grigori Yakovlevich Perelman이 아카이브라고 공개된 웹사이트에 앙리 푸앵카레Henri Poincare의 추측에 관련된 세 편의 논문을 발표하고 러시아 숲속으로 사라진 사실을 샤론에게 재미있게 설명하고는, 오랜만에 와인 한 병을 다 마시도록 취했다.

취한 상태여서인지, 평소에 일론 머스크가 스탠퍼드 박사 과정 중퇴라고 학력을 밝히는 것이 못마땅해서 그랬는지 알 수 없지만, 마이클은 일론 머스크가 대중을 상대로 학력 위조를 했다고 했다. 스탠퍼드에 합격하지도 않았거니와 등록한 적도 없는데, 사업을 시작하기 위해 학력을 고의로 부풀렸다고 했다. 이미 억만장자가 되어 테슬라와 스페이스X가 크게 성공을 거둔 일론 머스크의 학력에 대해 샤론은 크게 의미를 두지 않았는데, 나중에 마이클의 말이 어렴풋이 기억나게 될 줄 이때는 미처 몰랐다.

❖

'따르릉, 따르릉'.

"여보세요. 팀 360의 선임 엔지니어 스콧입니다."

"안녕하세요, 스콧. 구매 팀의 김영준입니다. 지난번에 말씀하신 향기 개발 어떻게 되어 가고 있나요? 요청하신 대로 한국의 LG화학과 한화종합화학에 연락해 놓았구요. 다음 주 중에 컨퍼런스 콜conference call을 하자고 하는데, 괜찮으신가 해서요."

"아, 네. 그렇게 하시죠. 저는 시간 괜찮습니다. 김 과장님이 시간 정하시고 제게 이메일 주세요."

"그렇게 하겠습니다. 그리고, 일본의 도레이화학Toray Chemical과 스미토모화학Sumitomo Chemical은 연락은 했는데, 아직 답장은 없었어요. 다음 주 중에 다시 한번 확인하겠습니다. 근데, 어떻게 알았는지, 한국의 웅진 케미칼에서도 연락이 왔었어요."

"어? 정보가 새는 거 아닌가요? 조금 조심했으면 좋겠는데요. 마이크 상무가 바깥으로 새지 않도록 하라고 신신당부하셨거든요."

"그래서 말씀드리는 거예요. 구매 팀에서는 저밖에 모르고, 저는 무슨 개발을 하려고 하는지 전혀 언급하지 않았어요. 그냥 개발 팀에서 차기 아이폰 개발과 관련해서 당신네 회사와 미팅을 하고 싶다는 정도만 얘기했거든요. 근데, 혹시 개발 쪽에서 얘기가 새어 나가는 건 아닌가 해서요."

"그럼, 저도 이쪽 다시 한번 확인하겠습니다. 그건 그렇고, 3M은 어떻던가요? 관심이 있던가요?"

"글쎄요. 3M은 워낙에 저희 애플도 우습게 아는 회사라서요. 제가 미팅하자고 했더니, 무슨 개발이냐고 내용을 알아야 미팅을 할 거 아니냐고 대뜸 이메일로 자세한 내용을 알려 달라고 그러네요. 그렇지 않으면 바빠서 미팅에 응할 수 없다고 그러더라구요. 참 나… 기가 막혀서. 뭐 한두 번 당하는 것도 아니니까 저는 뭐 괜찮습니다만."

"아, 그러면 3M은 그냥 두세요. 수고하셨습니다. 우선 믿을 만한 LG 화학이 나섰으니까 거기에 집중하고 삼성을 합병한 한화종합화학도 공격적으로 달려들 테니, 투 트랙two track 전략으로 하시죠. 그리고, 웅진은 아직 약속 잡지 마시고요. 혹시 일본 업체들이 연락이 되면 바로 알려 주시면 좋겠습니다. 한국 기업들은 삼성전자랑 LG전자 때문에 워낙 조심스러운 데다 서로 형님 동생 하는 사이들이라 정보가 아마 바로 새지 싶어요."

"그러게요. 한마디 하면 열 마디로 메아리쳐 돌아오니, 황당하죠. 그래도, 자기들끼리 북 치고 장구 치고 할 때 저희는 또 저희 전략대로 계속 연구에 집중하면 되겠죠. 어쨌거나 이번 개발 건 미리 구매 쪽에 연락주셔서 감사하고, 잘되었으면 좋겠습니다. 자주 연락드릴게요."

"네, 과장님. 고맙습니다. 오히려 제가 감사하죠. 이렇게 적극적으로 도와주시니까요. 계속 이메일도 비밀 참조하고 업데이트해 드리겠습니다."

"그건 그렇고, 혹시 아로마조인Aromajoin이라는 일본 벤처기업 아시나요? 제가 혹시 몰라서 구글링해 봤더니 벌써 향기 관련한 개발이 시작되었던데요. 그쪽이랑 연락할 필요는 없는지 모르겠네요?"

"아, 아로마조인. 삼성에서 투자한 일본 회사죠. 잘 알고 있고요. 그쪽이랑 접근이 다르니까 크게 신경 쓰지 않으셔도 됩니다. 여하튼, 감사합니다. 그럼 수고하시고 좋은 하루 보내세요."

"네, 스콧도 좋은 저녁 보내시고요."

아로마조인.

한국 국적의 연구원이 2012년 일본에서 설립한 벤처기업이다. 전자 방향 장치인 카트리지를 포함한 아로마 슈터Aroma Shooter가 컴퓨터 프로그램과 연동되어 영상을 분석해서 향기를 분사한다. 사무엘 장 부장이 생각하고 있는 그 방식이다. 다만, 그들은 향기를 구성하는 기본 향기 요소에 대해서는 접근 방식이 다르다. 우리처럼 모든 스펙트럼으로 조합을 생각하지 않고 여섯 가지 기본 향기만으로 조합을 단순화했다. 그럴 수밖에. 벤처기업의 한계라고들 한다. 기본적으로 양산을 염두에 두고 있는 애플과 최선을 희망하지만 최악을 준비해야 하는 벤처기업은 기본 접근 방식이 다를 수밖에 없었다.

스콧은 다시 한번 정신을 가다듬는다. 역시나 사무엘 장 부장이야. 이기는 싸움을 시작하려는 거잖아! 그런 면에서는 사무엘 장 부장이 새삼스럽게 믿음직스럽다.

창밖을 쳐다보니, 눈바람이 세차게 몰아친다. 에드먼턴에서 캘거리 Calgary로 세 시간을 운전해 갈 때, 마치 그 엄청난 눈바람이 차창에 부딪쳐 오듯, 창에 부딪치는 눈보라를 다시 경험한다. 오늘따라 쿠퍼티노의 괴팍한 날씨가 스콧의 마음을 뒤흔든다. 그렇게 에드먼턴과 캘거리를 회상하며 잠시 쓴웃음을 짓는 스콧 뒤로 시니어 엔지니어 한 명이 해맑게 웃으며 다가선다.

"무슨 생각해, 스콧?"

데이비드 메이어가 훤히 벗겨진 대머리를 쓰다듬으며 스콧에게 다가와 말을 건다.

2
현미의 독성 실험

멋지게 기른 하얀 수염이 대머리 스타일과 잘 어울리는 데이비드 메이어David Mayer는 머리를 한 번 쓰다듬고는 자신의 트레이드마크인 흰 수염을 만지작거린다. 오늘따라 싱글벙글 기분이 들떠 있는 게 뭔가 해결이 된 표정이다. 팀 360에서 가장 나이가 많은 데이비드는 산전수전 다 겪어 낸 노장 엔지니어의 생존력이 돋보이는 사람이다. 언제나 긍정적이고 밝고 활기차며, 걱정하는 모습을 본 적이 없다. 과연 자존감이 뛰어난 인간인지 아니면 그 모든 걸 감추고 속에는 호수의 백조처럼 쉴 새 없이 파닥거리는 계산이 존재하는지 알 수 없는 사람이다.

"아, 데이브. 그냥 캐나다에서 있었던 일을 잠시 생각했어요. 무슨 일로 이렇게 기분이 좋으신 거예요?"
"나야 언제나 기분이 좋지, 뭐. 그건 그렇고, 현미의 독성 실험에 대해 생각 좀 해 봤어? 샘 부장은 별로 관심이 없으니, 나라도 챙겨야지,

안 그래? 아까도 마이크 상무가 한마디 했었잖아. 잘 생각해 보라고."

"아니, 그러니까요. 저는 너무 황당해서…. 갑자기 무슨 현미의 독성 실험이래요?"

"하하. 너 마이크 상무의 생존력 잘 알지 않냐. 어디엔가 필요한 거겠지, 설마 쓸데없는 일 시키겠니?"

"네? 생존력이요? 생존력 하면 당신, 데이브잖아요. 바퀴벌레의 생존력을 능가한다는 데이브의 생존력."

"뭐? 바퀴벌레의 생존력이라고? 하하하, 칭찬인지 비아냥인지는 모르겠지만, 맞는 비유인 것 같구나. 바퀴벌레의 생존력. 그래, 나야말로 바퀴벌레보다 더한 생존력의 소유자지, 여기 애플에서는."

후배의 입에서 나온 말이지만, '바퀴벌레의 생존력'이라는 말에도 전혀 개의치 않는 데이비드 메이어는 정말이지 미국과 캐나다에서 직장 생활만 30년의 경력을 갖고 있었다. 엔지니어로 30년의 직장 생활 동안 경험한 구조조정만 몇 번인가. 그 살벌한 전쟁터에서 가족을 지키고 본인의 커리어를 지켜 나가는 데 신물이 날 만도 했다.

"저는 잘 모르겠어요. A동 연구소의 스티브 잡스 실험실에 현미를 보내서 독성이 있는지 분석해 달라고 하면 당장에 미친놈 취급할 거구. 뭘 어떻게 해야 할지. 정말 모르겠다니까요. 샘 부장님은 뭐라고 하세요?"

"샘 부장이야, 아까 얘기했잖아. 관심 없다고. 결국은 너랑 나랑 저기 엉뚱한 짓 하는 제임스랑 해결해야 하는 거야. 몰랐냐? 어차피 제임스는 스마트 쿠커에 빠져 있으니, 저 녀석에게 어떤 아이디어 기대하는 건 무리인 것 같고. 너도 별수 없구나. 스콧."

"네, 데이브 아저씨. 전 정말 아무 생각도 없다니까요."

"그럼, 내가 실험하고 아이디어 낼 테니, 너는 논문 형식으로 쓰는 거나 해라. 석사 논문 써 봤으니, 알 거 아냐. 논문 어떻게 쓰는지. 나는 학부만 나와서 논문하고는 거리가 멀어요. 하하하."

앨버타주립대학에서 석사 학위를 받은 스콧 애버린에게 논문 쓰는 일은 어렵지 않은 일이었다. 데이비드가 적절히 쓸 거리를 준다면 논문으로 쓰는 일은 일주일 정도면 끝날 일이었다. 데이비드의 목소리 톤이 높은 것으로 보아, 아마도 무슨 생각인지 틀림없이 또 우스꽝스럽고 창의적이지만, 전혀 근거가 없는 이야기일 게 뻔했다. 그럼에도 그의 아이디어는 항상 통했다. 신기하리만큼 마이클 상무에게는 통하는 아이디어를 내놓곤 했다. 물론, 항상 사무엘 장 부장에게 공을 돌리곤 했고, 사무엘 장 부장은 데이비드의 아이디어 자체는 우습게 생각했어도 그의 아부하는 듯한 태도에 대해서는 언제나 A 고과로 보상을 해 주고 있었다. 이번에도 올해 고과를 벌써 선점했다는 듯한 표정이다. 스콧은 그게 무슨 아이디어일지 궁금했다. 설마하니, 원심분리기로 종류별 현미 전체를 사다가 하나하나 다 원소 분리를 하고, 그것을 지명도 있는 실험실에 의뢰해 결과 분석을 한다? 아니야. 그건 내 생각이고, 데이비드는 다를 거야. 하여간 그의 아이디어가 궁금했지만 더 급한 것은 기본 향기로 판명된 네 가지 원소를 고체로 추출해 내는 것이었다. '마른 향기, 습한 향기, 중심 향기, 주변 향기'로 명명한 탄소를 중심으로 한 향기의 기본 4 원소를 고체로 만들고 그것을 가열하되 활성화효소를 조절하면 1,000가지에 이르는 별의별 향기를 스펙트럼으로 다양하게 조합할 수 있었다. 과연 사무엘 장 부장은 대단했다. 훔친 아이디어를 현실화하다니⋯ 아무나 할 수 있는 게 아니었다. 아니, 그 에드먼턴의 괴물, 이름이 제이슨Jason이었나? 그 한국인이 궁금해졌다. 에드먼턴에 있다면 과연 무얼 하면서 살고 있을까? 그토록 엄청난 재능을 갖고서, 왜 에드먼턴에 가 있는 걸까? 스콧은 또다시 자신의 생각이 에드먼턴에 가 있다는 사실을 인식하고는 정신을 차려야지 했다. 에드먼턴에 젖어들면 안 돼. 그러면, 또다시 지옥이야.

❖

일주일 후, 드디어 데이비드가 실험결과를 가져왔다. 스콧은 벌어진 입을 다물 수 없었다. 현미의 독성 실험을 잔디 씨앗으로 했다니. 저 사람 정말⋯

"우하하하, 스콧. 이 결과 보고 놀랐지? 어떤가, 내 아이디어가?"
"어⋯ 근데, 데이브 아저씨, 죄송하지만, 과학적으로 증명이 된 게 아닌 것 같은데요. 괜찮을까요? 그리고, 이 결과를 논문으로 써서 어디다 제출하죠? 어떤 저널에서도 안 받아 줄 건데요. 또, 걱정되는 건 저희는 전공이 기계나 재료공학이잖아요. 생물학 전공자는 한 명도 없는데, 어떻게…."

"스콧. 너 뭔가 잘못 생각하고 있구나. 우리는 지금 저널에 실리는 논문을 쓰는 게 아니라구. 더군다나 그런 비슷한 흉내를 내는 애플 논문상에 제출할 것도 아니고. 다만, 마이크 상무의 딸이 올 가을에 토마스제퍼슨과학고에 지원한다고. 그리고는 아빠가 나온 스탠퍼드에 지원하겠지? 그러기 위해선 다양한 논문이 그 아이 수준에서 꾸준하게 필요하다구. 우린 지금 그중에 하나를 대신 해 주고 있는 거야. 중학생 수준으로. 알겠냐? 지금 네가 뭘 해야 하는지를?"

"네? 마이크 상무의 딸 논문을 대신 써 준다고요? 그게 무슨 말씀이세요?"

"아이고야. 됐고요. 당신은 논문 형식으로 쓰기나 하세요. 스콧, 나도 바쁘거든요? 이런 범생이 같으니라구…. 걱정 말고 형식이나 잘 갖춰서 쓰도록 해요. 제1 저자는 당연히 샘 부장이야. 그리고 네가 제2 저자 하든가 제3 저자 하든가 하고. 마이크 상무가 교신 저자를 하도록 하라구. 그리고 반드시 갓God, 그러니까 하느님을 저자에 넣어야 한다. 오케이? 내가 논문을 쓰지는 못해도 뭐가 중요한지는 너보다 더 잘 알 거야. 하하하. 요약이랑 서론 부분이 꽤 중요하니까 잘 정리해서 쓰도록 해. 그리고, 이론에는 아마도 삼투압을 갖다 쓰면 될 거야. 질문 있으면 언제든지 하라구. 그럼, 나는 또 애플 워치Apple Watch 기구 디자인 마무리하러 가야겠어. 내년도에 설계를 완전히 바꿔야 하잖아.

아웃도어 캠코더 기능이랑 헤드램프 기능이 들어가면서 시곗줄이 헤어밴드로 바뀔 수 있어야 하는데, 생각처럼 쉽지가 않아서 바쁘다구."

50대 중반의 나이에 적당히 나온 배를 쓰다듬으며 문워크로 뒷걸음치는 데이비드 메이어는 도대체가 엉뚱한 구석투성이다. 그건 그렇고, 이 실험 결과를 어떻게 논문으로 쓴다? 현미를 넣은 물에서는 잔디 싹이 돋아나지 않았다고? 그래서, 독성이 있는 것으로 보인다고? 생뚱맞지만, 중학생이 한 실험이라면 그럴듯했다. 다만, 논문 형식으로 글을 쓰는 연습이라면 그것도 그럴 만했다.

데이브가 던져 준 노트를 보니, 가관이다.

- 제목: 현미의 독성 실험
- 저자: 샘 부장, 스콧 애버린, 마이크 상무의 딸, 데이브 메이어, 신 God, 마이크 상무(교신 저자)
- 요약: 능력껏 하시오.
- 서론: 최근 현미에 독성이 있는가, 아니면 건강을 위해 하늘이 선사한 천혜의 선물인가를 놓고 인터넷상에서 첨예한 갈등이 있다. 간단한 실험으로 진실의 일부에 다가설 수 있으면 한다. 과학적으로 증명하는 것은 대단히 어려운 일일 수 있다. 관련 산업계와도 불필요한 마찰이 있을 수 있다. 그래서 이와 같은 실험을 고안했고, 논문 형식으로 서술하나 절대 과학적으로 검증되지 않았음을 밝히고자 한다. 아마추어로서 과학도가 꿈인 내게 지금 필요한 것은 번

뜩이는 아이디어와 실행할 수 있는 실험 조건이다. 그리고, 그들은 내게 묻는다. "당신 정말 논문 쓸 능력이 되나요?" 나는 답하고 싶다. 누군가, 전문가가 조금만 도와주면 할 수 있을 것 같다고. 취미가 잔디를 깎고 식물에 물을 주면서 한가롭게 '멍때리는 것'이다. 이 연구에서는 4개의 그릇에 각각 잔디 씨앗과 물을 담았다. 하나는 그 상태로 두었고, 나머지 그릇에는 차례로 현미, 흰쌀, 그리고 독성을 포함하고 있을 것으로 생각되는 휘발유를 부었다. 햇볕이 잘 드는 시원한 곳에 두고 잔디 씨앗에서 뿌리가 돋는지를 관찰했다. 결론은 꽤나 충격적이나, 과학적으로 검증된 것은 절대 아님을 다시 한번 밝혀 둔다.

- 이론: 삼투압 이론 – 이 실험에 해당되든지 말든지, 상관없음. 그냥 칸을 메우시오.
- 실험: 잔디 씨앗, 4개의 그릇, 정수기 물, 흰쌀, 현미, 휘발유, 신의 도움(햇빛과 바람) 필요.
- 결과: 그릇 1(물 + 잔디 씨앗) – 뿌리 돋음

　　　그릇 2(물 + 흰쌀 + 잔디 씨앗) – 뿌리 돋음

　　　그릇 3(물 + 현미 + 잔디 씨앗) – 뿌리 돋지 않음

　　　그릇 4(물 + 휘발유 + 잔디 씨앗) – 뿌리 돋지 않음
- 결론: 현미 먹기 싫다. 맛도 없다.
- 참고 문헌: 인터넷을 샅샅이 뒤질 것.

찬찬히 노트를 살펴보는 스콧의 얼굴에 웃음이 한가득 퍼진다.

"그건 뭐야, 스콧?"

갑작스레 나타난 사무엘 장 부장이 스콧의 어깨를 툭 치며 말을 건다. 밝은 표정의 사무엘 장 부장은 한껏 들떠 있다. 이번 향기를 찍는 아이폰 개발이 성공하리란 예감이 들기 시작하면서부터 그의 얼굴에선 웃음이 가시지 않는다. 그리고 보면, 향수를 제조하는 회사도 많고, 화학 계열의 회사들과 협업도 많은 터라 향기의 기본이 되는 탄소 성분의 벤즈알데히드, 에스터, 케톤, 페놀 등의 기초 유기화합물을 이해하고 정의하는 데 크게 어려움이 없었다. 또한, 그 기본 향기의 원소 성분들을 차례로 고체화해 추출하고 활성화효소로 확인된 지방산fatty acid의 역할만 확인하면 다양한 향기의 스펙트럼을 제어하고 분사하는 데 성공할 가능성이 커졌다. 어쨌거나 사무엘 장 부장의 훔친 아이디어는 성공을 향해 순조롭게 나아가고 있었고, 그 중간에 스콧의 역할은 매우 중요하고 훌륭했다. 사무엘 장 부장이 매일같이 스콧에게 기분 좋은 표시를 하는 이유는 아주 간단했다. 상황이 좋은 쪽으로 흘러가고 있었기 때문이다. 그럼에도 불구하고 긴장을 늦출 순 없었다. 언제든지 상황은 나빠질 수 있었고, 그건 곧 그의 태도가 순식간에 변할 수 있다는 것을 의미했다. 스콧은 이미 사무엘 장 부장의 그런 면모를 간접적으로 여러 차례 경험한 터였다.

"아, 부장님. 데이브가 현미의 독성 실험을 해 보고 결과를 가져다주었어요. 흥미로운 아이디어로 실험을 했는데, 한번 보실래요?"

검지를 까닥까닥하는 사무엘 장 부장은 별로 보고 싶어 하는 눈치가 아니다. 지금은 향기를 찍는 아이폰에 온 생각이 쏠려 있음을 스콧도 잘 알고 있다. 데이브의 노련함이 역시 빛을 발한다. 스콧과 데이브가 이번 황당한 논문 작성의 주요 실행자가 되어야 할 판이었고, 데이브는 자기의 역할을 이미 잘 끝낸 후였다. 이제는 스콧이 논문 형식에 맞추어 깔끔하게 편집을 하고 작성을 할 차례였다.

"그래도, 한번 보시면 좋지 않을까요? 어차피 부장님이 전체적으로 검토하셔야 할 것 같은데요."

"우선, 자네가 바쁘겠지만 부지런히 논문으로 작성해서 나에게 전달해 주게. 데이브 아이디어라면 보지 않아도 뻔하지 않겠어? 결과도 뻔할 거고. 난 제임스가 개발하고 있는 스마트 쿠커 보고서 때문에 정신없을 것 같다구."

"알겠습니다. 부장님. 그럼, 논문 다 되면 보고드리겠습니다."

"그래, 천천히 하도록 해. 그대신 향기 개발에 부족함이 있어선 안 되는 거 알지? 논문은 그냥 살살 해도 된다구. 왜 그런지는 곧 알게 될 거야."

데이브의 지나가는 말이 사실인 듯했다. 말이 논문이지, 그냥 중학생이 특목고에 가려고, 그리고 특목고에 다니는 고등학생이 유명 대학에 가려고 채워야 하는 스펙의 일부분에 불과한, 형식적인 논문이면 되는 거였다. 씁쓸하지만, 사실이 그랬다. 갑자기 부담이 없어지면서 또 한편으로는 갑자기 구미가 당기는 논문거리임에 틀림없다. 이참에 이그노벨상Ig Nobel Prize에 한번 도전해 볼까? 지난 2017년 유체역학 부문에서는 머그잔에 담긴 커피가 넘치는 현상을 통해 액체의 운동 원리를 밝힌 한국 청년 한지원 씨가 이그노벨상을 받았는데, 평소 커피를 즐기는 스콧은 우연히 그의 수상 소감을 들으면서 친구들과 크게 웃었던 기억이 났다. 그는 실험을 하고 결과를 분석하고 논문을 작성하는 데 필요한 것은 얼마나 똑똑한지, 얼마나 나이가 많은지가 아니라 하루에 얼마나 많은 커피를 마실 수 있는지의 문제라고 했었다. 커피를 쏟는 이유를 유체역학적으로 분석하고 실험했던 이그노벨상 수상작, 어찌보면 이그노벨상 위원회가 밝힌 대로 "다시 할 수도 없고, 해서도 안 되는 실험"이었던 것이겠지. 이번 현미의 독성 실험도 그런 관점에서 서술하면 재미있겠군. 스콧은 갑자기 논문 작성에 흥미를 갖게 되면서 건너편 자리의 제임스에게 말을 건다.

"이봐, 제임스. 스마트 쿠커 어떻게 되어 가고 있어? 조만간 나의 식탁을 그 녀석이 한가득 맛있는 음식으로 채워 주겠지?"

"그렇게 되겠지. 그 조만간이 언제일지가 관건이지만 말야."

"그건 그렇고, 현미의 독성 실험 논문을 내가 쓰려고 하는데, 괜찮겠어?"

"나야 상관없어. 다만, 실험 내용이랑 결론은 같이 얘기 나눌 수 있을까? 보아하니, 데이브가 꽤나 재미있는 실험을 한 것 같던데."

"물론이지. 나도 네 도움이 필요하지 싶어. 우선 초고가 완성되면 이메일로 보내 줄 테니 함께 업데이트하자구. 너는 작년에 애플 논문상을 받았으니 저자에 이름이 들어가진 못할 거야. 다들 가볍게 생각하는 게, 그닥 관심들이 없나 봐. 근데, 나는 참 흥미롭더라구."

"다행이네. 네가 다 책임지고 써야 할 것 같은데, 지루한 것보다는 흥미로운 게 훨씬 좋잖아."

스콧은 제임스와 가볍게 상의하고는 논문의 제목을 「잔디 씨앗의 성장에 미치는 현미의 미묘한 영향에 대한 연구」로 정했다. 논문의 제목은 상당히 구체적이어야 하지만 동시에 포괄적이어야 한다. 또한, 제목은 논문을 순서에 따라 다 작성하고 나서 맨 마지막에 다시 정할 수도 있다. 저자에 들어간 'God'는 하느님, 다시 말하면 '신'이었다. 역시나 데이브의 재치가 번뜩이는 아이디어였다. 스콧은 가공의 인물을 상정해 '선윈드 메시아Sunwind Messier'라고 정했다. 요약과 서론은 이론과 실험 및 결과, 그리고 토론 부분을 다 적으면 다시 처음부터 정리해 나가는 게 좋다. 논문을 쓰는 방법론에 대해서는 스콧은 꽤나 전문적으로 훈련받은 터였다. 이론과 실험 및 결과는 상당히 시원스럽게 바로바로 적어 나갈 수 있는 명확함이 특징이었고, 토론 부분에 자신의 생각을 적고 나면 서론과 요약은 그 모든 부분을 정리해 압축하는 신나는 작업이었다. 물론, 스콧에게만 신나는 일이었다. 그에게는 굉장히 독특한 취미가 있는 게 틀림없었다.

- 제목: 잔디 씨앗의 성장에 미치는 현미의 미묘한 영향에 대한 연구
- 저자: 사무엘 장, 스콧 에버린, 케일라 페더케일, 데이비드 메이어, 선윈드 메시아, 마이클 페더케일(교신 저자)
- 요약: 맨 마지막에.
- 서론: 나중에.
- 이론: 삼투압 이론, 씨앗의 발아 이론, 씨앗 발아의 방해 메커니즘 (화학반응 원리)
- 실험 및 결과: 4개의 그릇에 각각 정수가 된 물과 가장 품질이 좋다는 조나단그린Jonathan Green사의 폴 매직 그라스 시드 믹스Fall Magic Grass Seed Mix 5g씩을 넣었다. 1번 그릇은 그대로 두고, 2번부터 차례로 흰쌀, 현미, 휘발유를 넣고 햇볕에 충분히 노출했다. 실내 기온은 20℃로 유지했고, 가끔씩 부채질을 해 인공적으로 바람의 영향을 받도록 했다. 2주간의 실험 기간 중 일주일 정도가 지나자 1번과 2번 그릇의 일부 씨앗에서 뿌리가 돋기 시작했다. 10일이 지나자 1, 2번 그릇의 모든 씨앗에서 뿌리가 돋아났다. 2주가 지날 때까지 3번과 4번 그릇의 씨앗에서는 뿌리가 돋지 않았고, 부패가 시작되었다.
- 토론: 삼투압 이론에 의해 흰쌀과 현미의 표면이나 내부에 있던 성분이 표면 막을 투과해 물속으로 퍼져 나간다(온도 및 물의 부피와 쌀의 표면적을 계산해 정확하게 삼투압의 압력을 계산한다). 일부의 성분이 잔디 씨앗의 발아 메커니즘에 방해하는 독성으로 작용한 것으로 판단된다(방해 메커니즘에 관련된 화학반응식을 조

사해 적는다). 흰쌀의 경우는 어떤 성분도 잔디 씨앗의 발아를 방해하지 않거나 방해할 만큼 충분히 많이 존재하지 않는 것으로 판단된다. 현미의 경우는 어떤 성분인가가 방해 메커니즘의 주요 인자로 작용해 씨앗의 발아가 실현되지 못했다. 극단적으로 휘발유의 유독성Toxic 성분인 CH_4- 작용기가 씨앗의 발아를 방해했다 (반응식 제시).

- 결론: 이 실험을 통해서 현미에 포함된 일부 성분이 잔디 씨앗의 발아를 방해하는 인자로 작용했음이 증명되었다. 저렴하고 간단한 이 실험, 그리고 이 논문을 통해서 보다 권위 있는 기관에서 충분히 제공되는 정밀 실험 기구 및 분석 장비를 이용해 후속 연구가 필요한 것으로 판단된다. 이를 위해 스탠퍼드대학교의 재레드 교수님 연구실에서 공동연구를 진행하고 싶다.

- 참고 문헌:

  1. The Truth about Rice: Why brown rice isn't always better

  2. The Trouble with Rice: Is it indicative of any potential poisoning?

  3. Why White Rice is Healthier than Brown Rice: Brown Rice vs White Rice

  4. Which Rice is Best for You?

  5. Isn't White Rice Bad?: Won't it spike your blood sugar?

  6. Isn't Brown Rice Healthier than White Rice?: No

컴퓨터에 논문 파일 폴더를 만들고 가볍게 논문 초고를 적어 저장해 놓는다. 이제 시간이 나면 혼자서 키득키득 웃으면서 대학원 시절을 추억하며 논문을 적어 나가면 된다. 제임스가 작년에 애플 논문상 장려상을 받았는데, 상금이 꽤 되는 것 같았다. 다만, 애플 논문상은 주로 박사 학위자들이 진짜 논문처럼 SCI 저널에 싣는 수준으로 작성해서 치열한 심사의 경쟁 끝에 수상자가 연말에 발표되었다. 그리고, 스콧처럼 석사 학위 또는 학부를 졸업한 임직원을 위한 나카무라 슈지中村修二 논문상이 있었다. 2014년 노벨 물리학상을 받은 나카무라 슈지를 기념하는 논문상인데, 그가 노벨상을 받은 논문을 작성한 때는 박사 학위를 받기 전이었다. 석사 학위자로서 회사원 신분으로 적어 내려간 논문이었다. 애플사의 나카무라 슈지 논문상에 제출하면 그것으로 공개가 확인되는 것이기에 이그노벨상에 도전할 자격이 자연적으로 주어진다. 그렇다면 올해 이그노벨상 생명과학 부문 또는 의학 부문에서는 시나브로 강력한 후보가 될 수도 있을 터였다. 이랬거나 저랬거나 웃기고 재미있는 아주 흥미로운 사건이 일어나는 것이었다. 단조롭고 답답한 애플의 문화에서 오랜만에 상쾌하고 즐거운 기분을 느끼는 스콧은 갑자기 얼굴에 웃음기가 가득해졌다.

❖

　한편, 스마트 쿠커를 개발하고 있는 제임스는 중국의 칭화대를 졸업하고 오하이오주립대The Ohio State University에서 석박사 과정을 마친 후 애플에 조인한 젊은 친구였다. 자그마한 체구에 머리는 까까머리 스타일로 소위 천재 스타일이었다. 지금 개발하고 있는 스마트 쿠커는 LCD 화면에서 와이파이로 한 가족 4인의 집밥 레시피를 검색하면 재료를 알려 주고, 재료를 넣어 주면 자동으로 환상적인 음식을 조리해 주는 밥솥 형태의 쿠커였다. 한 가족의 일주일 단위 영양분 섭취를 인공지능으로 분석해 건강을 지키도록 적절한 메뉴를 추천하거나 심전도 체크를 해 주는 기능까지 갖추도록 했다. 기본 아이디어부터 시스템 레벨까지를 모두 제임스가 제안하고 직접 개발하고 있었다. 내년 하반기에 출시를 목표로 하는데, 벌써 대략의 가격대부터 디자인이 마무리되어 가고 있었다. 그만큼 애플의 엔지니어들은 밤낮을 가리지 않고 일에 빠져 사는 일중독자들이 대부분이었다. 그러다 보니 어쩌다 한번 대화가 시작되면 그 주제를 가지고 꽤나 오랫동안 서로 웃기고 격려하고 때로는 비웃기도 조롱하기도 하며, 경우에 따라서는 주먹다짐 직전까지 다투기도 일쑤였다. 제임스와 스콧은 서로 존중하는 사이여서 이번 현미의 독성 실험 논문을 매개로 깊은 대화를 나누기 시작했다.

　"스콧. 나는 이번 현미의 독성 실험 논문이 일반인들에게 표본이 되

40

고, 모범이 되는 논문이 되면 좋겠어. 나카무라 슈지 논문상에서 상을 받아도 좋지만, 좀 더 높은 목표를 가지고 논문을 작성하면 어떨까 하는데? 말하자면, 일반인들이 논문을 쓰는 것에 익숙해질 수 있도록 돕는 정도?"

"그거 참 좋은 생각이야, 제임스. 나도 대학원에서 석사 하면서 2년 동안 그런 생각 참 많이 했어. 다른 사람들은 논문 쓰면서 스트레스를 많이 받던데, 나는 논문 쓰는 게 마치 나만을 위한 작곡을 하는 음악가가 되는 일처럼, 뭔가 내가 대단한 작품을 완성해 나간다는 느낌이 들어서 참 좋았거든. 지금도 논문을 쓴다니까 기분이 참 좋아졌어."

별종이고 대단히 독특한 캐릭터임에 틀림없다. 논문을 쓰는 게 흥미롭고 재미있고 쉽게 느껴진다니. 제임스는 그런 스타일은 아니고, 논문을 쓰면 속도 거북해지고 스트레스를 많이 받는 편인데, 스콧을 보면서는 '얘는 또 뭐지?'라는 생각을 하게 되었고, 자연스레 보고서 작성부터 이메일을 쓰는 것까지 형식에 맞추어 간단 명료하게 축약하거나 디테일하게 깊은 묘사를 하는 습관을 키우고 있었다. 스콧은 대학원에서 연구하면서 가장 좋았던 순간들이 논문을 작성하는 순간이었다고 회상한다. 실험을 하고, 분석을 하면서 이론도 적용해 보고 컴퓨터 시뮬레이션과 코딩도 해야 했지만, 가장 좋았던 순간은 그 모든 작업을 마치고 풍부하고 충분한 데이터를 가진 상태에서 자기만의 서술방식으로 논문을 작성하는 순간이라고 기억한다. 학부 때까지는 느끼지 못했던 새로운 경험이었다. 스콧에게 있어 논문을 작성한다는 것은 형식을 갖추어 자신의 견해와 생각을, 다시 말하면 이론에 대한 충분한 이해, 새로이 디자인한 실험과 결과 분석을, 그래서 결국은 자신의 존재를 제품화해서 세상에 공개하는 일이었다. 음악가에게 있어 악상이 떠오르면 악기로 연주할 수 있도록 악보로 남기는 일이었다. 그건 또 다른 의미로 보자면 자신을 표현하는 것이라고 할 수 있고, 서로 다른 표현 방식을 이용하는 것이었다. 제임스와 얘기 나누면서 스콧은 논문에 대한 자신만의 철학이 자신 몸속의 어딘가에 자리 잡고 있음을 느꼈다. 논문이란 단순한 연구 결과의 발표에 머무르는 것이 아니며, 그 자리에만 머무르기에는 상상 이상으로 많은 것을 의미하고 암시하며 내포하고 있는 것이라고 생각했다. 그런 이유로 연구자는 이론을 학습하고 익히며 충분히 연습해 이해하고 발전시켜야 하는 것이었다. 또한 실험을 수행하고 결과를 분석하며 다양한 방법론을 익혀 진실의 구조에 조금씩 다가서는 것이었다. 그 외에도 논문을 작성하는 일 자체에 상당한 노력과 시간, 그리고 정성을 들이지 않으면 안 되었다. 논문 쓰는 훈련을 거칠게 경험하고 나면 정직한 자기 검열 과정을 거쳐 혹독하리만큼 치열한 공개 과정을 지나게 된다. 이 모든 과정이 고되고 힘든 이유는 정직한 연구를 수행한 연구자가 자신의 연구 결정체, 결국은 자기 자신을 자유롭게 발표할 수 있는 권리, 즉 자유를 얻기 위함이었다. 스콧의 철학대로라면 일반인도 얼마든지 논문 작성에 있어 걸림돌이 있어서는 안 되는 것이었다. 모든 이가 평등하게 자유를 누리는 일이라면 모든 이가 권리를 가질 수 있는 것이어야 했다. 그러기 위해선, 엄격한 잣대로 프로 연구자들의 논문이 작성되고 투고되어 평가받기 전에 정직한 연구, 정성스럽고 정확한 서술, 품격 있는 표현이 모두에게 공감되어야 했다. 전문가들이 한다지만, 결코 전문가답지 않은 거짓 논문과 부정직한 연구가 너무도 많지 않은가 말이다. 스콧은 제임스와 연구의 정직함과 저술의 품격을 토론하면서 오랜만에 자신의 철학을 다시 한번 확인한다.

"근데, 스콧. 논문의 정직성 얘기가 나와서 하는 말인데, 내가 하고 있는 프로젝트 말야."

"응, 스마트 쿠커? 난, 너한테 깜짝 놀랐잖아. 언제 그런 기발한 생각을 했냐고. 요즘엔 건강, 특히 먹거리에 관심이 많잖아. 애플이 만든다면 분명히 성공할 거야. 인류의 건강 증진에도 기여할 테고 말이야. 내가 보기엔 아이폰 이후 가장 성공적이고 의미 있는 발명품이 되지 않을까 싶어. 왜 마이크로소프트Microsoft 연구소장 출신이면서 특허 괴물 인텔렉추얼벤처스Intellectual Ventures의 창업자인 네이선 미어볼드Nathan Paul Myhrvold는 『모더니스트 퀴진Modernist Cuisine』이라고 여섯 권에 달하는 요리책도 펴냈잖아. 그 레시피도 모두 다 담는다며. 그리고, '혼밥' 먹기 얼마나 서러운데. 빨리 개발 마무리 짓고 생산에 들어가야지. 아주 기대가 크다고, 제임스!"

"아, 그래, 고마워. 근데, 그게 말이지. 내 아이디어가 아니고, 그게 말야…."

"뭐? 무슨 소리하는 거야?"

"아, 아냐. 내가 요즘 프로젝트 때문에 좀 힘들었나 봐. 현미 얘기는 이 정도 했으면 해. 연구의 정직성, 그리고 표현의 솔직함 둘 다 정말 중요하지. 어쩌면 우리 프로젝트도 그런 면에서 좀더 진솔해져야 하지 않나 싶은데…"

"당연하지. 그런 측면에서 난 좀 거시기 해. 향기를 찍는 아이폰 말야. 그 한국인 엔지니어… 인터뷰는 떨어뜨리고 아이디어만 훔쳐 왔잖아. 스마트 신호등도 그렇고 말야. 나는 향기를 찍는 아이폰 성공하더라도, 아마 성공하지 싶지만… 내 이름은 빼 달라고 하려고 해. 그게 그나마 그 친구에게 덜 미안할 것 같아."

"아… 그렇구나. 너는 그런 생각을 하고 있었구나."

"그럼, 당연하지. 남의 아이디어 훔치는 거나 논문을 거짓으로 발표하는 거나 뭐가 다르겠어? 하긴, 논문은 정말 그러면 안 되지. 사실 스티브 잡스도 정말 뛰어난 혁신은 훔치는 거라고 하지 않았나? 베끼는 게 아니고 훔쳐서 내 것으로 만드는 것도 참 대단한 능력이야. 그런 면에서 나는 샘 부장을 나쁘게만 얘기할 수도 없을 것 같아. 참 요상하고 대단한 능력의 소유자인 것 같아, 샘 부장 말야. 에고, 나도 어떤 게 맞는 건지 잘 모르겠다. 아이디어 훔치는 건 괜찮은 것 같기도 하고 아닌 것 같고 하고 말야… 하하하. 여하튼, 이 정도 하고, 논문 다 되면 공유할 테니 마지막 수정할 때 도와주는 거야, 제임스!"

"어? 그, 그… 그래."

가벼운 미소로 답을 하며 짐을 싸는 제임스는 오늘따라 왠지 풀이 죽어 있다. 프로젝트가 마음처럼 진행이 잘 안되는 모양 같았다. 하긴,

스마트 쿠커라…. 연구하고 조사해서 만들어야 할 것들이 너무 많았다. 혼자서 그 모든 걸 다 해내려니 힘들기도 하겠다는 생각이 들었다. 팀 360의 정예 멤버들은 혁신 중의 혁신이면서도 양산이 가능한 소위 아이팟iPod, 아이패드iPad, 아이폰과 같은 그런 신제품을 개발하고 디자인하며 창조해 내는 일당백들이었다. 각 개인이 하나의 프로젝트 또는 몇 개의 프로젝트에 공동으로 참여하며, 거의 쉴 새 없이 돌아가는 슈퍼컴퓨터supercomputer처럼 두뇌가 돌아가지 않으면 안 되는 상황에 처해 있었다. 팀 360을 이끄는 마이클 페더케일 상무는 그중에서도 가장 돋보이는 존재였다.

거대 공룡 기업 애플의 중장기적인 연구 개발을 주도하는 팀 360의 팀장 마이클 페더케일은 토머스제퍼슨과학고를 졸업하고 MIT를 거쳐 스탠퍼드에서 재료공학 박사 학위를 받았다. 그는 경영진으로부터 팀 360의 설립부터 인원 충원과 지휘 감독까지의 막대한 권한을 부여받고 연구 개발의 모든 것을 직접 총괄하고 있었다. 오픈 이노베이션Open Innovation이라는 포지션에 걸맞은 엔지니어들은 조직 내에선 공식적으로 수평적인 관계였지만, 내부적으로는 매우 엄격한 상하 복종의 수직 관계였고, 마이클의 한 마디 한 마디에 충실히 움직이는 슈퍼컴퓨터들이었다. 팀 360은 기술 그 자체의 특별함보다는 이전에 존재하는 기술을 접근 방식의 신선함과 다른 기술과의 접목 과정을 통해 상용화의 가능성을 한 단계 업그레이드하는 방식을 선호했다. 그들은 새로운 아이디어를 제시할 수 있었고, 설계와 가공, 테스트 및 제조까지 가능한 수준의 톱클래스 경력을 보유한 엔지니어들이었는데, 그것뿐 아니라 다른 사람들의 아이디어를 훔치거나 싸게 구입해 오는 것에도 천부적인 재능이 있는 사람들이었다.

"어이, 스콧. 논문 다 되었다며? 어디 좀 구경할 수 있나?"

해맑게 웃으면서 다가서는 데이비드가 하얀 수염을 만지작거리면서 친근하게 묻는다. 스콧도 밝게 웃으면서 그동안 제임스와 상의했던 내용이며, 엊그제 샘 부장이 1차로 수정 지시한 내용까지를 설명한다.

"그러면, 샘 부장이 시킨대로 논문의 제목은 「우리가 미처 몰랐던 현미의 효과에 대한 연구」로 하는 게 좋겠네. 또, 마이클 상무의 딸인 케일라를 제2 저자로 넣고 그 아이에게 이론 부분을 충분히 보충하라고 하면서 공부 좀 시키지 뭐. 하긴 2012년에 내 조카인 한스가 컵에서 커피가 쏟아지는 현상을 규명한 논문으로 이그노벨상을 받을 때, 실험은 내가 다 했었거든. 아이디어도 내가 냈었고. 커피 멋지게 쏟는 기술로는 내가 세계 최고일 거야. 하하하. 근데, 담당 교수가 내 이름을 넣는 것에 반대하지 뭐야. 나를 저자에 함께 넣으면 논문의 격이 떨어진다나 어쩐다나⋯. 내가 했던 실험보다 자기들이 해석한 이론이 더 중요하다면서. 된장! 결국은 이그노벨상을 받았는데, 시상식에 참석들도 하지 않더라구. 내가 가서 상 받았잖아. 하하하."

데이비드가 논문에 꽤나 욕심이 있고 관심이 있는 줄 미처 몰랐던 스콧은 적잖이 당황했다. 또한 그의 조카인 한스가 2012년 이그노벨 상을 받았다는 사실과 데이브가 커피 쏟아지는 현상에 대해 유체역학적인 접근으로 실험을 수행했다는 것에도 크게 놀랐다. 데이브는 논문에 대한 전반적인 실험과 아이디어, 그리고 전체적인 내용을 조율하는 능력이 대단했지만, 구체적으로 서술하는 것에는 서툴렀다. 대학원 진학을 하고 싶어 했지만, 워낙 등록금이 비싸던 시절에 공부했던 데이비드는 학부만 졸업하고 직장에 취직을 했고, 그 이후로 일에만 빠져 살았다. 그러다가 애플에 조인하면서부터 캘리포니아주립대 산타바바라UC Santa Barbara 대학원에 다니던 조카를 통해서 논문 작성에 관심을 갖고 애플의 석박사들과 함께 일하기를 좋아했다. 더불어 자신의 이름이 남는 논문 작성에도 가능한 많은 기여를 하려고 열심히 노력했다. 그리고 보면 오일 가격이 한창 높을 때 무료로 석사 과정을 밟았던 스콧은 에드먼턴에서의 여러 가지 안 좋았던 경험을 제외하면 크게 운이 좋았음을 인정하지 않을 수 없었다. 인생이란 헤아리기 어렵고 짐작하기 불가능하며, 예측하기가 곤란한 참으로 어려운 것이라고 생각하게 되었다. 그러면서 스콧은 어느 순간엔가 윗사람들 눈치를 살펴 가며 그들의 기분에 장단을 맞추고 있는 자신을 보게 되었다. 논문은 자신도 모르게 마이클 상무의 딸인 케일라를 위해서 맞춤형으로 서술되고 있었던 것이다. 결국은 이렇게 사회성이 부족하지 않은 인간이 되어 가는 것이었다. 놀랄 일도 아니지 않은가. 이것 역시 진화의 방향이라면, 이 방향에서 어긋나는 순간 멸종의 길에 들어서는 거 아니겠는가. 그것이 아무리 도덕적으로 우위에 있다 하더라도 말이지. 다윈의 연구 결과가 그걸 증명하고 있었다. 도덕적으로 우위에 있는 자, 또 그동안 강했던 자가 살아남는 것이 아니라, 살아남는 자가 강한 것이고, 그럼으로써 도덕적으로 우위에 있을 만한 경쟁자를 냅다 후려갈기는 것이다. 때로는 아예 파멸시켜 버리는 것이다.

"스콧, 뭐 하나 물어보자. 내가 보기에 논문이랑 실험 보고서, 그러니까 우리가 학교에 다니면서 과학 시간에 써야 했던 리포트랑 크게 다르지 않은 것 같은데, 왜 나는 그게 다르게 느껴지고 논문이라고 하면 힘들게 느껴지는 거지? 전혀 다른 느낌이거든."

"데이브, 근본적으로는 다르지 않죠. 같은 포맷을 이용하고 정직하게 실험하고 그 내용을 적어 나가는 것이니까요. 다만, 논문은 실험 보고서와는 격이 다른 느낌을 주어야 해요. 이론을 습득하고 익히는 데도 상당한 노력이 필요하죠. 그냥 일부 내용을 갖다가 베껴 쓸 수 있는 수준이 아니에요. 또한 실험을 하고 작성하기까지 심사숙고해야 할 단계가 훨씬 많아요. 실험 보고서는 굉장히 빨리 끝나잖아요. 너무 가볍고요. 투자하는 시간 자체가 다르고 표현 하나하나에 집중해야 합니다. 그래서, 좀 묵직하다는 느낌이 들어야 해요. 그게 논문을 쓰는 게 힘들다고 느끼는 이유일 거예요."

3.
박 책임

'끓는 우물'이라는 뜻을 가진 탕정湯井에 자리 잡은 삼성전자 LCD 사업부는 '도자기가 흥한다'는 뜻의 기흥器興에서 처음 시작했다. 경기도 기흥은 반도체 사업부의 본부가 있는 곳으로 반도체 사업부의 특수 사업부로 시작한 LCD 사업은 탄탄대로를 달려 결국은 LCD 총괄로 승격을 하고는 충남 아산시 탕정면에서 사업부로 독립을 했다. 삼성전자 내에는 여섯 개의 독립 사업부가 존재하고 서로 경쟁을 하면서 또 필요한 기술은 교류를 하고 있었다. 탕정에는 LCD 사업부가, 기흥에는 반도체 사업부가 각기 상당히 큰 규모의 본부와 제조 라인을 갖추고 있었고, 핸드폰, 영상 디스플레이, 기술 총괄 사업부는 수원에 자리 잡고 있었으며, 생활가전 사업부는 전라남도 광주에 위치하고 있었다.

"박지랄 어디 갔냐?"

원 수석이 정 선임에게 묻는다. 원성호 수석 연구원은 2009년 핑거 슬림finger slim LED TV 개발의 주역으로 박 책임과 함께 '자랑스런 삼성 인상'을 수상한 베테랑 엔지니어였고, 정일호 선임 연구원은 박 책임과 함께 신소재를 개발하고 해석을 통해 디스플레이 제품의 품질을 예측 하는 업무를 맡은 젊은 엔지니어였다. TV, 모니터, 전광판, 노트북, 그리고 스마트폰 등의 디스플레이 제품을 만드는 데는 크게 두 가지 사업이 관련된다. 첫째, 최종 제품을 소비자에게 판매하는 세트 메이커가 존재한다. 애플, 삼성전자 VD 사업부, 소니, LG전자, 중국의 TCL 등이 그들이다. 둘째는 세트 메이커에게 LCD·OLED 패널 및 모듈을 판매하는 LCD·OLED 제조사다. LG디스플레이, 삼성전자 LCD 사업부(삼성디스플레이), 일본의 Sharp, 중국의 BOE, 차이나스타, 대만의 AUO, 이노룩스Innolux 등이 그들이다. 박 책임은 그중에서 LCD 제조사인 삼성전자 LCD 사업부에 근무하고 있었다.

"박 책임 지금 저기 저쪽 구석에서 전화하고 있습니다."
"어디 전환데 구석에 가서 받냐?"
"소니예요."
"소니가 또 왜?"

원 수석이 거칠게 질문하면 어느 누구도 편하지 않았다. 정 선임은 갑자기 두려움을 느끼며 뭐라고 대답해야 할지 머뭇거렸다. 소니가 박 책임을 조금 귀찮게 하는 모양이었고 그래서 큰소리를 내려는 박 책임이 구석에서 고래고래 소리를 지르고 있었다. 원 수석이 물어본다고 똑같이 퉁명스럽게 대답할 수는 없었다. 원 수석은 원 수석대로 한 성질 하는 지랄 넘버 투, 쓰리에 들어가는 사람이었다.

"고장력강 관련해서 뭔가 질문이 있나 봐요. 32인치랑 40인치 보텀새시bottom chassis 두께를 고장력강 0.6밀리미터에서 0.5밀리미터로 줄일 수 있냐고 하나 봐요."

"그래? 그거 될 것 같은데? 사실은 나도 그거 물어보려고 왔는데. 내년에 또 원가절감 해야잖아. 소니 녀석들… 역시 잔머리 빨라. 나 못지않아."
"근데, 부장님, 박 책임은 별로 재미없다고… 귀찮아 하더라고요. 별로 원가절감 되지도 않는다면서요."
"재미가 없다니?"
"두께 줄이는 건 이미 자기가 다 해 봤으니까 더 이상은 재미없다고 그러더라구요. 그냥 기구설계 팀 쪽에서 알아서 하라고 놔두고 자기는 다른 거 할 거라고, 지나가는 말로는…."

정 선임이 머뭇거린다. 혹시라도 한 성깔 하는 원 수석의 심기를 건드릴까 싶어 몸가짐은 단정했지만, 얼굴의 근육이 가볍게 떨리는 것이 약간 불안한 모습이다.

"지나가는 말로, 지는 뭐 하겠대, 또?"

"자기는 마그네슘합금 할 거라던데요?"

"마그네슘?"

"저는 아직 잘 몰라요, 부장님."

"얌마, 니가 모르면 누가 알아? 아니다. 됐다. 박지랄 전화 끝나면 나한테 좀 왔다 가라구 해라."

"네, 알겠습니다. 부장님."

2000년 삼성자동차가 결국은 부도 처리가 되어 르노에 합병되면서 삼성자동차 대부분의 임직원을 받아들인 삼성전자 LCD 사업부는, 반도체의 섬세함과 자동차의 터프함이 공존하는 아주 독특하고 재미있는 기업 문화를 태생적으로 갖고 있었다. 마치 여성스러움과 남성스러움이 극단적으로 존재하는, 또는 우울함과 흥분되어 있는 상태가 함께 어우러져 있는 듯한 묘한 분위기가 사업부 전체에 퍼져 있었다. 신입 사원들 또는 새로 합류한 경력직 사원들이 그 문화에 적응하는 데는 1년 이상이 필요한, 꽤나 부담스러운 기업 문화를 보유하고 있었다. 정 선임은 석사 과정 중에 반도체 공정을 공부한, 반도체의 섬세함이 느껴지는 엔지니어였고, 원 수석은 삼성자동차에서 전배된 기구 엔지니어로서 그 터프함이 온몸에서 뿜어져 나오는 강한 인상의 수석 엔지니어였다.

'따르릉, 따르릉'.

"네, 삼성전자 LCD 사업부 소재해석 파트 최수현입니다."

"안녕하세요, 수현 씨. 포스코POSCO 영업 팀의 하현구 과장입니다. 혹시 지랄 대마왕 계신가요? 오늘 오후 2시에 인지 디스플레이에서 미팅이 있잖아요. 일정 괜찮으신가 해서요."

"아, 박 책임님 지금 핸드폰 통화중이세요. 전화주셨다고 전해 드릴게요. 아마 일정에 변화 없을 거예요."

"수현 씨도 오시나요?"

"네. 저랑 정일호 선임, 그리고 고정열 사원, 박 책임까지 네 명 갈 거예요."

"그럼 이따 뵙겠습니다."

"네. 이따 뵙죠."

소재 해석 파트는 TV를 개발하는 개발2팀에 속해 있는 연구조직이었다. 32인치부터 시작하는 대형 TV 라인업의 기구물에 들어가는 소재를 전부 총괄하고 해석까지 담당하는 업무를 맡았는데, 업무의 특성상 규모가 작은 태블릿 PC부터 모니터, 그리고 오히려 규모가 훨씬 큰 DIDDigital Information Display, 즉 소위 전광판까지의 모델을 전부 다 다루고 있었다. 그러다 보니, 소재 관련해서는 금속 소재부터 플라스틱, 점착제까지를, 해석으로는 디스플레이 몸체의 평탄도부터 성형 해석까지를 전부 다 다루고 있었다. 그만큼 업무 강도가 셌고, 쉽지 않은 일들을 소속 엔지니어 각자가 처리하고 있었다. 또 그러한 만큼 외부 협력사 또는 내부 타 부서와의 협업 및 갈등이 많은 부서였다.

"정 선임, 지난번에 마그네슘 판재 얼마나 인지 쪽에 넘어갔다고 했지? 포스코에서 충분히 제공했겠지?"

"네. 인지의 김지열 이사님이 충분히 도착했다고 하셨어요. 박 책임이 하도 뭐라고 하셔서, 영업 담당이 하 과장님으로 바뀌었잖아요. 그전의 최 과장님 괜찮으신가 몰라요."

"내가 뭘 얼마나 뭐라고 했다고 그래? 당연하지 않아? 물건 팔아야 하는 쪽에서 당연히 샘플 제공해 주고 편의를 봐줘야. 우리가 머리 쓰고 개발하고 장비 제공까지 다 하잖아. 근데, 뭐라? 120만 원을 먼저 보내야 한 달 후에 내부 조율 거쳐서 샘플 딸랑 50장 제공할 수 있는지 없는지 확인하고 알려 주겠다고? 무슨 개수작이야? 포스코 미친 거 아냐? 내 말이 틀리냐?"

"아녜요. 다 맞아요. 다 맞는데, 저쪽 포스코 최 과장님도 어지간히 상황이 어려웠겠어요. 그러니까, 좀 살살 좀 하세요. 앞으로는 제발 좀 살살해요… 보기에도 안 좋고."

"몰라, 나 꼴리는 대로 할 거야."

고개를 절레절레 흔드는 정 선임은 그냥 포기해야지 달리 방도가 없다고 생각한다. 성격이 불같은 정도가 아니라 TNT 폭탄이 터지는 것 같은 다혈질의 박 책임을 어떻게 달래 가면서 업무를 진행할 것인지 도저히 답이 없는 것 같다. 오죽하면 다들 박지랄이라고 할까. 이번 포스코 사건 때문에 지랄 대마왕으로 승진한 박 책임이 어찌 보면 든든한 '빽'이기도 하고, 또 어찌 보면 안쓰럽기도 하다. 처음 포스코에서는 최운규 과장을 마그네슘합금 판재의 삼성전자 담당으로 보냈었다. 그 시기에 박 책임이 마그네슘합금 판재에 관심을 보였고, 처음에는 일이 순조롭고 평화롭게 진행되었던 것으로 기억한다. 인지 디스플레이의 김지열 이사도 사내 경영진의 허락을 받아 삼성전자 LCD 사업부의 박 책임과 초경량 디스플레이 모듈 개발에 적극적으로 참여하게 되었다. 때마침, 애플에서 아이패드 오리지널을 시장에 내놓은 시점이라 모두가 관심을 갖고 지켜보던 차에 박 책임의 불같은 성격과 최운규 과장의 덤덤한 영업 태도가 부딪혀 폭발을 하고 말았다. 한 달 전에 있었던 그 일에 대해서는 정 선임과 최수현, 고정열 사원이 시도 때도 없이 되풀이해서 술자리 안주거리로 얘기하곤 했다. 물론, 그 자리에 있었던 정 선임만이 박 책임을 걱정했다.

"아 그건 그렇고, 원 수석께서 왔다 가셨어요. 전화 끝나면 잠시 들르라고 하셨으니 가 보세요."

"원성호 수석이? 왜?"

"내년도 원가절감 때문에 고장력강 두께 줄이자는 말씀 하시던데요. 마침 박 책임이 소니랑 그 얘기 하고 계실 때 오셔서, 제가 간단히 박 책임 의도는 전달했어요. 그리고, 마그네슘 얘기도 간단히 드렸구요."

"이상하다. 고장력강은 지난번에 알아서 하시라고 말씀드렸는데, 아무래도 마그네슘합금 때문에 오신 것 같은데…. 근데, TV에는 아직 사용할 수 없는데, 왜 그러실까?"

"마그네슘은 모르시는 것 같던데요. 뭐냐고 물으시더라고요."

"그래? 흠… 그럴 리가 없는데, 알았어. 내가 알아서 할게."

이상하다는 듯이 고개를 갸우뚱하더니, 이내 부지런히 기구개발 팀으로 발걸음을 옮긴다. 7라인 6층에서 같이 근무하던 기구개발 팀이 인원을 확장하면서 8라인 8층으로 이사하더니, 박 책임이 한번 가면 정동원 수석이 찾을 때까지 감감무소식이다. 아마 점심 시간 지나서 오후 1시쯤에나 오겠군. 2시에 인지에서 포스코와 미팅이 있으니 말이다.

"안녕하세요, 부장님? 저 찾으셨다면서요? 전화주시지 뭘 직접 오시고 그러셨어요?"

오랜만에 기구설계 팀을 찾은 박 책임이 반갑게 원 수석에게 인사를 건넨다.

"박 책임 왔냐? 요즘 또 뭔가 신소재 개발하느라 바쁘다면서?"

원 수석도 반갑게 박 책임을 맞이하면서 웃는다.

"바쁘긴요. 마그네슘합금을 태블릿 PC 보텀새시에 적용하려고 설계하고 있는데, 쉽지 않네요. 부장님의 도움이 필요한 것 같아요."
"그래? 내가 뭘 알아야지 도와주지. 네가 작년에 핑거슬림 LED TV 터뜨리고, 고장력강까지 개발해서 보텀새시 두께를 몇 년 만에 0.2밀리미터씩 줄이고 나니까, 올해부터는 프레스 협력사에서 난리가 났더라. 고객사에서도 여기저기서 원가절감이니 신소재니 하면서 난리 났어. VD니 소니니 할 것 없이 다들 난리야. 박 책임의 다음 소재는 뭐냐, 하면서 말야. 하여튼, 알루미늄합금이랑 고장력강이랑 정말 잘한 것 같다. 전 세계는 서브프라임 모기지 사태_{Subprime Mortgage Crisis} 이후 꽁꽁 얼어붙었다는 데도 불구하고 TV는 작년에 이어 올해 2010년에도 엄청나게 팔리고 있잖아. 대단해!"

"대단하긴요. 제가 나온 연구실 출신이라면 누가 왔어도 똑같이 했을 거예요. 이미 자동차 산업 쪽에서 충분히 연구 개발 된 아이템인데다가 소재 회사 쪽에서도 안정화가 된 재료들이었어요. CCFL 램프 모델에 들어간 고장력강이랑 핑거슬림 LED 모델에 들어간 AA5052-O 템퍼 소재, 둘 다요. 제가 잘한 게 아네요. 그냥 갔다가 쓴 건데 뭐 대단할 것도 없어요."

원 수석의 눈이 휘둥그레지며 의자 뒤로 넘어지는 시늉을 한다.

"어이구, 박지랄이 웬일이래? 겸손하시기까지 하고, 놀라 자빠지겠다."
"겸손도 아니고, 그냥 사실이라니깐요. 그건 그렇고, 마그네슘합금은 완전히 달라요. 아직 소재 쪽에서도 충분히 검증되거나 무르익지 않았거든요. 그래서, 같이 개발해 줘야 하는 아이템인 거라서 아직 쉽지 않아요. 포스코가 하고는 있는데, 저희가 좀 많이 도와줘야 할 것 같구요. 부장님이 관심 있으신 것 같은데, 아직 TV 쪽에는 적용하기 힘들어요. 그래서 마침 기구설계 팀 쪽에 도움 요청하려고 했었어요. 저 혼자서는 좀 힘들 것 같거든요."

박 책임이 얼굴을 찡그리면서 정말 쉽지 않은 소재라고 두 손을 어깨 위로 올린다. 원 수석은 이미 알고 있었다는 듯이 함께 눈을 찡그리면서 고개를 끄덕인다.

"그래, 이따 퇴근하고 두정동에서 조용히 술 한잔하면서 더 얘기하자. 조금 이따가 원가절감 회의 들어가야 해. 구매 이승우 상무가 직접 온다고 했거든."

"술이요? 술 좋아하시지도 않으면서 갑자기 웬 술? 아무래도 수상한걸? 누가 조용히 저랑 부장님이랑 함께 보자고 하는 모양이네요? 그렇죠?"

"그래, 그렇다, 이 녀석아. 그건 이따 보고 얘기하고, 어차피 다 술 안 먹으니까 맛있는 거나 먹으면서 동탄 들렀다가 수원까지 데려다 준다니까 함께 얘기하자. 그 친구도 수원 살아."

"네, 그러시죠. 그럼 이따 전화드리겠습니다."

2010년 5월 27일 목요일 오후 2시, 인지 디스플레이 예산 공장 대회의실에는 포스코 영업 팀, 한국 3M 영업 팀, 삼성전자 개발 팀, 인지 디스플레이 금형 팀에서 각각 두세 명씩의 대표 선수들이 차기 아이패드 LCD 모듈 개발 회의를 위해 모여들었다. 초경량, 초슬림 아이패드를 개발하기 위해서는 가장 난해한 보텀새시의 근본적인 개념을 바꾸고, 전체 기구 설계도 새롭게 생각해야 했다. 보텀새시는 제품의 몸체, 즉 뼈대가 되는 부품으로 보텀새시의 두께와 무게를 어떻게 디자인 하느냐가 전체 아이패드 제품의 두께와 무게에 가장 큰 영향을 끼치는 인자가 되었다. 선수들이 모두 모이자, 삼성전자 개발 팀의 프로젝트 매니저인 박지훈 책임이 말문을 열었다.

"모두 멀리서들 오시느라 수고 많으셨습니다. 특히, 인지 디스플레이 측에서는 여러 가지로 회의 진행을 위해 준비하시느라 고생하셨습니다. 감사드립니다."

포스코 영업 팀에서는 하현구 과장과 심현수 대리, 그리고 기술연구소의 박찬희 박사가 참석했다. 한국 3M 영업 팀의 백민석 과장은 개발 팀의 송윤주 박사와 함께 참석을 했고, 인지 디스플레이 금형 팀에서는 김지열 이사와 이용걸 과장이 참석했다. 전체 개발을 이끌어 나가는 삼성전자 개발 팀에서는 소재해석 파트의 프로젝트 매니저인 박지훈 책임과 정일호 선임, 고정열 사원과 최수현 사원이 모두 참석했고, 기구개발 팀에서 김종국 선임, 김원기 선임 그리고 김성태 사원이 합류했다.

"혹시 학교 다니시면서 매번 반에서 1등 하신 분 있으신가요? 정 선임이랑 수현이, 정열이는 반에서 1등 자주 했었겠지? 그러면, 전교 1등

해 보신 분은요? 쉽지 않죠? 자제분들 전교 1등 하고 그러면 밥 안 드
셔도 배부르시죠? 그럼, 전국 1등 해 보신 분이나, 주위에서 전국 1등
한 친구를 보신 분 손 한번 들어 보세요. 제가 여러분들과 업무적으로
교류를 해 본 경험으로는 모두 공부하고 친하신 분은 아무도 없는 것
같아서…. 하하하."

박 책임이 뜬금없이 전국 1등 이야기를 하면서 손을 들어 보라고 하
자, 여기저기서 웃음 소리가 들렸다.

"근데요. 이거 어쩌죠? 여러분들은 이미 전국 1등이 아니라, 아시아
를 넘어서 세계 1등을 하고 있다는 것입니다. 우리 LCD가 세계 1등이
잖아요. 제 말이 틀렸나요? 이건 자부심을 가져야 하는 문제고요. 앞
으로 우리가 개발을 해 나감에 있어서 자신감을 가지고 선제적으로,
또 공격적으로 당면한 문제들을 풀어 가야 한다는 것을 의미하겠습니
다. 앞에는 아무도 없고 저희가 1등이니까 계속 달려가야지. 뒤에서
바짝 뒤쫓아 오잖아요."

간단히 인삿말을 마친 박 책임이 이번 개발 프로젝트의 개요에 대
해 설명한다. 삼성의 기구개발 팀이 선행개발 팀으로부터 입수한 정보
에 따르면 내년도 애플의 아이패드 2는 원가절감보다는 더 가볍고, 더
얇게 만드는 것이 그들의 개발 목표였다. 때문에 아이패드에 들어가는
화면이 되는 LCD 모듈을 어떻게든 0.1밀리미터라도 더 얇게 디자인하

고, 0.1그램이라도 더 가볍게 만들어서 모든 신뢰성 실험을 통과시키는 것이 삼성전자 LCD 사업부 개발 팀의 임무였다. 양산으로 넘어가면 불량률이 피피엠Part Per Million(100만분의 1) 단위 수준으로 관리될 수 있도록 제조 용이성을 고려하고 각 부품의 구매가 원활하게 이뤄지도록 설계해야 했다. 쉬운 일이 아니었다. 그렇지 않으면 애플은 이번처럼 LG 디스플레이쪽과 긴밀하게 협조하면서 다시 한번 태블릿 PC에서는 삼성을 뒤처지게 할 게 뻔했다. 기구개발 팀에서 전달받은 스펙spec을 기준으로 하니, 소재해석 파트에서 담당한 보텀새시 설계가 대대적인 성형 수술을 필요로 했다. 소재 측면으로는 두께 0.4밀리미터를 유지하면서 평평한 대부분의 면적은 마그네슘합금판재로 만들고, 가장자리 측면으로 벤딩부는 알루미늄합금으로 성형해 두 소재를 결합하는 하이브리드 디자인을 박 책임이 생각해 내었다. 박 책임은 두 소재를 결합하는 방식으로 키key 타입의 '열쇠-자물쇠' 방식을 고안해 '남male-녀female'로 신개념을 설계에 도입했다. 이미 인지 디스플레이와 협업해 샘플을 준비했다. 소재해석 파트에서 근무하는 나머지 세 명은 이미 박 책임의 새로운 디자인 개념을 함께 검토했기에 놀라지 않았지만, 기구개발 팀의 베테랑 엔지니어인 김종국 선임, 김원기 선임, 그리고 김성태 사원부터 한국 3M과 포스코 직원들은 입을 다물지 못하고 놀라움을 표현했다. 아이디어가 신선하고 충격적이었다.

"와! 할 수 있겠는데요?"
할 수 있을 것 같은 것과 진짜 해내는 것에는 큰 차이가 있다. 적어도 엔지니어링 문제에 있어서 세상에 대량으로 쏟아져 나오는 물건은 할 수 있을 것 같은 것을 반드시 해내야 하는 것으로 바꿔야만 했다.

"포스코에서는 0.4밀리미터 마그네슘합금 판재의 평탄도를 얼마나 확보하실 수 있을까요?"

박 책임은 각 담당자들에게 물어야 할 질문들과 함께 구체적으로 화이트 보드에 그림을 그려 가면서 각 부품이 갖추어야 할 스펙과 여유 공차를 계산하기 시작했다.

"3M에서는 0.1밀리미터 반사 시트 한쪽 면에 점착제를 발라주실 수 있죠?"

모두 고개를 끄덕이며 할 수 있다는 신호를 보낸다. 기구개발 팀의 리더인 김종국 선임에게 나머지 기구 설계 컨셉을 설명해 달라면서 자리를 양보하고 물러나는 박 책임의 얼굴에 선 굵은 웃음기가 비친다. 해낼 수 있다는 표정이었다. 기구개발 팀에서 확인한 아이패드 2의 구체적인 스펙은 두께 9밀리미터 미만, 총 무게는 600그램으로 이번에 출시한 아이패드 오리지널보다 엄청 얇아지고, 가벼워져야만 했기에, LCD 패널 뒤의 백라이트에 들어가는 도광판LGP, Light Guide Plate의 두께가 얇아지고, 프리즘 시트와 확산 시트도 새롭게 개발된다고 했다. LED 광원의 개수도 도광판의 두께가 얇아지는 만큼 줄어드는데, 빛의 밝기인 휘도는 더 높아져야 했기에 LED 광원의 효율성이 높아지도록 새롭게 개발해야 했다. 모든 것이 다 새로운 도전이었지만, 그만한 도전쯤이야 해낼 수 있는 엔지니어들이 모여서 일하는 곳이 한국 아니겠는가.

인지 디스플레이에서 준비한 샘플을 살펴본 후 각종 질문과 대답이 오고 갔다. 화기 애애한 분위기는 4시가 넘어서 회의가 끝날 때까지 계속되었고, 각자 담당한 개발 아이템들에 대해 박 책임이 정리를 하자, 서로 악수를 하고 헤어진다. 박 책임을 제외한 삼성전자 개발 팀 여섯 명은 회사로 복귀하고, 박 책임은 원 수석과 약속한 두정동의 이랑참치 횟집으로 향한다. 가는 길이 평안하고 부담이 없었다. 오랜만에 느끼는 월등한 우월감이었다.

❖

한편, 삼성전자 개발 팀의 정일호 선임을 비롯한 나머지 연구원들은 회사로 복귀하자마자 이미 서로 동의한 대로 함께 바로 퇴근하고 기숙사 호프집으로 향했다. 박 책임이 고생했다며 회식에 보태 쓰라고 5만 원을 건넸기에 기분 좋게 가벼운 회식을 하기로 했다. 소재해석 파트는 7라인 6층에 있었고, 기구개발 팀은 훨씬 먼 거리의 8라인 8층에 위치하고 있었기에 기구개발 팀이 기숙사 호프집에 도착했을 때 소재해석 파트 팀원들은 벌써 통닭에 맥주를 한창 먹고 있었다. 기구개발 팀의 김종국 선임은 박 책임과 같은 동탄의 나루마을 두산위브 아파트에 살고 있어서, 박 책임은 어디 갔냐고 물었다. 기구개발 팀의 원 수석과 함께 두정동에서 회식을 한다고 바로 퇴근했다는 말에 박 책임에게 전화를 건다.

"지훈이 형, 어디예요? 두정동이요? 다시 회사에 들어와요, 아니면 바로 집으로 퇴근해요? 나는 또 형이랑 같이 회식하는 줄 알았죠. 아, 원 수석님이랑 함께 바로 퇴근한다고요? 그래요. 그럼 내일 아침에 봐요. 네."

박지훈 책임과 김종국 선임은 같은 아파트에 살고 있어서 가족끼리도 친했다. 연세대 기계공학부를 졸업하자마자 삼성전자 LCD 사업부에 취직을 한 김종국 선임은 벌써 6년 차 선임이었고, 박 책임은 2008년에 책임으로 입사해서 3년 차 책임이었다. 직급은 박 책임이 높았지만, 회사 근무 연수나 경험이 많은 김종국 선임이 언제나 박 책임을 뒷받침해 주고 있었기에 박 책임의 디스플레이 설계 이해도가 높아졌다. 둘은 마치 애인처럼 항상 아침에 같이 출근 버스를 타고 저녁에 함께 퇴근 버스를 타고 다니면서 어울렸다. 2009년 초에 전자재료용 고장력 강을 개발할 때부터 짝꿍으로 프로젝트도 함께 하고 특허도 함께 내면서 점점 친해지더니, 요즘에는 아예 모든 프로젝트를 함께 제안하고 실행했다. 얼마 전에는 스마트폰의 운전 중 문자 발신 금지 특허도 둘이서 함께 출원했다고 했다.

"자, 다 모였으니 잔 채우고 모두 건배."

가장 기수가 높은 김종국 선임이 건배를 제안하자, 다들 피처pitcher에서 잔에 가득 채운 맥주를 시원하게 들이켠다. 입에 묻은 거품을 거칠고 큰 손으로 닦아 내고 담배를 한 대 뽑아 문 김원기 선임이 김종국 선임에게 올해 성과급에 대한 소문을 묻는다.

"종국이 형, 올해 PSProfit Share(성과급)는 당연히 50퍼센트겠죠? 2월 달에 밴쿠버 동계 올림픽에 다음 달에는 남아공 월드컵도 겹쳐서 시기적으로 TV 엄청 팔릴 때잖아요? 다들 뭐래요?"

"그러게 말야. VD 사업부가 엉뚱하게 3D TV를 개발 방향으로 잡지만 않았으면 그냥 가도 50퍼센트일 텐데, 지금 3D TV 망하고 있다면서? 그래도 어쨌거나 50퍼센트는 나올 거라고 하더라."

"네? 그럼 LCD 모듈도 안 팔려요? 연말에 혹시 또 이상한 소리 나오는 거 아닌가?"

"우리 사업부의 절반은 VD가 사 가고, 나머지 중에 35퍼센트 정도는 소니가 그리고 나머지를 중국 TCL이나 일본 도시바가 사 가는데, VD를 비롯해서 모든 고객사가 작년 연말에 개봉한 3D 〈아바타〉를 보고 TV 컨셉을 3D로 잡으면서 그다지 예상처럼 LCD 모듈이 나가지는 않나 보더라. 전지환 상무님이랑 원성호 수석께서 그렇게 말씀하시는 걸 들은 것 같아."

대화가 여기에 이르자, 고정열 사원이 머리를 앞으로 들이밀면서 한 마디 한다.

"그래서 박 책임은 4D TV를 개발했어야 한다고 하시더라구요. 향기가 나고, 앰프로 진동을 느낄 수 있는 4차원 TV. 한 발짝 더 나갔어야 했다고 하시더라구요."
"4D TV? 그게 뭔데?"

눈만 껌뻑거리고 아무 말도 없이 맥주만 들이켜던 김성태 사원이 후배 고정열 사원에게 묻는다.

"예를 들어 〈라이언 일병 구하기〉라는 영화를 보면, 포탄 냄새가 나고, 폭탄 터지는 진동을 피부로 느낄 수 있도록 앰프가 달린, 또 무선 스피커로 서라운드 시스템을 제공하는 그런 프리미엄 TV를 개발해야 한다고 하시더라구요. 지난번 저희 소재 파트 회식에서. 그치, 수현아?"

고정열 사원이 동기 최수현 사원에게 되묻자, 최수현 사원이 신나게 박 책임의 아이디어를 설명한다. 올해는 어차피 전 세계적인 이벤트가 많기 때문에 굳이 새로운 개발 제품을 선보이기보다는 차세대 TV를 연구하는 안식년 정도로 생각을 하고 화면의 내용을 인식하는 인공지능 프로그램을 갖춘 LCD 모듈을 개발할 수 있도록 시간을 주었어야 했다고 했다. 그게 가능해지면, 화면을 인식해서 적절한 장면에서 향기를 배출하고 또 TV 스피커를 한 단계 업그레이드해서 앰프와 무선 스피커를 제공하도록 해 서라운드 시스템에 오케스트라의 현장에 있는 것 같은 진동을 피부로 느낄 수 있도록 3차원을 뛰어넘는 4차원 TV를 개발했어야 했다고 했다. 3D TV는 눈에 피로만 주고, 오랫동안 TV를 볼 수 없도록 할 뿐 아니라 시청하려면 안경을 써야 하는 불편함까지 있기에 시각에 국한된 편협한 개발 인식을 버려야 한다고 했다. 최수현 사원이 한참을 신나게 설명하고 나니, 속으로 최수현 사원에게 관심이 많다고 알려진 김원기 선임이 다시 한번 모두에게 건배를 제의하면서 내년에 우리가 개발해 보자고 한다. TV 개발은 세트사에서 담당한다. LCD 제조사는 최종 TV 세트를 만들어 내는 세트 고객사의 개발 요청에 따라 LCD 모듈을 선제적으로 개발하는 것이다. 세트 개발 팀이 엉뚱하게 개발 방향을 잡으면 이렇게 모두가 엉망진창, 중구난방이 되어 그해 농사를 망치거나 운이 좋지 않으면 몇 년간 헛고생 하게 된다. 그게 TV 사업이고 무서운 일이었다.

김원기 선임이 화제를 돌려, 오늘 있었던 아이패드 2 LCD 모듈 개발에 대해 말문을 연다.

"그건 그렇고, 아까 회의에서 박 책임이 하시는 걸 보니, 이번에 대박 성공할 것 같던데요? 종국이 형은 미리 알고 있었나 봐요? 올해 박 책임 또 '자랑스런 삼성인상' 받는 거 아닐까?"

"글쎄, 그냥 대충, 마그네슘합금 판재랑 알루미늄합금 판재를 하이브리드로 접착한다고만 들었지, 나도 샘플은 처음 봤으니까, 잘 몰랐지.

알았으면 우리 기구개발 팀에서 전체 설계할 때 너한테 귀뜸이라도 했을텐데 말이야."

그러자, 정일호 선임이 끼어든다.

"저희도 엊그제까지는 몰랐어요. 사실은 박 책임도 엊그제 갑자기 생각났다고 했어요. 저를 부르더니, 종국이 형이 세트가 9밀리미터 미만, 무게는 600그램이라고 한다고 그러면서 워낙 두께를 13.4밀리미터에서 9밀리미터 미만으로 줄이기 때문에 무엇보다 강성에 신경을 써야 한다고 상대강도가 센 마그네슘합금을 써야겠다고 하시더라구요. 한 달 전만 해도 꼭 마그네슘합금을 개발에 적용할 생각은 없었던 것 같았거든요. 아직 확실하게 검증된 소재가 아니라면서요. 아마 박 책임이 오늘 원 수석님이랑 그 얘기하려고 밖에서 만나시는 것 같아요. 원성호 수석님이 경험이 많으시다고 여쭤봐야겠다고 했거든요. 아마 삼성자동차 근무하실 때 어쩌면 경험이 있으실지도 모르겠다고 말예요."
"그럼, 진짜 개발하면서 잘 살펴야 하는 거네. 다들 조금 더 정신 차리고 집중해야겠다."

김종국 선임이 치맥 회식을 마무리하면서 이번 프로젝트의 2차 책임자로서 팀원들에게 주의를 당부하고는 기숙사 당구장으로 가자고 한다. 최근에 개발 팀에서는 당구가 유행이었다. 기구개발 팀의 김종국 선임(200점), 김원기 선임(150점), 김성태 사원(150점)이 한 팀을 만들고, 소재

해석 파트의 정일호 선임(80점), 고정열 사원(250점), 최수현 사원(300점)이 또 한 팀을 만들어 내기 당구를 하기로 한다. 최수현 사원은 정일호 선임 과 고려대학교 재료공학부 선후배였는데, 안암동 고려대 앞 고려당구 장에서 알바를 2년간 한 '짠 300'이었다. 실제로는 400을 놓고 쳐도 전 혀 문제가 되지 않는 실력이었다. 정 선임이 시간만 되면 최수현 사원 에게 당구를 배우고 있었다. 학교 다니던 시절에는 당구장에서 살다시 피 하는 최수현 사원을 다그쳤던 정일호 선임이 회사에 들어와서는 오 히려 그녀에게 당구를 배우는 입장이 되다니, 실로 앞날은 알다가도 모를 일이다.

"그럼 정 선임이 80이니까 선구 치도록 하지."

언제나 선구를 치는 정일호 선임은 안경 너머로 번뜩이는 눈빛에 자 세는 최대한 낮추고 발과 발 사이의 간격을 몇 번 조정하고는 초크 칠 을 마치고 스트로크 준비를 한다. 어차피 못 맞추거나 맞추거나 아무 것도 아니지만, 최근 한창 당구에 재미를 붙인 정 선임은 단 한 구라 도 더 맞추려고 안간힘을 쓴다. 옆에서 지켜보는 다른 팀원들은 제각 기 그런 정 선임을 재미있다는 듯이 쳐다보고 있었다. 기숙사 당구장 안에서는 담배를 못 피우기 때문에 김원기 선임은 자신의 차례를 마지 막으로 해 달라고 하고는 잠시 밖으로 나가서 맛있는 담배 한 대를 피 우고 오겠다고 한다. 최수현 사원은 그런 김원기 선임을 향해 뾰로통 한 표정으로 담배나 끊고 사귀자고 하든지 말든지 하라는 시늉이다.

부산대 기계공학과를 졸업했고, 해병대를 나온 부산 사나이 김원기 선임은 그러든지 말든지 담배는 끊지 못하겠다고 한다. 기숙사 건너편에 있는 슈퍼마켓에서만 담배를 살 수 있었는데, 항상 보루째 사는 김원기 선임이랑 가게 사장님은 아주 친했다.

❖

이랑참치 앞에 내린 박 책임은 전화기를 들어 원 수석에게 전화를 건다. 인지 디스플레이에서 회의 마치고 바로 이랑참치로 왔으니 천천히 오시라고 했고, 언제쯤 오시는지를 여쭈었다. 도착하는 시간에 맞추어 음식이 나오도록 할 참이었고, 누가 보자고 하는지도 궁금했기 때문이었다. 회사에서는 '원 수석님', '박 책임'이었지만, 사석에서는 '형님', '동생'이었다.

"형님, 지훈이에요. 언제쯤 오실 것 같으세요?"

"아, 다 끝나서 5시 넘으면 곧 나갈거야. 신흥정밀의 정준호 차장이 밖에서 기다리고 있어. 같이 갈 거니까 5시 반이면 도착할 거야. 조금만 기다려라. 음식 준비시키고."

"신흥이구나, 오늘 보자는 게…. 어쩐지…. 그럼 오늘 인지에서 있었던 내용 알려고 그러는 거겠네요?"

"응. 그리고, 그보다 더 나가서 너한테 무슨 계획이 있는지도 궁금해하지 않을까? 그건 나도 궁금하고⋯. 사실, 아이패드 2 LCD 모듈 개발한다고 하지만, 애플이 우리랑 하겠냐? LG디스플레이랑 하겠지?"

"아, 그건 와서 얘기해요. 5시 다 되어 가니까 준비하시구요."

"그래, 가서 얘기하자꾸나. 네가 무슨 계획이 있겠지."

원 수석의 말이 맞다. 애플은 절대 삼성전자 LCD 사업부와 신제품을 처음으로 출시하지 않을 것이 뻔했다. LG디스플레이와 다음 신제품을 출시할 것이 거의 99퍼센트 확실했다. 애플이라는 공룡 기업을 이끌고 있는 스티브 잡스의 매직이 그것이었다. 각 사업 부문에서 2위 업체와의 긴밀한 협력 속에 최종 세트 시장에서는 애플이 1위를 달성하는 것이 그것이었다. 통신 회사가 되었든, LCD 디스플레이 회사가 되었든, 마이크로 칩 회사가 되었든 간에 상관없이 그들은 각기 사업 부문에서 2위를 하는 업체와 긴밀한 협력을 통해 애플이 시장에서 1위를 하는 데 협력할 수 있도록 했다. 리더십이 있었기에 가능한 일이었고, 그들의 기술을 낱낱이 알고 있었기에 가능한 일이었고, 불가능에 당당히 도전할 줄 알았기에 가능한 일이었다. 박 책임은 먼저 이랑참치에 들어가서 자리를 잡고 앉았다. 인당 7만 원인 무제한 리필 코스를 시키고, 5시 반쯤 박지훈 책임을 찾아오는 두 명을 모서 달라고 아줌마에게 얘기하고는 재떨이를 부탁한다. 깊이 한 모금 빨아들이고는 복잡한 머릿속을 정리하려고 노력한다. 솔직히 걱정이다. 아이패드 2 LCD 모듈 개발에 성공하기도 쉽지 않을뿐더러, 성공하더라도 애플에 독점 공급하는 것은 그들의 성향이나 그동안의 이력을 생각해 보면 불가능에 가까웠기 때문이다. 오늘 원 수석에게는 그런 문제를 상의하고 싶은데, 신흥의 정준호 차장이라면 믿을 만한 사이였기에 속에 있는 모든 얘기를 나누어야겠다고 다짐하면서 잠시 심호흡을 가다듬는다.

"심심하지는 않았냐?"

"별로요. 정 차장님 오셨네요. 저한테 미리 전화라도 주시지 그랬어요?"

"아이고, 우리 박 책임님. 그동안 잘 지내셨죠? 자주 찾아뵙지도 못하고 죄송합니다. 오늘 갑자기 탕정에 내려갈 일이 있었어요. 아까 구매 이승우 상무 주관으로 프레스 협력사 원가절감 회의가 있어 가지고요. 오랜만에 원 수석님께 먼저 TV 보텀새시 관련해서 전화드렸다가 박 책임님 소식을 들었죠. 시간 내 주셔서 정말 감사합니다."

"그건 그렇고, 세 명이 모두 술을 좋아하지 않으니, 소주 한 병 시키고 음식이나 실컷 먹으면서 박 책임 얘기나 들어 보자고. 너 오늘 인지에서 회의 잘했니?"

원 수석이 바로 본론으로 주제를 돌린다. 얘기가 길어지면 쓸데없는 소리가 협력사 귀에 들어갈 수도 있고, 그러면 불필요한 소문이 회사 주변에 돌게 된다. 그렇기에 꼭 필요한 얘기만 하는 스타일의 원 수석을 믿고 따르는 책임 연구원들이 많았다. 원 수석은 어차피 공유될 마그네슘합금 판재의 개발 상황과 향후 박 책임의 계획을 신흥의 정준호 차장과 공유해 주도록 유도했다. 그게 오늘 정준호 차장이 원 수석에게 부탁한 핵심이고, 원 수석은 그 대가로 정준호 차장에게 자신이 맡고 있는 TV 모델의 보텀새시 견적을 최대한 싸게 내 줄 수 있도록 부탁하는 것이었다. 누가 갑이고 누가 을이고, 그런 관계가 없이 모두가 병인 평등한 관계가 그렇게 성립되었던 것이다. 한 가지를 부탁받으면, 그래서 그걸 들어주면 나도 저쪽에 또 다른 한 가지를 부탁하게끔 되어 있었다. 오면 가고, 가면 오는 기브 앤 테이크give and take 시스템이 작동하고 있었다. 적어도 전자 산업에서라면 그게 정석이고 올바른 사업 방식이었다.

"아, 배부르다. 다 먹었지들? 정 차장이 계산하고 나면 주차장에 가서 담배 한 대씩 피고는 바로 동탄 들렀다가 수원 매탄동으로 가자고."

인지에서 있었던 개발 관련 회의 내용을 확인한 신흥정밀의 정준호 차장도 만족했고, 이를 통해 차기 TV용 LCD 모듈에 들어가는 55인치 보텀새시의 견적을 최대한 저렴하게 받아 낼 준비가 된 원 수석도 만족스러웠고, 애플이 안 되면 삼성 무선사업부에 연락해서 갤럭시 탭(태블릿 PC)에 밀어 넣도록 연락해 주겠다는 원 수석의 믿음직한 아이디어에 박 책임도 만족스러웠다. 정 차장의 차가 주차되어 있는 주차장으로 가는 동안 박 책임은 아내 소라에게 전화를 건다. 정준호 차장과는 이미 가족끼리도 친했다. 정준호 차장의 가족이 수원 매탄동 원 수석 아파트와 같은 곳에 살고 있었기에 자주 광교산에 가족끼리 모여서 친목을 도모하고 특히, 정 차장의 와이프가 아세안 볼트 그룹의 둘째 딸이었기에 지난 전자재료용 고장력강 개발을 하면서 나사 개발에도 깊이 관련한 경험이 있어서 얘기가 자연스럽게 잘 통했기 때문이었다. 아내 소라는 조심해서 오라고 하고는 아이들 책을 읽어 주고 있다고 했다. 오늘따라 모든 일이 순조롭게 풀리는 게 기분이 상쾌해진 박 책임은 차에 올라타자마자 몇 가지 자신의 아이디어를 내뱉는다.

"저기 저 신호등 있잖아요. 혹시 55인치 패널로 모든 신호등을 교체하면 어떨까요? 빨강, 주황, 녹색 표시야 멀리서도 볼 수 있게 크게 나타내면 되고, 지금 주위의 교통 상황이랑 오늘 저녁 내일 오전 날씨 예보도 알려 주고, 그러면 좋지 않을까 싶은데…"
"그거 괜찮은 생각인데요, 박 책임님."

신흥정밀의 정 차장이 맞장구를 치면서 박 책임의 기분을 끌어올린다. 원 수석도 잠시 생각에 잠기더니, 나쁘지 않은 생각이라면서 개발2팀의 장도섭 상무랑 기구개발 팀의 전지환 상무에게 보고하도록 조금 더 깊이 생각해 보라고 주문한다. 예를 들면, 악천후 속에서도 패널이 깨지지 않아야 하므로 강화유리를 덧대야 할 것이고, 신호등처럼 위를 막아 주는 덮개가 있어야 하지 않느냐면서 박 책임에게 아이디어를 더 구체적으로 발전시키라고 조언한다. 차가 한참 고속도로를 달려 안성 쯤을 지나갈 때, 다시 한번 박 책임이 또 다른 아이디어를 얘기한다.

"제가 취미가 요리잖아요. 그래서 말인데, 우리 삼성에서 스마트 쿠커를 개발하고 제품 출시하면 어떨까 해요? 혹시 형님, 생활가전 사업부에 아시는 분 없으세요?"

원 수석은 생활가전 사업부에도 친구들이나 선후배들이 많았다. 인천에서 고등학교를 나오고 서울대 농기계공학과를 졸업한 원성호 수석은 삼성 내부에서 동문 선후배들과 돈독한 관계를 유지하고 있었고, 경기과학고를 졸업한 후 서울대 기계재료공학부에서 박사를 한 박지훈 책임을 동생처럼 여겼다. 박 책임은 동문 선배이자 회사에서 자신을 동생처럼 아껴 주는 원 수석을 친형처럼 따랐다.

"왜 없어? 많지. 근데, 스마트 쿠커가 뭔데? 밥솥을 얘기하는 거니?"
"네. 그런 형태인데요. 우리 LCD 화면에 만들고자 하는 음식을 검색하면 레시피를 동영상으로 보여 주거나, 아니면 그림과 텍스트로 내용을 알려 주고 마치 요리책처럼요. 그리고 재료도 설명해 주고, 한 가족 4인분의 음식을 조리해 주는 끝내주는 인공지능 쿠커 만들어 보면 좋지 않을까요?"

운전을 하면서 뒷좌석에서 계속 떠드는 박 책임을 룸미러로 쳐다보던 정 차장이 목소리를 높여 맞장구친다.

"야, 우리 박 책임님은 아이디어가 끝이 없네요. 앞으로 원 수석님 이어서 임원 문제 없으시겠어요. 아마 두 분 다 부사장까지는 그냥 가실 것 같아요. 그쵸, 원 수석님?"

"글쎄, 그건 두고 봐야지. 잘한다고 임원 되는 것도 아니고, 시대랑 상황이 받쳐 줘야 되고, 줄도 잘 서야 하고, 운이 따라 줘야 한다고 하니까. 내가 봐도 그래. 실력만 가지고 되는 것도 아니고 말야. 스마트 쿠커는 우리가 하기에는 좀 무리가 있으니까 나중에 천천히 아이디어 더 구체적으로 생각해서 알려 줘 봐. 생활가전 사업부 금형개발 팀의 농기계학과 후배가 한 명 내년에 수석 진급할 것 같은데, 그 녀석에게 한번 아이템 가져가서 잘 해 보라고 연결해 줘 볼게. 근데, 너는 지금 우리가 맡아서 해야 할 일도 많은데 언제 그런 뚱딴지 같은 생각을 할 시간이 있냐?"

차가 동탄에 들어서 이마트를 왼편에 두고 지하 도로를 빠져나오자, 원 수석이 선택과 집중을 하라고 한마디 한다. 사실 원 수석의 말도 일리가 있었다. 너무 많은 아이템만 나열하는 것은 실력 있는 엔지니어가 할 일은 아니었다. 그렇지만, 박 책임은 자신이 맡아서 하는 일에는 거의 완벽할 정도의 실력을 보여 주고 있었고, 계속 아이디어가 떠오르는 걸 감추지 않고 주위 엔지니어들과 공유할 뿐이었다고 했다.

"글쎄요. 자면서도 이 생각 저 생각 많이 들더라고요. 회사에서는 회사 일에 바쁘고 집중이 되는데, 언젠가는 캐나다나 미국으로 가야지 싶으니, 되도록이면 가능할 때 아이디어 많이 생각해 보고, 또 실력 있는 분들에게 제 아이디어 검증도 받고 특허도 출원하고 싶어서요. 요즘 들어 아내가 부쩍 한국을 더 힘들어하고 있어요. 자꾸 밴쿠버로 가자고 해서… 고민이 많아요."

"하긴, 박 책임님 저번에 보니까 사모님이 밴쿠버 생각 많이 하시는 것 같더라구요. 우리 와이프랑 얘기하면서 밴쿠버 장모님 걱정을 많이 하시더라고 그러던데 말예요."

정 차장이 자기 와이프랑 박 책임 아내랑 친하다고 얘기하면서 거든다.

4
캐나다 스타트업

폭스콘Foxconn의 크리스탈Crystal과 통화를 끝낸 크리스토퍼 Christopher가 가느다란 손가락으로 노트북 화면을 가리키더니, 이내 고개를 돌려 옆자리의 제리Jerry에게 조용히 묻는다.

"이봐, 제리. 9월 15일 일요일 새벽 1시 15분 비행기를 타면 안 될까?"

입가에 가벼운 미소를 머금은 제리가 뭐가 문제겠느냐며 어깨를 들었다 내리면서 크리스토퍼에게 오케이 사인을 보내자, 제이슨도 고개를 끄덕인다.

"그럼, 우리 세 명 모두 그 비행기로 예약하자구."

자리로 돌아온 제이슨이 곧바로 구글링을 한다. 입력 창에 '토론토발

타이페이행 비행기 예약Flight booking Toronto to Taipei'을 쳤더니, 제일 상단에 대만의 에바 항공EVA Air 티켓이 가장 싼 가격으로 표시되면서 눈에 들어온다.

"아! 크리스가 이걸 말하는 거였군."

	9/15 (일)		9/16 (월)	비행 시간	종류	가격
에바항공 토론토Toronto - 타이페이Taipei	01:45	~	05:00	15h 15m	직항 Non-stop	-

옵션 선택 (추천 항목: 굵은 글씨)			
	Basic	Standard	Plus
Economy	653.53	813.53	998.53
	Economy/Basic	Economy/Standard	Economy/Plus
Premium	874.53	1,088.53	1,670.53

	9/20 (금)		9/20 (금)	비행 시간	종류	가격
귀국 일정 Return Schedule	19:40	~	20:30	13h 50m	직항 Non-stop	-

잽싸게 추천 옵션인 프리미엄 '이코노미/베이직'을 '왕복'으로 선택하고는 '다음' 버튼을 누른다. 다음 화면에는 여권을 꺼내어 신상 정보를 입력하도록 되어 있다.

- 칭호Title: 미스터Mr.
- 성Last Name: 박PARK
- 이름First Name: 지훈JIHOON
- 이메일e-mail: jpark@cjaudiolab.com
- 휴대전화Mobile Phone: 1-519-897-1699
- 성별Gender: 남성Male
- 생년월일Date of Birth: 07/29/1972
- 국적Nationality: 캐나다Canada
- 문서 유형Document Type: 여객 여권Passenger Passport
- 문서 번호Document Number: AL165738
- 만료일Expiration Date: July/31/2029
- 발행 국가/지역Country/Region of Issue: 캐나다Canada

'다음' 버튼을 누르자, 신용카드 정보를 입력하는 창이 뜬다. 빠짐없이 내용을 입력하고 '확인' 버튼을 누르자, 곧바로 '예약확인' 이메일이 날아온다.

비행기 예약을 마친 제이슨은 카페테리아에서 콜롬비아Colombia산 100퍼센트 커피 한 잔을 받아들고 메인 오피스로 들어갔다. 마침 비행기 예약을 마친 제리가 토론토 공항까지 함께 택시를 타고 가자면서 집 주소를 묻는다. 다행스럽게 같은 워털루Waterloo 지역에 살아서 토요일 밤 10시에 집을 나서면 충분하게 되었다. 다시 자리로 돌아오니 가직이 앉아 있는 제시가 웃으면서 묻는다.

"제이슨, 대만 출장 가? 와, 좋겠다. 나도 가고 싶은데."

제이슨은 통닭 먹다가 치킨 무가 함께 배달되지 않은 걸 알아차린 양, 퉁명스럽게 짜증을 내면서 말한다.

"니가 가라! 대만."

사실 이번 폭스콘 출장은 제이슨 대신 엔지니어링 리드인 세바스찬 Sebastian이 가기로 되어 있었는데, 갑자기 크리스가 기구 설계 엔지니어인 제이슨에게 책임을 크게 지우면서 사람이 바뀐 것이었다. 스마트 디지털 키보드는 이번에 처음으로 완성품을 만드는 상황이어서 제조라인 점검 및 관련된 설비 투자가 큰 모험이었다. 세바스찬이 갑자기 몸에 두드러기가 나고 기침이 심해지는 이상한 증상이 나타나면서 2주 전에 제이슨이 모든 걸 대신 맡아서 가기로 결정된 것이었다. 머리가 아파진 제이슨이 순진한 제시를 타박할 만도 했다.

그들이 개발하고 있는 스마트 디지털 키보드는 세 가지 종류로 61 건반이 $250, 76 건반이 $300, 88 건반은 $450로 가격을 책정했다. 와이파이가 연결되면 CJ 오디오랩CJ Audio Lab의 클라우드 서버에 접속해서 연주하고자 하는 곡의 악보를 무료로 제공받을 수 있었다. 스마트 디지털 키보드의 커버를 열면 가로로 폭이 긴 LCD 디스플레이 화면이 펼쳐지고 악보가 연주 상황에 따라 계속 연이어 출력되어 나타난다. 초보자에게는 게임 형태로 연습을 할 수 있도록 악보 음표대로 정확히 건반을 치면 음표가 깨져 나가면서 점수가 올라갔다. 옵션에 따라 각국의 언어로 가사가 표시되기도 했고, 그러면 노래방 반주기가 되어서 블루투스 스피커를 연결해서 즉석 노래방 분위기를 만들 수 있었다. 물론, 화면을 TV에 HDMI로 연결하면 거실이 근사한 노래방으로 변신할 수 있었다. 온 가족이 함께 즐길 수 있는 스마트 디지털 키보드를 개발하고 있었다.

최근 갑자기 워털루 지역 내에서 핫하게 떠오르는 벤처인 CJ 오디오랩의 공동 창립자는 크리스토퍼 레이먼드와 제리 양이었다. 크리스가 CEO이며 마케팅 전문가이면서 아마추어 피아니스트였고, 제리는 토론토대학University of Toronto의 전기공학부 교수로서 전파공학을 전공하면서 음향학도 연구하는 아마추어 드러머였다. 그 두 사람은 엔지니어 리드인 세바스찬이 서로를 연결해 준 것을 인생의 큰 행운이었다고 생각하고 있었다. 4년 전인 2015년에 두 사람이 설립하고 한동안은 토론토대 교수인 제리가 특허를 출원하면서 벤처캐피탈 투자를 받으려고 돌아다녔다. 워낙 유명한 대학의 교수가 창립자였고, 크리스 역시 블랙베리BlackBerry로 유명한 RIMResearch In Motion에서 프로젝트 매니저로 좋은 경력을 쌓은 터라 어렵지 않게 큰 금액을 투자받을 수 있었고, 토론토대와 워털루대University of Waterloo 졸업생들을 합류시켜 규모를 키워 나갔다. 작년에 드디어 LCD 디스플레이 업체인 대만의 AUO가 15억 투자를 결정했고, 이어서 바로 폭스콘도 10억 투자를 결정하면서 가장 핫한 벤처기업 명단의 최상위권에 랭크하게 되었다. 올해에는 일본의 야마하YAMAHA와 카시오CASIO도 연락을 해 와서 한창 투자 유치에 열을 올리고 있었다. '캐털리스트Catalyst 137'이라는 건물에 함께 있는 크리스티메디컬Christie Medical에서도 5억 투자가 결정되면서 스마트 디지털 키보드에 의료 기능을 접목하는 프로젝트까지 진행하게 되었다. 이 과정에서 제이슨은 제품의 설계와 조립 등 최종 제품의 양산 품질을 확정하는 기구 엔지니어로서 제품의 전 설계 과정에 관여하고 있었고, CAD 디자인이 끝나고 목업mock-up 샘플을 만들어 조립 공정을 확인하는 시점까지 오게 된 것이다. 일주일 후면 대만 폭스콘의 관계자들과 목업 샘플을 함께 조립하면서 조립 공정의 효율성에 대해 깊이 있는 의논을 해야 했다. 조립에 필요한 기본 연장tool과 종류별 나사, 그리고 테이프와 각종 케이블, 또한 전기회로기판PCB들을 폭스콘 쪽으로 국제 배송해야 했기에 준비하느라 정신없이 바빴다.

"에릭Eric, 우리가 준비했던 배송 품목 프린트해다 줄래? 아무래도 포장하기 전에 다시 한번 우리 기구 준비물 최종 확인하고 포장하는 게 좋겠어."

"알았어요. 제이슨. 나도 마침 똑같은 생각을 하고 있었어요. 바로 프린트해 올게요."

배송 품목 Shipping List			
부품 일련번호 McMaster-Carr ID #	항목 번호 Item #	항목 사항 Item Description	배송량 Amount Shipped
93655A229	30	M3 standoff, 6mm Hex size, 30mm long	7
93657A001	31	Nylon M3 spacer, 2mm long, 6mm OD	7
1376N12	29	Neoprene rubber strip with adhesive, 1"x36"	1
91111A121	21	M4 split lock washers, 4.4mm ID, 7mm OD	100
92095A471	22	M3 screws, 4mm long	300
92000A103	23	M2.5 screws, 5mm long	100
92000A076	24	M3 screws, 3mm long	100
92095A179	25	M3 screws, 6mm long	500
91305A103	26	M2 screws, 4mm long	500
91305A105	27	M2 screws, 6mm long	125
92005A052	28	M2.5 screws, 3mm long	100
7648A733	32	Kapton tape, 1/2"x15'	1 roll
7648A734	33	Kapton tape, 3/4"x15'	1 roll
-	-	Tools, set of 4 screw drivers	1 set
CJ Audio Lab	34	Assembly Jig (3D Printing)	1

"빠진 건 없겠지? 에릭?"

"빠진 거 없어요. 제이슨이랑 저랑 둘이서 열 번도 넘게 확인했잖아요. 이번에 두 대 완성품 조립하실 때 필요한 것은 충분하고 모두 다 해서 열두 대 분이니까 충분하고도 남아요. 그리고, 혹시 다음 주에 더 필요하다 싶으면 직접 가지고 가시든가, 아니면 또 제가 바로 빠른 국제 배송으로 보내 드릴테니, 오늘은 포장해서 보내도록 하죠. 안 그래도 크리스랑 제리가 아까도 전화해서 준비물 다 포장해서 보냈냐고 세바스찬에게 다그치는 것 같더라구요."

　세바스찬에게 다시 한 번 더 전화가 왔다. 크리스였다. 제이슨이랑 에릭이 기구 준비 물품 목록을 최종 확인하고 있다면서 크리스에게 걱정하지 말라고, 10분 후에 바로 국제 배송 담당자가 사무실에 올 거라고 답한다. 세바스찬이 제이슨에게 눈웃음을 지으면서 크리스가 계속 닦달하는 것을 한 귀로 듣고 한 귀로 흘리라고 표시한다. 제이슨도 이제서야 조금 안심이 되는 듯했다. 하도 크리스가 이번 출장에서 문제가 생기면 제이슨이 다 책임져야 한다고 강조를 하는 바람에 자신도 모르게 조금 민감해져 있었는데, 다음 일주일 동안 최종 점검을 하고 폭스콘에 가서 조립 시범 보일 것을 연습하기로 한다. 금요일 오후가 바빴지만, 주말에 조금 머리를 식히고 다음 주에 마무리하면 되겠다고 하고 마음을 놓는다.

❖

　일주일 전에 연락이 왔던 CBC 라디오 토론토CBC Radio Toronto의 클린턴 Clinton이 약속 시간에 맞게 전화 인터뷰를 신청해 왔다.

　"오늘 '온타리오주의 떠오르는 샛별: So Hot' 코너에서는 키치너

Kitchener시에 위치한 CJ 오디오랩의 CEO인 크리스토퍼 레이먼드와 연결해서 얘기 들어 봅니다. 안녕하세요? 크리스토퍼!"

"아, 안녕하세요? 클린턴! 전화 주셔서 감사합니다. CJ 오디오랩의 크리스토퍼 레이먼드입니다."

"어떻게 CJ 오디오랩을 설립하게 되었나요? 개인적인 배경이 있다면 간단히 소개해 주시죠."

"네. 어려서부터 피아노를 치고 싶었습니다. 아홉 살 때 반년 정도 피아노 선생님께 레슨을 받았는데, 그때는 운동을 더 좋아해서 그만두었다가 고등학교에 진학하면서 밴드부에 들어가서 다시 디지털 키보드를 연주하게 되었습니다. 그때부터 지금까지 그냥 혼자서 독학으로 피아노를 공부했다고 해야 할 것 같군요. 학교를 다닌다거나 무슨 전문적으로 훈련받은 적은 없어서 전문가 수준은 아닙니다. 다만, 그냥 치고 싶은 곡이 있으면 어떻게 해서든 꼭 완벽하게 피아노로 연주하고 싶어 하는데요. 악보가 없거나 또는 구하기가 힘든 경우가 많았어요. 그럴 때는 제가 직접 청음을 해서 음을 따서 악보를 만들곤 했죠. 계속하다 보니, 내가 직접 듣고 악보를 직접 만드는 것이 훨씬 시간도 덜 걸리고 정확하다고 느꼈어요. 노래를 한 음 한 음 쪼개고 반복하고 느리게도 듣고…. 하여튼 엄청난 시간을 들이더라도 될 때까지 반복해서 하나씩 하다 보니까, 어느 순간엔가 원곡과 같은 음을 찾을 수 있었고, 이 과정을 반복하다 보니 시간도 단축되고 나중에는 한 번만 들어도 바로 똑같이 칠 수 있게 되더군요. 다만, 그 과정이 훈련이나 혹독한 수련이 아니라 그냥 제가 좋아서 즐기면서 했던 것이 중요했던 것 같습니다. 그러다 보니, 자연스럽게 디지털 키보드 관련해서 일을 하고 싶었는데, 혹시 몰라서 플랜 B로 워털루대 전기공학을 전공하고 어쩌다 보니 부모님 충고로 석사까지 하게 되었네요. 그리고, 블랙베리를 만들던 RIM에서 10년간 프로젝트 매니저로 일하고 스마트 디지털 키보드를 주력 제품으로 하는 전문 음향 기기 제조업체를 창업하게 되었습니다."

"아, 대단한 이력을 갖고 계시군요. 그래서, 악보를 무료로 제공하는 스마트 키보드가 탄생된 거군요. 이번에는 사업가로서 본인의 목표를 듣고 싶습니다."

"훌륭한 비즈니스맨보다는 좋은 리더에 가까운 형이고 오빠가 되고 싶습니다. 기본적으로 결과나 성공보다는 우리 모두가 '무엇'을 '왜' 하고 있는지에 대해 끊임없이 고민하고 임직원과 공유하는 리더십을 생각하고 있고요. 최근에 악보대로 건반을 누르면 음표가 깨지는 게임을 개발했는데, 게임 분야까지 확장하거나 엔터테인먼트 사업까지 본격적으로 확장할 생각은 없고요. 다만, 아주 일부 작은 규모로 저희가 지향하는 생태계에 필요한 만큼은 직접 만들 수 있도록 실력을 키워야 한다고 생각하고 있습니다. 고객에게 즐거움을 제공할 수 있으려면 기본은 갖추고 있어야 하니까요. 스마트 키보드의 모든 기능이 하나로 완벽하게 구현됨으로써 전 세계에서 사랑받는 스타트업start-up으로 성공하고자 합니다."

"네. 좋은 리더가 되고 싶다는 말씀이었구요. 스마트 키보드가 의료 기기로도 활용된다는 계획이 있다고요?"

"네. 심전도 및 맥박을 체크하고 주기적으로 분석해서 연주자의 건강을 돕는 기능이 추가됩니다. 올 연말에 처음 나오는 초창기 버전에는 현재 상황으로 기능이 추가될지 확신할 수는 없는데요. 다음 프리미엄 88 건반 모델에는 반드시 의료 기능이 추가되도록 마일스톤 확립되어 있습니다. 더 나아가서 저희 회사의 CTO인 제리 양 교수가 특허를 출원한 파동 치료 기능도 넣을 수 있도록 노력하고 있습니다. 키보드 특성상 낮은 주파수부터 높은 주파수 대역까지를 모두 커버하다 보니 간단히 바이브레이터vibrator를 연결하면 근육 피로를 풀어 주고 염증을 낮게 하는 효과까지를 증명해 보고 싶네요. 기대해 주시기 바랍니다."

"네. 앞으로 캐나다를 대표하는 세계적인 스타트업으로 다시 한번 블랙베리의 명성과 같은 큰 기업으로 성장하시기를 기대하면서 오늘 이만 줄이겠습니다. 감사합니다. 이상 CBC 라디오 토론토의 '온타리오주의 떠오르는 샛별: So Hot' 코너의 클린턴이었습니다."

인터뷰에서는 겸손하게 말했지만, 크리스의 야심은 꽤 당돌했다. 전 팀원에게 일찌감치 88 건반 프리미엄 제품에 반드시 의료 기능을 탑재해야 하며, 연말까지 꼭 완성해야 한다고 몇 번씩이나 주지시켰다. 그는 스티브 잡스의 다음 주자로 거론되는 제프 베이조스Jeff Bezos나 일론 머스크를 자신의 경쟁자로 생각하는 사람이었다. 자신이 세상을 깜짝 놀라게 하겠다는 만만치 않은 독기가 가슴에 있는 사람이었다. 실제로 게임 산업과 엔터테인먼트 산업까지도 사업 전략을 마련하고 있었으며, 스마트 키보드가 정상 궤도에 오르면 CJ 오디오 그룹CJ Audio Group을 만들어 음향 및 전파공학 관련 다양한 제품 생산 계획을 세우려고 했다. 아직까지는 야심이고 계획이지만, 시간이 흘러가면서 구체화될 수도 있는 근거 있는 꿈이었다.

제이슨은 심전도 및 심박과 맥박 측정 센서를 어느 건반에 추가하는 것이 연주자들에게 좋을지를 결정해야 했다. 디자인 측면에서 보자면 중앙의 적당한 건반이 연주자들의 두 손을 올려 놓기에 좋았지만, 제조 측면에서는 복잡한 케이블을 중앙에 위치시키는 것은 좋은 생각이 아니었다. 그래서 오른쪽 가장자리의 흰 건반 두 개를 선택해서 측정 센서를 포함시키기로 가닥을 잡아 나갔다. 다른 건반들은 일반적인 플라스틱 사출 성형으로 제조하되 피아노 건반처럼 묵직한 느낌이 살아나도록 압착 스프링을 넣어서 조립하도록 설계했다. 하지만, 오른쪽 가장자리의 흰 건반 두 개는 특별히 금속으로 된 심전도 측정 센서가 노출되어 양손으로 30초간 누르고 있으면 심장 상태가 전기 신호로 변환되어 심전도를 측정하도록 설계 되었다. 이는 플라스틱 건반을 사출성형 하면서 금속 센서를 함께 넣는 인몰드 구조로 제작할 수 있었다. 일반적으로 사출 재료가 되는 플라스틱 알갱이가 사출 금형에 전체적으로 퍼져 들어가면서 자동 로봇에 의해 심전도 측정 센서를 금형의 가운데 위치하도록 놓고 그 주변을 다시 금형이 감싸면서 사출하는 것이었다. 또한, 심전도 측정 결과를 화면에 표시하는 연결 케이블을 최단 거리로 설계하기 위해 다양한 루트를 시뮬레이션해 보고 최적화된 결과를 얻었다. 제이슨의 목표는 어떤 다른 엔지니어도 쉽게 따라하기 어려운 디자인과 제조 방법을 찾는 것이었다. 다만, CJ 오디오랩의 기구 설계 팀에서는 쉽게 해답을 제시할 수 있어야 했고, 협력사에서 부품을 생산할 때는 담당 엔지니어가 지원을 나가서 어려운 공정을 직접 제어하는 것이 필요한 조건을 찾는 것이었다. 그럴 때 초격차가 유지되어 시장에서 절대 강자로 한동안 리더 자리를 유지할 수 있기 때문이다. 키보드 건반으로 심전도를 측정하는 디바이스를 특허 출원하고, 인몰드 구조로 건반에 심전도 측정 센서를 넣어 만든 건반 부품 자체에 대한 특허도 출원을 준비하면서 최종 제품의 무게와 사이즈를 고민한다.

88 건반 프리미엄 제품의 목표 무게는 5.5킬로그램이었다. 지금까지는 5.74킬로그램이 가장 가벼운 88 건반 디지털 키보드였는데, 그 기록을 뛰어넘고자 했다. 사이즈는 125.2 × 27.9 × 7.9센티미터로 시중에 나와 있는 제품 중에 가장 슬림한 모델의 치수를 재현하고자 했다. 이 디자인 목표를 달성하려면 건반의 미들 프레임middle frame은 마그네슘 다이캐스팅으로 제조해야 했고, 톱 커버top cover와 백 커버back cover는 강화플라스틱 사출물을 이용해서 무게를 경량화해야 했다. 각 부품을 연결하는 커넥터는 알루미늄합금판재를 프레스 성형해 나사로 조립하도록 했다. 나사는 최소한 사용하도록 디자인했는데, 그럼에도 불구하고 낙하 실험, 진동 실험, 충격 실험에 통과하기 위해서는 적어도 M3 나사 마흔여섯 개로 촘촘히 조립하고 M2 나사도 서른세 개를 사용해 빈틈이 없도록 해야 했다.

CJ 오디오랩이 개발하고 있는 스마트 디지털 키보드는 이전 신디사이저와는 질적으로 차원이 달랐다. 기존 신디사이저를 대체하는 수준이 아니라, 디지털 키보드 역사에서 CJ 오디오랩 이전과 이후로 큰 획이 그어지는 정도로 혁신적인 제품이었다. 새로운 시대를 여는, 새로운 만족감을 선사하는 음향 기기이자, 의료 기기이고, 게임 기기이자 정보 기기를 세상에 내놓은 것이었다. 연주자가 연주한 곡의 완성도를 데이터로 저장해 부족한 부분을 보완하게 해 주는 프로그램이 깔려 있어 마치 인공지능을 가진 것처럼 보였다.

의료 기능 개발 팀과 심전도 측정 센서의 위치에 대해 의논한 후 제자리로 돌아온 제이슨이 스마트폰을 들여다보더니 오랜만에 링크드인 LinkedIn을 클릭해 자신의 프로필을 확인한다. 한참 쳐다보더니 흐뭇한 미소를 짓는다. CJ 오디오랩에서 벌써 8개월째 무사하게 근무하고 있다는 안도감의 표시였다. 잘리지는 않겠다는 자신감의 표시였고, 잘하면 다시 예전의 모습을 찾을 수 있을지도 모른다는 기대감의 표시였다. 삼성전자를 자발적으로 퇴사하고 캐나다로 넘어온 후 경력 관리를 할 수 없었던 것이 그대로 드러나는 링크드인 프로필이었다. 어찌 보면 참담한, 실패의 해외 생활이었다. 무모한 도전이었음에 틀림없었다. 제이슨의 캐나다 프로필은 막노동 경험을 프로젝트 매니저로 둔갑시켰지만, 그래 봤자 허접하기 짝이 없었다.

박지훈Jihoon Park
CJ 오디오랩CJ Audio Lab,
캐나다 키치너 Kitchener, Canada Area,
프로필 완성도 100퍼센트

기구 엔지니어 Mechanical Engineer
453명

경력

기구 엔지니어
CJ 오디오랩
2019년 2월 ~ 현재, 8개월

기구 엔지니어
스마트테크놀로지스Smart Technologies
2018년 9월 ~ 2018년 12월, 4개월

프로젝트 매니저Project Manager
온사이드레스토레이션On Side Restoration
2017년 6월 ~ 2018년 8월, 1년 3개월

프로젝트 코디네이터Project Coordinator
DKI 스파르탄DKI Spartan
2016년 11월 ~ 2017년 5월, 7개월

감독관, 관리자Foreman, Supervisor
윌코WILCO
2015년 6월 ~ 2016년 10월, 1년 5개월

기구 설계 엔지니어Mechanical Design Engineer
클린에너지컴프레션Clean Energy Compression
2014년 7월 ~ 2014년 8월, 2개월

기구 테크니션Mechanical Technician
루멕스 인스트루먼츠Lumex Instruments
2014년 2월 ~ 2014년 6월, 5개월

책임 기구 엔지니어Senior Mechanical Engineer
삼성전자Samsung Electronics
2008년 3월 ~ 2013년 2월, 5년

경력 더 보기 1

쓴웃음인지 기분 좋은 미소인지 모를 이상 야릇한 표정의 제이슨이 스마트폰을 닫고 생각에 잠긴다. 우물 속에 빠져서 허우적대다가 손에 잡히는 줄은 어떻게든 놓지 않고 아등바등대며 한 발짝씩 올라갔다. 그동안 모두 썩은 줄이었는데, 이번에는 동아줄인 것 같은 느낌이다. 아직까지는….

 하긴, 그동안도 줄이 끊어져 바닥에 나뒹굴고 나서야 썩은 줄임을 깨달았으니 아직 안심하기에는 이르다. 하지만, 부정적으로 쳐다보기엔 이번 CJ 오디오랩의 아이템은 썩 괜찮아 보였다. 한쪽에서 계속 모락모락 피어오르는 기대감을 억지로 내리누르려, 참담한 본인의 링크드인 프로필을 다시 한번 찬찬히 살펴 내려간다.

 '그러고 보니 링크드인도 너무 성의 없이 사실대로만 업데이트했는데, 아무도 관심이 없잖아. 그리고, 지난 겨울 인터뷰하면서 괜히 설명하느라 진땀만 뺐고…. 시간 나는 대로 조금씩 바꿔 놔야겠어.'

 링크드인 프로필을 살펴 내려가다 보니, 갑자기 CJ 오디오랩에 합류하게 된 인터뷰 기억이 떠올랐다. 작년 12월 7일, 금요일이었다. 앨버타주 캘거리의 스마트 테크놀로지에서 근무를 마치고 에드먼턴행行 오후 6시 50분 레드애로우Red Arrow 우등고속버스를 탔다. 작년 10월 말로 가격이 저렴했던 그레이하운드 고속버스가 서비스를 중단하면서 비행기 수준의 서비스를 제공하는 레드애로우 우등고속버스로 갈아탄 제이슨은 매주 금요일마다 집으로 가는 발걸음이 가벼웠다. 비록 가격은 세 배나 비쌌지만, 훨씬 넓은 좌석에 영화도 틀어 주고, 무엇보다도 버스 뒤쪽에 스낵 코너가 있어서 마음껏 먹을 수 있는 것이 좋았다. 밤 10

시 10분에 에드먼턴에 도착하니 아내 소라가 정류장 건너편 주차장에서 기다리고 있었다. 집으로 귀가해서 간단히 저녁을 먹고 샤워를 마치고 나니 11시 30분이었다. 일주일 만에 집에 온 제이슨은 곤히 잠든 아이들 얼굴에 볼을 비벼 대고는 잠자리에 누웠다. 그때 이메일이 도착했다는 알림이 울렸다.

'띠링'.

제목: Location
보낸 사람: CJ Audio Lab⟨craymond2_63s@indeedemail.com⟩
받는 사람: Jihoon Park⟨jasonjihoon9372.park@gmail.com⟩
날짜: 2018. 12. 7.(금) 오후 11:44
발송 도메인: indeedemail.com
안녕하세요, 지훈 씨? 온타리오주 키치너시에 위치한 CJ 오디오랩의 기구 엔지니어 포지션에 지원하신 게 맞나요? 이쪽으로 이사하실 건지도 궁금하구요. 그리고, 최근 새 직장에서 시작하신 지 얼마 되지 않은 것 같은데 옮기려고 하는 무슨 특별한 이유가 있는지 궁금합니다. 감사합니다. <div align="right">크리스</div>

제이슨은 스마트폰으로 바로 답장을 썼다.

안녕하세요? 크리스토퍼 레이먼드 씨,

CJ 오디오랩에 지원한 저의 이력서에 관심을 가져주셔서 감사합니다. 저는 가족과 함께 아이들 교육 문제 때문에 워털루 지역으로 이사하고자 합니다. 아울러, 현재 근무하고 있는 스마트 테크놀로지는 계약직이랍니다. 다음 번 계약에 대해서는 여전히 기회가 열려 있습니다만, 가능하면 워털루, 키치너 지역에서 새로운 기회를 찾고자 합니다. 만약 인터뷰 기회를 갖게 된다면 궁금하신 점에 대해 소상히 답변드리고 싶군요.

다시 한번 연락주셔서 감사합니다.

제이슨(지훈) 드림

다음 날 오전 전화 인터뷰 일정에 대한 이메일을 주고받은 후 앨버타주 에드먼턴 시간으로 일요일 오전 11시, 온타리오주 키치너 시간으로 오후 1시에 전화 인터뷰를 하기로 했다. 몇 군데 회사의 HR에서 이메일 연락이 오긴 했지만, 전부 건조한 내용이었다. 자기네 회사의 기구 엔지니어 포지션에 지원해 줘서 고맙고, 다음 단계로 인사 담당자와 전화 인터뷰 일정을 잡자는 연락이었다. 아주 일반적이고 평범한 반응들이었다. HR 전화 인터뷰를 통과하고 나면 부서장이나 팀원들과 전화 인터뷰를 순서적으로 하고 최종적으로는 현장 면접을 하는 순서로 진행되곤 했다. 하지만, 이번 CJ 오디오랩의 크리스 CEO는 조금 달랐다. 하긴, 워낙에 작은 회사로 보인다. HR도 없나? 사장이 직접 연락을 하다니…. 연봉부터 여러 가지 고려해야 할 사항들이 많아 보인다. 휴가라든가, 직급, 그리고 이사 비용 지원 등에 대해서도 고민해 봐야겠다. 그쪽은 그냥 관심 있는 정도가 아니라, 상당히 구체적으로 접근하는 것처럼 보인다. 슬쩍 CJ 오디오랩, 기구 엔지니어 직무 설명 저장해 놓은 파일을 클릭해 본다.

기구 설계 엔지니어, CJ 오디오랩, 키치너, 온타리오주

• 직무 설명
1. 2D·3D CAD 도면을 능숙하게 그릴 수 있으며, 재료 준비BOM와 제품 생산에 관련된 최종 문서를 작성할 수 있어야 한다.
2. 개념에서부터 생산까지의 제품 설계 전 과정을 담당할 수 있어야 한다.
3. 원자재 (금속·플라스틱)의 기계적인 성질과 열 특성 파악 능력을 갖추고 있어야 한다.
4. 테스트 결과를 분석할 수 있어야 하며, 기계적인 전산모사 해석 능력을 갖추고 있어야 한다.
5. 원활한 커뮤니케이션 능력을 갖추고 있어야 한다.
6. 제품의 조립 공정도를 확립함으로써 효율적인 제품 생산이 이뤄질 수 있도록 관리할 수 있어야 한다.

7. 다이캐스팅, 사출 및 프레스, 3D 프린팅과 CNC 가공 지식이 탁월
해야 한다.

8. 문서를 효율적이고 조직적으로 관리하는 능력이 필요하다.

• 필요 기술

1. 솔리드 웍스 활용 능력 – 상

2. 마이크로소프트 워드·엑셀·파워포인트 활용 능력 – 상

3. 영어(Spoken·Written) 능력 – 상

4. LCD 제조 프로세스 이해 능력 – 중

흠, 주로 CAD랑 설계, 그리고 제조 프로세스를 얘기하네? 그건, 문제 없겠고, LCD 제조업과 관련이 있다고라? 흠, 그래서 연락이 왔군. 도대체 뭘 만드는 회사지? 회사 홈페이지가 www.cjaudiolab.com이니까 살펴보자. 스마트 디지털 키보드라?

구인 공고가 인디드Indeed에 뜨면 무조건 지원하는 중이어서, 제이슨은 어디에 지원했는지 구체적인 기억이 없지만, 지원 회사와 직무 설명, 그리고 지원한 이력서는 폴더를 만들어 관리하고 있었기에 CJ 오디오랩에 대해 재빠르게 알아볼 수 있었다. 마침 시니어 기구 엔지니어를 뽑고 있던 뷰리얼VueReal과 데제로Dejero에서도 연락이 와서 HR과 전화 인터뷰 일정이 잡혀 있던 터였다. 스마트 테크놀로지에 근무하고 있는 현직 엔지니어다 보니, 훨씬 연락이 많이 오는구나. 검색이 되고 이름이 알려진 회사에 근무하면서 이력서를 던져야 했던 거야. 바로바로

입질이 오잖아. 그냥 무작정 회사를 나와서 이력서를 지원하면 쳐다보지도 않는 경우가 허다했던 거야. 어이구, 내가 얼마나 바보였던가, 얼마나 또라이였던가.

전화 인터뷰에 정해진 시간은 길지 않았다. 서로가 묻고 싶은 게 있었고, 듣고 싶은 답이 있었다. 크리스는 당연히 이력서에 적혀진 내용 중에 궁금한 내용을 물어봤다. CJ 오디오랩의 기구 엔지니어는 정성적이면서도 정량적인 업무를 해야 하는 것으로, 제이슨이 그동안 했던 업무를 얼마나 구체적으로 설명할 수 있는지를 물었다. 또한, 자신이 던진 질문의 요점을 잘 파악하고 핵심적인 내용을 간결하게 답하는지 살펴봤다. 과하게 포장하려고 하는지를 유별나게 체크하는 것 같았다. 제이슨은 당당하고 간결하게 자신의 이력을 포장 없이 잘 설명할 수 있었다. 왜냐하면, 크리스의 질문이 LCD와 관련된 삼성전자 LCD 사업부 경력과 지금 하고 있는 스마트 테크놀로지 현업에 국한되어 있었기 때문에 굳이 오일 산업과 관련된 황당한 막노동 경험을 얘기하지 않아도 됐기 때문이었다. 제이슨은 준비한 질문을 상쾌하게 날렸다. 몇 명이 근무하고 있나요? 스톡옵션stock option은 얼마나 주실 건지요? 연봉은요? 이사 비용은 지원해 주실 건가요? 등이었다.

희끗한 기억을 쓰다듬어 현실로 돌아와 보니, 전체 팀원 회의 메일이 와 있다.

'9월 11일(수) 오후 1시 미팅 룸에서 전체 회의가 있습니다.
수신: CJ Audio Lab ALL'

10개월이 지나 회사가 많이 커졌다. 열세 번째로 입사한 제이슨이 기구설계 팀 팀장이 되면서 아래에 에릭과 잭을 거느리게 되었고, 소프트웨어를 책임지는 브라이언도 아래에 토마스, 싸이, 데미안을 팀원으로 두게 되었다. 하드웨어팀의 전기파트는 메이슨이 팀장이었고, 아래에 제니퍼, 케빈, 카터, 그리고 마크가 각각 파워power 보드, AFE Analog Front End 보드, 임베디드embeded 보드, I/O 인터페이스interface 보드, 배터리battery 보드를 개발하고 있었다. 의료팀의 스티브는 호머와 제시를 팀원으로 보충했고, 제이슨이 입사할 때는 없었던 드럼 팀이 위브를 주축으로 로버트와 앨리사가 한 팀을 이뤄 새로 합류하게 되었다. 세바스찬은 전체를 조율하는 엔지니어링 리드였고, 각 팀의 팀장들과 팀원들이 적절한 비율로 구성되어 있었으며 법률은 샘이 담당하고 품질을 책임지는 앤드류도 새로 합류하게 되었다. 가장 최근에는 마케팅 담당 상무로 제임스가 스카우트되었다. 이렇게 스물다섯 명의 직원을 거느린 스타트업은 이제 그냥 벤처기업이 아닌 상황이 되어 갔다. 내년이면 제품이 출시되고 매출이 발생되는 그야말로 대박을 기대하는 스타트업이 된 것이다. 한 방을 기대하다 헛방만 봐 온 벤처 투자자들에게 이런 수준의 스타트업은 그야말로 대박인 것이다. 투자자들이 줄을 서야 했다. 제품이 시장에서 어느 정도의 반향만 보여 주면, 그야말로 드라마 〈허준〉의 대사처럼 "줄을 서시오. 줄을…"이 되는 것이었다.

오늘은 전체 팀원 회의에서 크리스의 모두 발언이 특별했다. 그는 정말 드물게 크고 환하게 웃으면서 다음과 같이 자신감에 차서 말했다.

"다음 주에 제이슨과 함께 폭스콘에 가서 우리의 첫 제품 두 대를 조립합니다. 우리 회사 창립 후 완성품에 가장 가까운 실물 크기의 샘플입니다. 일주일 후에 첫 제품 두 대를 직접 본다고 생각하니 얼마나 기쁜지 모르겠습니다. 여러분 모두 열심히 애써 주신 덕분입니다. 아직 개발이 진행 중인 의료개발 팀과 드럼개발 팀도 더욱 속도를 내주시고, 특히 소프트웨어 개발 팀에 새로 합류한 유능한 분들이 빨리 적응해서 좋은 성과 내 주시기를 기대합니다. 그럼 회의를 시작하죠. 먼저 제이슨이 기구개발 현황부터 요약 발표해 주세요."

어느 순간부터 첫 발표자가 제이슨이 되었다. 원래는 맨 마지막이었다. 기구 개발이 가장 문제였기 때문에 가장 마지막에 했었고, 항상 일정이 늦다고 타박받았었다. 그러다가 6개월이 지날 즈음부터 상황이 역전되었다. 그동안 잘나가던 소프트웨어 개발 팀의 오류가 발견되고, 매일 날밤을 지새던 제이슨의 기구개발은 에릭과 잭이 합류하면서부터 확실히 좋은 팀워크를 보이고 있었고, 사실상 시스템 레벨 설계의 끝을 마무리 짓고 있었다. 마무리 투수로 마운드에 오르면 항상 승리를 챙기는 수호신이 된 것이다. 그때부터 회의 시작은 제이슨이 도맡아 했다. 어떤 때는 기구쪽 얘기가 전혀 나올 이유도 없어서 생략하기도 했다. 그만큼 스마트 디지털 키보드의 기구설계파트는 CJ 오디오랩에서 튼튼한 뿌리를 내리고 있었고, 팀원인 에릭과 잭도 그걸 피부로 느낄 수 있었다. 시나브로 자신의 팀장인 제이슨에 대해 굳건한 신뢰를 느끼고 있었다. 제이슨도 팀원들이 자신을 얼마나 신뢰하는지 파악

할 수 있었다. 이미 삼성전자에서 느껴 봤던 감정이었다. 실로 얼마 만에 느끼는 고마운 감정이던가. 제이슨은 절로 신이 나서 자꾸 벅차 오르는 감정을 조절하려고 애썼다.

회의 마지막에 크리스가 중요한 애기가 있다고 하더니, 중대 발표를 한다. 내년에는 지금의 두 배로 회사가 커지기 때문에 사무실을 훨씬 큰 건물로 옮긴다고 했다. 그리고, 스톡옵션에 대해 언급했다. 다음 주 출장을 마치고 오면 각 팀원들과 일대일로 스톡옵션에 대해 추가 배당을 하기로 결정했다는 것이었다. 아직 스톡옵션에 대해 잘 모르는 팀원들끼리 이런저런 이야기를 주고받기 시작하자, 크리스가 간략히 정리를 해 준다. 스톡옵션은 회사가 직원에게 일정 수량의 회사 주식을 일정한 가격으로 살 수 있는 권리를 부여하는 제도다. 유능한 인재를 확보하기 위해 자사의 주식을 일정 한도 내에서 액면가 또는 시세보다 훨씬 낮은 가격으로 매입할 수 있는 권리를 직원에게 부여한 뒤 일정 기간이 지나면 임의대로 처분할 수 있는 권한까지 준다. 해당 기업의 경영 상태가 양호해져 주가가 상승하면 주식을 매각함으로써 상당한 차익금을 남길 수 있기 때문에 사업 전망이 밝은 기업일수록 스톡옵션의 매력은 높아진다. 그러므로, 벤처기업이나 새로 창업하는 기업들은 직원의 근로 의욕을 진작시키는 수단으로 스톡옵션 제도를 이용한다.

회의가 끝나자, 크리스가 제리와 제이슨에게 출장 준비가 다 되었는지 확인한다. 제이슨은 제품 조립 후에 키보드가 정상적으로 작동하는지를 확인하기 위해 브라이언이 설치해 준 테스트 프로그램을 다시 한번 실행해 보고 꼼꼼히 메모를 한다. 아울러, 표준 조립 공정도인

SOPStandard Operating Procedures 최종 문서를 폭스콘의 프로젝트 매니저인 크리스탈과 기구 엔지니어인 벤슨에게 이메일로 송부했다. 퇴근 후에 아내 소라와 함께 출장 준비를 마무리하기 위해 준비 물품 목록을 최종적으로 확인한다.

1. FFCFlat Flexible Cable 4번째 타입 6개
2. 록타이트Loctite(나사 조립 시 바르는 본드)
3. 키패드 2세트, 메모리 카드 2개
4. 노트 PC, 충전기, 이더넷 케이블Ethernet Cable
5. 2D 도면과 조립 공정도를 담은 USB 메모리 스틱

모든 것이 다 정리되었다고 판단되니 제이슨은 마음이 홀가분해졌다. 팀원인 에릭과 잭이 잘 다녀오라고 인사를 하면서 퇴근하니 사무실에 혼자 남았다. 드디어, 제품이 나오는구나. 지난 8개월 설계하느라 힘들었는데, 이제 드디어 실물을 보는구나. 크리스와 제리는 상당히 흥분해 있는 것 같은데, 어쩌면 폭스콘의 협력사가 목업 샘플이라고 실수가 있으면 곤란한데…. 기구 엔지니어인 제이슨은 조심스럽다. 혹시라도 문제가 발생하면 그더러 책임지라고 그를 데려가는 건데, 아직 아무것도 확인되지 않아서 기분이 묘하다. 가 봐야 알 수 있다. 가서 부딪혀야 뭐가 어떻게 되었는지 파악할 수 있다.

토요일 하루가 길다. 저녁 10시에 제리를 태운 워털루 택시가 집 앞에 도착하기로 했으니, 짐을 정리하고 차곡차곡 싸야 한다. 아내 소라와 하나씩 정리한 목록을 놓고 짐을 싸놓고 보니 캐리어 하나 가득 찼다. 옷가지며 속옷과 양말, 치약과 칫솔, 청바지 하나를 여벌로 넣었다. 핸드폰 충전기는 잊지 않고 마지막에 넣어야 했다.

저녁 9시 50분이 되자 집 앞에 택시가 섰다. 제리가 타고 있었다. 이제 드디어 대만 폭스콘으로 출발하는 것이다. 이제 정말 세계 최초로 스마트 디지털 키보드 88 건반의 최종 샘플을 조립하는 것이다. 한 시간 10분을 달려, 정확히 밤 11시에 토론토피어슨국제공항Toronto Pearson International Airport 제2 터미널 출발선에 도착했다. 간단히 비행기표 체크인을 끝내고 출국 수속을 위해 몸 수색과 물품 검사를 마친다.

비행기표를 쳐다보니, 74번 게이트에서 새벽 1시에 비행기 탑승을 시작한다. 2번 존으로 나가야 하고, 좌석은 복도 쪽이다. 비행기 번호는 35호다. 이제 6년 만에 캐나다를 떠나는 경험을 하는구나. 한국을 떠나 무작정 캐나다 밴쿠버행 비행기를 타면서 꿈도 크고, 지금보다 훨씬 젊었던 것 같은데, 벌써 40대 후반이 되어 버렸다. 그동안 겪은 일은 너무 험하고 사나웠다. 나에게만 힘들었다면 그나마 괜찮겠는데, 아이들에게도 크게 나쁜 영향이 미칠지 미처 예상하지 못한 후회가 물밀듯이 밀려들었다. 그건 그렇고, 대만은 어떻게 살고들 있을까? 비행기 타고 가면서 오랜만에 기내식 실컷 먹어 줘야겠군. 와인도 가능하면 몇 잔 해야지. 보딩 패스라 부르는 이 비행기 티켓을 잘 간수해야 한다.

EVA Air: Premium Economy Class	Zone
Gate Boarding Time Seat	2
E74 01:00 24G	PARK, JIHOON MR
PARK, JIHOON MR	BR0035/15SEP
BR0035/15SEP Flight From To YYZ - TPE	YYZ - TPE 24G
Toronto Taipei	YYZ/256
YYZ/256	69524493721120K/P

제리는 면세점을 지나면서부터 들떠 있다. 고급 와인과 위스키 한 병을 산다. 아마도 자신의 고국을 찾는 마음이 어지간히 기분이 좋은 모양이다. 자정 12시가 넘자 크리스가 게이트 앞에 도착했다. 그는 굉장히 흥분한 표정으로 제리와 제이슨에게 자신의 스마트폰에서 방금 받은 이메일을 열어 보여 준다. 캐나다에서 굉장히 유명한 라자리디스 스케일업 프로그램Lazaridis Scale-Up Program에 CJ 오디오랩이 베스트 15 스타트업 중의 한 회사로 뽑혔다는 내용이었다. 앞으로 시리즈 B에서 큰 펀딩을 받을 확률이 높아지게 되었다. 나머지 회사들의 면면을 보니, 다들 이름이 낯이 익고 향후 스타트업으로 크게 성공할 가능성이 높은 회사들이었다. 모두들 계속해서 펀딩에 크게 성공하고 있었고, 캐나다 워털루-키치너 지역에 있는 회사들은 이미 제이슨이 다 아는 회사들이었다. 회사명은 다음과 같았다. 알파벳 순서로 나열되었고, 이미 상당한 규모로 성장한 벤처 회사들이었다.

CJ Audio Lab, Kitchener, ON

DarwinAI, Waterloo, ON

Empowered Homes, St.John's, NL

eSSENTIAL Accessibility, Toronto, ON

KA Imaging, Kitchener, ON

Maple, Toronto, ON

North, Kitchener, ON

SafetySync, Calgary, AB

Smarter Alloys, Kitchener, ON

Springbox Solutions, Edmonton, AB

Upchain, Toronto, ON

Validere, Toronto, ON/Calgary, AB

VueReal, Waterloo, ON

wrnch, Montreal, QC

Zone Blue, Winnepeg, MB

라자리디스 스케일업 프로그램에 대해 한 시간가량 남자 셋이서 수다를 떨다가 새벽 1시에 정확히 비행기 탑승을 시작한다. 에바 항공의 스튜어디스들은 모두 아름다웠고 늘씬늘씬했다. 제이슨은 한국 비행기를 타는 건지 대만 비행기를 타는 건지 헷갈렸다. 캐나다를 여러 번 왔다 갔다 하면서는 캐나다 항공Air Canada을 이용했는데, 승무원들이 할머니에 가까운 노익장들이었고 다들 한 체격 하거나 한 주먹 하게 보였던 기억이 난다. 아름다움과는 거리가 있었고, 가방을 들어올리거나 음식 카트를 밀고 다니는 데 더 적합한 분들이었다고 회상한다. 역시 아시아 항공사들의 승무원들이 예쁘구나 하면서 기분 좋게 자신의 자리를 찾아 앉는다. 6년이 지난 최근 항공기는 좌석 앞의 스크린이 9.7인치 태블릿을 닮은 게, 영화나 드라마를 볼 때 아주 편리하게 원터치로 고를 수 있었다. 제이슨은 오랜만에 한국 영화 두 편을 고른다. 김병우 감독, 하정우·이선균 주연의 〈PMC: 더 벙커〉와 배준희 감독, 공효진·류준열 주연의 〈뺑반〉이 그것이었다. 비행기가 이륙하자마자 음료수를 나누어 주는 승무원에게 레드 와인을 한 잔 달라고 하고는 의자를 뒤로 최대한 젖혀 오랜만에 한국 영화를 감상하는 느낌이 아주 편안하고 행복했다. 워낙 새벽 시간이다 보니, 졸음이 쏟아졌다. 한잠 푹 자고 일어나니 시계가 12시 반을 가리키고 있다. 새벽 1시에 탑승해서 새벽 6시 정도까지 영화 두 편을 다 보고 잠에 들었으니, 여섯 시간 정도 푹 잔 모양이다. 어차피 캐나다 온타리오주 토론토와 대만은 정확히 열두 시간의 시차가 있었다. 낮과 밤이 바뀌었을 뿐 시침이 가리키고 있는 시간은 똑같았다. 제이슨은 잠시 화장실에 들러서 양치질을 하고 화장실에 비치되어 있는 향수를 조금 목덜미에 뿌렸다. 그리고는 승무원에게 다시 레드 와인을 한 잔 부탁하고는 영화 〈뺑반〉을 계속해서 시청했다. 류준열이라는 배우도 처음 알게 되었지만, 조정석이라는 배우도 처음 알게 되었고, 두 명의 남자 배우가 꽤 인상적이라고 느끼면서 계속해서 영화를 반복해서 본다. 나중에 돌아오는 비행기에서도 〈뺑반〉이나 봐야겠구나. 하정우 주연의 〈PMC: 더 벙커〉는 내 스타일이 아닌걸.

드디어 대만 현지 시간으로 새벽 5시에 타이페이국제공항에 도착했다. 공항은 깔끔하고 작았다. 인천공항에 비해 좀 작다는 느낌을 받았는데, 크리스와 제리, 제이슨은 8시에 크리스탈과 만나기로 약속이 잡혀 있어서 공항 로비에 자리를 잡고 부족한 잠을 청한다. 아무래도 시차가 있어서 모두 피곤해 보였다.

오전 8시가 되자 폭스콘의 프로젝트 매니저인 크리스탈이 동료인 기구 엔지니어 벤슨과 함께 로비에 도착했다. 모두 반갑게 서로 악수를 나누고 가볍게 안부를 묻는다. 9시에 마그네슘 다이캐스팅 전문 업체인 KGL과 기술 미팅이 잡혀 있어서 부지런히 밖으로 나가 택시 두 대에 나누어 타고 KGL로 향한다. KGL은 폭스콘의 1차 협력사로 마그네슘 관련해서는 세계적으로 유명한 회사였다. MS의 태블릿이며, 노트북인 서피스 프로 몸체를 마그네슘 다이캐스팅으로 생산해서 납품하고 있었고, BMW의 바퀴에 들어가는 림rim도 마그네슘 다이캐스팅으로 제작해 공급하고 있었다. 대만 택시는 택시 기사가 담배를 택시 안에서 피우는지, 탑승하자 냄새가 진동을 한다. 대만의 모든 게 마치 한국의 2000년대 초반 같다고 느낀다. 도로에 차들이 많아서 엄청나게 밀렸고, 끼어들기도 잦았으며, 건물들은 대부분 후줄근해서 느낌이 우울했다. 사람들의 표정은 그다지 밝지 않았다. 예쁘장한 크리스탈과 계속해서 프로젝트에 대해 얘기를 나누고, 벤슨에게 폭스콘에서의 기구 엔지니어는 어떻게 생활하는지를 묻다 보니 KGL 앞에 도착했다. 크리스와 제리는 벌써 다른 택시를 타고 내려서 KGL 임직원들과 인사를 나누고 있었다. 회의장으로 들어서니 제이슨이 설계했던 마그네슘 미들 프레임 샘플이 벌써 전시 되어 있었고, 평탄도와 각 치수에 대해 스펙대로 정확히 다이캐스팅 공법으로 생산되었음을 증명하는 데이터도 함께 놓여져 있었다. 두 시간여 KGL에 대한 회사 설명 프리젠테이션과 제품에 대한 질의 응답, 그리고 회사 내부 견학을 마치고 11시가 되자 다시 택시 두 대에 나뉘어 대만 고속 전철 HSRHigh Speed Rail 역으로 향한다. 폭스콘의 본사는 북쪽의 타이페이에 있었지만, 제조 라인은 남쪽의 타이난에 위치하고 있었다. 타이페이에서 타이난까지는 고속 전철로 두 시간을 달려야 했는데, 일반적으로는 시속 245~250킬로미터로 달렸고, 가장 빠른 속도는 시속 295킬로미터까지 나왔다. 한국의 고속철도 KTX와 비교하면 자리와 자리 사이가 비교적 더 넓었고, 속도는 안전을 우선으로 해서인지 조금 천천히 달렸다. 한국의 KTX는 터널을 통과하는 경우가 많았던 것으로 기억하는데, 대만의 HSR은 그냥 들판을 달렸다.

오후 1시 반쯤이 되어 타이난시에 도착했다. 폭스콘에서는 부사장인 알렉스 웨이가 마중을 나왔다. 다 함께 점심 식사를 하러 대만 정통 식당에 들러서 음식을 시켰는데, 제이슨은 매운 짬뽕을 시켰다. 배부르게 점심 식사를 했으니, 이제 실력을 보여 줄 차례다. 크리스, 제리, 제이슨은 알렉스 웨이와 악수를 하고 헤어지면서 마지막 날 저녁에 다시 회식을 하기로 약속한다. 아마 그때는 고량주로 서양 아이들을 녹

다운시키려고 작정을 하고 덤벼들 것이 대화 중에 똑똑하게 느껴졌다. 대만 친구들도 한국 회사원들과 별반 다를 게 없었다. 상사가 눈치를 주면 원샷을 하고는 취할 때까지 마시고 들이켜고 버텨 냈다. 점심 식사를 마치고는 택시를 타고 폭스콘 제2 공장으로 향했다.

반도체 파운드리 회사인 TSMC 옆으로 폭스콘 조립라인 제2 공장이 우뚝 솟아 있었다. CJ 오디오랩의 크리스, 제리, 제이슨은 방문증을 작성하고는 VIP 배지를 받아서 왼쪽 가슴에 달았다. 어디든 무사 통과되는 배지였다. 다 함께 제조 라인에 들어서서 옷을 방진복으로 갈아입고, 조립이 준비된 3층의 비밀 조립 연구실로 향한다. 몇 번의 에어 룸을 통과하고 로봇이 움직이는 제조 라인을 통과해서 3층 맨 끝에 위치한 비밀 조립 연구실에 들어서니 벌써 모든 부품이 준비되어 있었고, 제이슨의 조립 시범을 한번에 반드시 익혀야 하는 조립 테크니션 다섯 명이 대기하고 있었다. 가장 훈련이 잘되어 있는 숙달된 테크니션들이었다. 세 명은 젊은 여성이었고, 두 명 중 한 명은 나이가 있는 조장, 또 한 명은 아주 젊은 남성이었다. 손에 낀 고무장갑으로 인해 땀이 너무 많이 난 제이슨이 장갑을 벗고 조립해도 되냐고 물으니, 다들 방진복도 상의를 탈의하자고 한다. 이미 진공으로 관리되는 제조 라인의 통로를 지나와서 더 이상 미세 먼지도 없을뿐더러 이곳 비밀 조립 연구실은 계속 먼지가 빠져나가는 설계가 되어 있어 조립에만 집중하면 되도록 관리되고 있었다. 방진복 상의를 탈의하고 땀에 흠뻑 젖은 고무장갑을 벗어 내니 좀 살 만했다.

제이슨은 군대에서도 조교를 했었다. 제20기계화보병사단 결전교육

대 조교 출신이었다. 누군가에게 무엇을 가르치는 데 매우 익숙했다. 대학을 다니면서도 계속 과외 선생을 했었고, 삼성에서도 계속해서 후배 사원들 교육을 담당했었다. 숙달된 조교로서 제이슨은 명확하게 스마트 키보드 88 건반 프리미엄 샘플 한 대를 조립하는 데 성공한다. 모두가 박수를 친다. 옆에서 지켜보던 크리스와 제리가 와이파이를 연결하고 앱을 실행해서 무료로 악보가 제공되는지를 시험한다. 프랭크 시나트라Frank Sinatra의 「My Way」를 선택하고는 영어 버전을 먼저 틀어 본다. 그리고 나서는 대만어로 다시 틀어 보고는 테크니션들의 반응을 본다. 다들 엄지 손가락을 위로 치켜든다. 대성공이다. 5시가 조금 넘어서 회의실로 들어선 크리스, 제리, 제이슨과 폭스콘의 임직원들은 서로 웃으면서 포옹을 한다. 대박 신제품이 실로 세상에 완성되어 모습을 갖추고 나타난 것이다. 제이슨은 저울이 있냐고 묻고는 제품의 무게를 잰다. 5.45킬로그램이다. 완벽하게 세계에서 가장 가벼운 제품이다. 모든 것을 환상적으로 성공시켰다. 내일은 테크니션 중에서 젊은 남성 한 명이 주도적으로 조립을 하면서 시간을 잴 것이라고 했다. 조립 시간을 단축해야 하기에 각각의 조립 공정을 면밀히 관찰하고 연구해서 내일은 오늘보다 훨씬 빠른 시간 안에 조립을 완료하고 프로그램 테스트까지 오전에 끝낼 것이라고 정리한다. 모든 보고를 듣고 있던 제이슨은 마음속으로 하느님께 감사 기도를 드린다. 살려 주셔서 감사합니다. 다시는 당신의 권위에 도전하지 않겠습니다. 여러 가지를 다짐하는 제이슨의 입술이 야무지게 떨린다. 캐나다에서 그동안 겪었던 힘들고 슬픈 장면들이 머릿속에 파노라마처럼 스쳐 지나간다.

저스틴 그랜드 호텔Justin Grand Hotel은 폭스콘 제2 공장에서 택시로 30여 분 거리에 있었다. 호텔에 들어서니 시원하다. 샤워하고 나서 7시에 로비에서 만나기로 하고 크리스와 제리, 제이슨은 각자의 방으로 올라간다. 제이슨은 제일 먼저 아내 소라에게 보이스톡을 건다. 대만 오후 6시는 워털루 오전 6시였으므로 조금 이른 시각이었지만, 소라가 제이슨의 연락을 기다리고 있을 것이 확실했기에 샤워 전에 전화부터 한다. 간단히 성공했다는 말을 마치고 곧바로 샤워하고 나가야 한다고 전화를 빨리 끝낸다. 7시에 정확히 로비에 들어서니 크리스와 제리도 막 엘리베이터에서 함께 나온다. 둘은 제이슨에게 딤섬을 좋아하냐고 묻는다. 아주 좋은 레스토랑이 바로 건너편에 있다고 한다. 마침 제이슨도 중국식 만두인 딤섬을 무척 좋아라 했다. 셋은 혼연 일체가 되어 바로 건너편의 딤섬집으로 향했다. 약간 구식이다. 오래된 집인 것 같은데, 평소에는 인테리어나 청결함에 신경을 많이 쓰던 크리스가 이번에는 싱글벙글이다. 알고 보니, 단골집이고 워낙에 딤섬을 좋아하는 크리스였다. 각자 맥주 한 병씩을 시키고는 시원하게 들이켠다. 한쪽 구석에 마련된 테이블에서 마늘 썰어 놓은 시즈닝에 된장 소스를 넣고는 고추기름을 부어서 가져온다. 딤섬과 함께 시킨 돼지고기 구이를 찍어 먹는 소스를 직접 선택해서 만들게 되어 있었다. 크리스와 제리가 음식이 나오기도 전에 여기저기 국제 전화를 걸고는 신나게 떠들어

댄다. 성공했어! 샘플이 완성되어 작동을 한다고! 아마도 투자자이거나 사업상 친한 친구들이거나 향후 잠재 고객 중에 친한 사람들인 것 같았다. 쉴새 없이 전화를 하는 통에 제이슨이 먼저 젓가락을 들어 딤섬과 돼지고기 구이 맛을 본다. 맛있다. 음, 왜 여기에 오자고 했는지 알겠군. 맥주 한 병을 더 시켜야겠다.

다음 날 아침 8시 반에 호텔 로비에서 만난 세 사람은 미리 준비된 택시에 함께 타고 폭스콘 제2 공장으로 향했다. 정문에서 VIP 배지를 받아 왼편 가슴에 달고는 로비로 향한다. 프로젝트 매니저인 크리스탈이 마중을 나와 있다. 모두 함께 다시 3층의 비밀 조립 연구실로 향했고, 이번에는 테크니션 대표가 조립을 시작한다. 제이슨은 팔짱을 끼고 옆에서 하나하나 조립하는 모습을 지켜본다. 혹시 실수가 있거나 질문이 있으면 대답하면 되는 것이었는데, 역시나 그럴 일은 일어나지 않았다. 워낙 조립에 선수였던 테크니션 대표는 완벽하게 제품을 조립해 내었는데, 어제 세 시간이 걸리던 것을 이번에는 한 시간 40분에 끝냈다. 테스트를 해 보니 작동을 한다. 두 대가 조립이 된 것이다. 이번에 조립한 두 대는 캐나다로 돌아가면서 잠재 고객들에게 시연하기 위해 함께 가져가기로 했다. 그리고, 추가로 10대를 더 폭스콘에서 조립해서 캐나다로 배송할 것이다. 이젠 세일즈다. 크리스와 제리는 마케팅 담당 상무인 제임스에게 전화를 걸어서는 똑같은 얘기를 계속 반복한다. "이젠 세일즈야, 제임스!"

수요일과 목요일에는 계속해서 조립라인의 테크니션들과 상의를 해서 한 시간 40분이 걸렸던 조립 시간을 40분까지 줄이기 위해서 어떤 자동화 라인을 설계해야 하는지 상의했다. 그리고는 와이파이 모듈 협력사와 배터리 협력사를 방문해서 기술 미팅을 가졌다. 목요일 저녁이 되자 알렉스 웨이가 주관한 회식이 열렸다. 폭스콘에서는 부사장인 알렉스를 비롯한 기구 엔지니어 벤슨, 그리고 그 위에 프로젝트 부장인 찰리, 또 전기회로 담당인 선, 프로젝트 매니저인 크리스탈과 조립라인의 테크니션 조장인 하이든이 참석했고, CJ 오디오랩에서는 세 명이 모두 참석했다. 알렉스는 계속 해서 건배를 제의했고, 크리스와 제리도 이에 응했다. 알렉스 밑으로 찰리부터 벤슨, 선, 하이든 모두 계속 독한 고량주를 원샷으로 들이켰다. 2시간이 지나자 모두 몸을 가누기 힘들 정도로 취했다. 다들 오랜만에 기분 좋게 취한 것 같았다.

"이봐 제이슨, 제리랑 바에 가서 한잔 더 하자구!"

이미 충분히 취한 것 같은데, 흥분한 것 같은 크리스가 제이슨에게 더 마시자고 한다. 어차피 내일은 저녁 늦게 비행기를 타야 하므로 늦게 일어나도 되었다.

"그러시죠. 뭐, 시간 많은데요, 뭘."

캐나다나 한국이나 윗사람이 한잔 더 하자고 할 때 피할 수 있는 방법은 마땅히 없었다.

5.
한국에서 온 이메일

    아내와 아이들 학교 이야기를 나누던 박 책임이 갑자기 스마트 폰을 쳐다본다. 둘째 경환이가 한국에서 유학 온 현수랑 종현이를 사귀고 즐겁게 학교 생활을 하면서 한국어도 배우고 있다는 얘기에 흐뭇해하던 박 책임이 이메일 알람을 확인했다. 한국에서 같이 근무하던 기구개발 팀의 김종국 선임에게서 이메일이 왔다. 당시에는 선임이었지만, 이제는 고참 책임이 된 후배 김종국 책임의 이메일이 참 반갑게 보였다.

✉→

제목: 형, 안녕하세요? 종국입니다
보낸 사람: 김종국〈jongkook78901236@gmail.com〉
받는 사람: 박지훈〈jasonjihoon9372.park@gmail..com〉
날짜: 2019년 8월 18일 오전 6:53
보안세부정보 보기
형, 잘 지내시죠? 캐나다 생활은 좀 어떠세요? 저도 요즘엔 미세먼지 지옥을 벗어나 공기 맑고 다툼이 없는 캐나다로 이민 가 볼까 하는 생각을 자주하게 되네요. 시간 나실 때, 캐나다 사시는 모습 좀 공유해 주시면 고맙겠습니다. 동탄에서 김종국 올림

"자기야, 종국이가 연락이 왔네. 정말 오랜만이네⋯. 자식이 이제 좀 자리가 잡혔나 보구나. 캐나다 이민을 생각하나 봐."

"어머, 김종국 선임? 아우, 오지 말라고 그래⋯. 얼마나 고생인데, 여기를 와⋯. 그냥 삼성 다니라고 해요. 징그러워⋯."

"그게 무슨 소리야. 다들 한국 떠나서 해외 생활 하고 싶어들 하지⋯ 뭐. 우리는 준비를 잘 하지 못해서 그렇고, 잘 준비하면 도전해 볼 만하잖아. 자기도 나도 처음 2~3년은 좋았잖아. 내가 오일 쪽으로 발을 잘못 들여놔서 고생한거지."

박 책임은 심각한 표정으로 답장을 바로 쓸까 말까, 쓴다면 어떻게 쓸까를 고민한다. 아내 소라는 박 책임의 친구나 후배들의 연락이 올 때마다 부정적으로 대답한다. 남편이나 가족 모두가 너무 심한 고생을 한 연유로 무작정 한국을 떠난다는 생각에는 적극적으로 안 된다고 목소리를 높였다. 박 책임은 자신이 썼던 글 중에서 적당한 글을 찾아 답장을 하려고 마음 먹는다. 폴더를 뒤져 보다가 두 편의 글을 발견한다. 「쉬운 삶을 디자인한다」와 「국내 이민, 해외 귀촌」이 그것이었다. 박 책임은 캐나다에 오고 나서 한동안 자신이 해외 생활에 도전하게 된 이유와 해외 생활 준비에 대해 글을 써 오고 있던 참이었다. 상당히 구체적이고 자신만이 가진 특별한 가정적인 이유가 담기기도 했지만, 전체적으로는 한국의 40대 가장이 가족과 함께 고민하는 여러 가지 주거와 교육, 직장과 노후 준비까지를 담고 있었다.

쉬운 삶을 디자인한다

힘들고 고달프다는 감정이 최소인 상태, 어색함을 거의 느끼지 않아도 되는 은퇴 후의 삶을 '쉬운 삶'이라 정의하고, 나와 아내는 앞으로 우리의 미래를 함께 디자인하기로 했다. 혹시 가능하다면 잠시 멈추어 가능한 깊게, 오래 생각할 시간을 갖는 것. 우리 부부가 지난 적어도 5년 이상을 고민하고 준비해 왔던 그 소중한 시간을 우리는 현재 매우 행복하게 즐기고 있다. 큰 녀석의 표현대로라면 "Peace is being with my family."다.

'야구는 9회 말 투아웃부터'라든가, '끝날 때까지 끝난 게 아니다.'라는 멋진 명언들이 있지만, 은퇴 및 노후 준비는 '먼저 온 순서대로 First Comes, First Served'라는 말이 어울린다고 생각한다. 우리의 아이들에게는 충분히 격려해 주고, 실패 또는 약간의 늦음에 대한 두려움을 없애도록 도와야 하겠지만, 은퇴 준비는 시점도 매우 중요해서 아마도 마흔쯤부터는 진지하게 생각하는 것이 좋지 않겠나 생각한다.

이제 우리 부부, 특히 내가 정의한 '쉬운 삶'에 대해 조금 구체적으로 들어가 보겠다. 'Better together, Great alone.' 최근의 광고 카피에서 힌트를 얻어 영어로 표현해 보는 사치를 즐겨 본다. 『좋은 기업 넘어 위대한 기업으로』라고 번역된 『Good to Great』이라는 책에서 보는 것처럼 good과 great 그 사이에 better가 있다 보니, 우리는 함께하려는 성향이 있어 보인다. 동문 선후배를 찾고, 같은 고향을 찾고, 유사한 무엇이라도 서로를 연결할 것이 있다면 그 끈을 찾아보려는 애처로운 노력이 꼭 나쁜 것은 아니리라. 좋은 것보다 나은 '더 좋은' 것이리라. 그런데, '위대한' 것으로 향하고자 한다면, 아마도 내가 정의한 '쉬운 삶'이 지향하는 방향일 터인데, 그것은 오직 가족을 포함한 혼자여야 할 것이다. 관계의 단절이라든가 상실을 의미하는 것이 아닌 자발적으로 선택한 내 안의 나와 진지한 대화를 시작하는 것. 바로 그런 고독한 나를 발견하는 것이 '쉬운 삶'을 위한 첫걸음이자 실마리가 아닌가 생각해 본다. 그리고, 이것을 정확히 실현하려면 조금은 치밀하고 조심스러운 준비를 해야 할 것이 있겠다.

우선, 쉬운 삶이 이뤄질 우리의 주거 공간과 머무를 지역에 대한 공부가 필요하다. 나와 아내, 그리고 두 아들 녀석은 은퇴 후 우리가 살고 싶은 집의 테마로 '도둑이 들지 않을 집'을 생각한다. 외관은 검소하다 못해 빈약하거나 없어 보이기까지 해야 할 것이나, 항상 주변이 깨끗하고 잘 정돈되어 있어 빈틈없어 보여야 할 것이다. 돈이 풍족하거나 비싼 물건을 갖고 있다면 도둑이 좋아할 테니, 돈은 그저 겨우겨우 살아갈 정도여야 할 것이고, 60세까지 살면서 부지런히 모은 가재도구와 낡았을 테지만 나의 의중을 잘 파악하는 건강한 승용차 한 대 정도는 구색을 맞추어도 문제가 없겠다. 도둑은 싫어하고, 가족에게 좋을 만한 것은 차고 넘치도록 미리미리 쌓아야 할 것이다. 아이들에게 물으니, 두 녀석이 함께 "그럼, 책이네!" 한다. 지금이라도 늦지 않았다. 부지런히 책을 사서 집 가득 차고 넘치도록 하겠다.

또한, 몇 가지 살면서 꼭 필요한 기술도 연마해야 할 것이다. 이발 가위 세트를 구입해 연습을 시작한다. 아이들의 머리카락도 잘라 본다. 가위에 묻은 젖은 머리카락을 손가락으로 떼다가 깊이 베어 보니 조심해야겠다는 생각이 든다. 음식을 직접 하는 것에 익숙해질 필요도 느낀다. 만약 아내와 내가 수입이 극히 제한된다면, 아마도 그 가능성이 매우 높을 텐데, 생활비의 주된 사용처가 될 식재료비와 조리

비를 최소로 관리하지 않으면 안 될 것이다. 그렇다고 그 좋은 식도락의 즐거움에 대해 절제의 미덕을 허용하고 싶지는 않다. 그러자니 어쩔 수 없이 나의 입맛이 미리 적응하도록 먹는 것에 대해서도 나름의 철학을 세워야 할 것이다. 우리는 '건강한 맛'을 추구하기로 했다. 오랜 시간 요리책 공부와 실제 조리법, 그리고 영양과 가격을 모두 고민해서 최적으로 내린 결론이다. 건강한 맛! 재료는 가능하면 공장의 기계를 거치지 않은 것을 구입하려고 노력해야 그 '건강한 맛'이 나온다. 처음엔 유기농이니 뭐니, 매우 비싼 줄 알았는데, 꼭 그렇지만도 않다는 것을 확인하는 데 큰 어려움은 없었다. 그저 부부가 함께 식재료에 관심을 갖고, 식품영양학이라 거창하게 칭할 필요도 없이 요리책과 요리 관련 프로그램에 관심을 갖고 대화하다 보면, 아주 자연스럽게 가족이 추구하면 적절할 그런 맛을 찾게 될 것이다. 주방의 조리 기구는 가능한 욕심을 내어 수입이 있을 때, 충분히 마련해야 할 것이다. 스테인레스로 된 나름 럭셔리한 주방 기구들에 대해 공부하고 구입하니, 요리도 즐겁고 뭔가 일류 요리사가 된 것 같은 기분이 들어 참 흐뭇하다.

가능하다면 나와의 내면 대화 시간을 늘리고, 아내와 함께할 시간을 늘려야 하겠으나, 좋은 사람들도 많은데 굳이 어색하게 만남을 피할 필요는 없겠다. 회사에 색소폰 동호회가 있기에, 잠시 간을 좀 보다가 본격적으로 좋아하면서 열정을 보여도 괜찮겠다 싶은 시점부터 열심히 참석했다. 50여만 원에 저가 색소폰을 구입하고 마우스피스까지 이것저것 대략 70여만 원을 짧지 않은 기간에 조금씩 투자해 근사하고 웅장한 소리를 만들어 낼 준비를 했다. 예전에는 악보에 웬 선과

콩나물 대가리만 보여서 그게 뭔가 했는데, 이젠 반음도 인지할 수 있고, 절대음도 대략 구별이 된다. 물론 음악을 사랑하고 색소폰 연주에 정성을 쏟는 좋은 동료들과의 행복한 시간은 지금은 잠시 멀리 떨어져 있으나 나에게는 매우 소중한 추억이 되었다.

신체 건강을 위해서 운동을 해야 할 텐데, 과연 무엇이 좋을까? 그런 고민도 아주 자연스럽고 당연한 것이겠다. 좋아하는 축구를 은퇴 후에도 심하게 하기는 힘들테니, 대한축구협회의 공인심판 자격증을 취득하기로 결심했다. 이건 아직 실행 전에 있는 사안이나, 젊은이들의 몸싸움을 옆에서 같이 즐기고 함께 땀 흘리며 소리 지를 수 있다면 참 좋겠다. 나의 축구하는 모습 쳐다보기를 즐기는 나의 아내는 내가 젊은이들과 어울려 함께 뛰고, 경기를 공정하게 운영해 경기 후 모든 축구 선수들이 나에게 악수 청하며, 수고하셨다는 말을 건네는 모습을 흐뭇하게 바라보리라. 이와 더불어, 굳이 험한 등산로가 아니더라도 노부부가 덕담을 나누며 함께 손잡고 한적한 산책로를 걷는 상상이라면 무엇이 더 부러울까? 정말 노후를 위해서라면 몇 년 전에 본격적으로 시작한 검도 수련은 내가 보기에 더없이 좋은 운동이며, 수양이다. 작년에 공인 2단을 취득했으니, 실력을 더 쌓아서 2018년 평창 동계올림픽이 열리는 해에는 검도 4단에 도전할 수 있으면 좋겠다. 호구와 죽도와 검도복은 검소하지만 훌륭한 것으로 이미 준비했으니 시간이 되면 낡은 타이어를 이용해 타격대를 직접 만들어 내가 꿈꾸는 '도둑이 들지 않을 집' 마당에 두고 매일 아침 수련하자. 바보가 아닌 다음에야 값비싼 물건도 없고, 심하게 검소해 보이는 더군다나 매일 새벽에 집주인이 검도 수련을 게을리하지 않는 '도둑이 들지 않을 집'

에는 미련을 갖지 않으리라.

엊그제 대한민국의 대표 선수이자 글로벌 기업으로 이미 세계 1등인 전자 회사 측에서 '완제품, 부품에서는 1등을 해 보았으니, 이제는 소재에서도 1등을 해 보겠다'는 발표를 했다 한다. 재료공학을 전공한 엔지니어로서 참 반가운 일이다. 재료에 대한 앞으로도 멈추지 않을 나의 관심과 역량을 총동원해 폴리머polymer, 금속, 나무, 유리, 세라믹ceramic 등 재료 관련 모든 기술과 과학의 발달에 대해 정리하고 연구하자. 먹고 살 길이 거기에 있다고 그들이 생각한 것이라면 가볍게 생각지 말고 잘 바라보자. 아직 시간이 남았다. 이런 때라면, 끝날 때까지 끝난 것이 아니다. 누가 알겠는가? 나의 조그마한 노력과 정성이 우리 시대 최고의 화두로 모든 이가 즐겨하고 존중할 훌륭한 아이템이 될지. 이건 모두의 구미가 당길만한 노후의 일자리 및 재정 수입과도 연결이 될 수도 있는 것이 아닐까 싶은 생각에 즐거움이 더한다.

아이팟, 아이패드, 아이폰, 그다음에는 아이워치iWatch, 아이티브이iTV, 아이카메라iCamera라고 잡스가 얘기했다면, 그다음엔 아이쿠커iCooker를 만들어 보면 어떨까? 버튼을 눌러 내가 원하는 그 근사한 음식을 입력하면, 알아서 레시피를 검색해서 식재료를 얼마나 어떻게 준비할지를 알려 주고, 다시 버튼을 누르면 완벽한 최고의 셰프가 요리한 최상의 상태로 장식까지 멋지게 4인 가족 한 끼의 밥상을 책임지는 아이쿠커. 천천히 더 생각해서 그 제안서도 애플에 넣어 보자. 우리나라의 대표 기업들이자 글로벌 전자기업들이라면 세컨드 가전에만 힘쓸 게 아니라, 모바일 가전에 대해 신경 써 달라고 요청하고 싶다. 4

인 가족 하루의 빨래 양을 소화할 수 있으며, 조립이 용이하고, 가격도 20만 원대에 약간만 조정하면 전열선을 커서 건조기도 되고, 모터만 돌리면 선풍기 또는 온풍기도 되는, 그리고 차에 갖고 다니며 어디서나 세탁이 가능한 모바일 세탁기도 디자인해 보고 전달하자.

솔직한 노후 일자리에 대한 생각은 나를 뽑아 주든 안 뽑아 주든 개의치 않음을 결심하는 것이다. 내가 인지한 주변의 그 어떤 회사에서 내가 공헌할 바를 찾을 수 있고, 그에 합당한 이익이 창출되어 일부를 우리 가족이 생활하는 데 보탬이 될 월급의 형태로 지불할 여력이 있는 곳이라면 나는 어떻게든 거기서 일자리를 찾을 생각이다. 방법은 찾으면 된다고 생각하기로 한다. 우선 그렇게 마음먹고 심호흡한 번 깊게 하면 더 이상 심난하게 고민하지 않는다. 지금은 우선 그렇게 한다.

요즘 캠핑 열풍이라는데, 그 대열에 합류하지 않더라도 관심을 가져본다. '베어 그릴스Bear Grylls'라고 야생 오지에서 살아남는 방법을 특수부대 출신의 그 잘생긴 사람이 나오는 시리즈에서 배운다. 불을 피우는 다양한 방법, 자연에 대한 해박한 지식과 그 용기있는 삶에 대한 경외심을 느껴본다. 조금 더 들어가 보니, 레스 스트라우드Les Stroud라는 캐나다 사람이 〈서바이버맨Survivorman〉이라는 시리즈를 한참먼저 시작했다고 한다. DVD를 구입해서 봤더니, 렌트며 해먹이며 타프를 정말 직접 만든다. 혹시라도 나중에 '도둑이 들지 않을 집'에 살게 되면 레스 스트라우드가 알려 준 방법을 이용해 집 마당 한편에 나무와 나무 사이, 해먹을 만들어 걸고 아이들이 공부와 직장 일로 심난할 때면 아빠 엄마 집에 들러 쉬다 가라고 할 수 있기를 기대한다. 아빠가 직접 천과 로프를 이용해 만든 해먹에 누워 시원한 그늘을 즐기고, 내가 만든 음식을 앞에 놓고 감사한 마음으로 수저를 드는 그 미래를 상상한다. 밤하늘에 보름달이 뜬 날이면 싸구려 플라스틱 테이블 위에 작은 양초 하나 켜고 아빠, 엄마와 함께 밤하늘 쳐다보며 우리 옛날에 찍은 사진을 슬라이드로 보면서 맥주를 한잔할 수 있으면 참 좋지 않을까? 그 옛날 아빠가 'Dad-climbing'이라 칭한 아빠 올라타기 하면서 아빠의 콧구멍과 귓구멍까지 손가락을 넣어 걸고, 얼마 남지 않은 머리카락 잡아당기면서 머리 꼭대기까지 끙끙대며 올라가던 그 추억을 얘기하자. 웃통 벗고 거실에 깐 매트 위에 올라 허리띠를 살바 삼아 함께 씨름하던 그 옛날을 얘기하자. 'Better together, Great alone'이다. 너희들이 있으면 참 좋겠지만, 너희 있을 곳으로 떠나 주면 아빠 엄마는 더 좋으리라. 어느 책 속의 소제목으로 인상 깊은 '어머니를 버리다'의 그 마음으로 떠나보낸 아버지와 어머니에 대한 그리움과 애틋함은 속으로 삭이고 또한 아이들에 대한 미련도 속으로 넣어 두자.

지금까지 써 내려온 이 글을 영어와 일본어로 쓸 수 있게 공부하는 것은 선택이 아니라 필수라고 해야겠다. 영어로는 '이지 라이프Easy Life', 일본어는 '야사시이 진세이優しい 人生'라고 제목을 정할 수 있었다. 사전도 들여다보고, 문법책이며 단어책이며 구입해서 정성껏 읽어 보는 것이다. 그렇게 시작하면 될 것이다. 힘들까? 아마도 힘들겠지! 하지만, 그 지난한 과정이 끝나고 정말 영어와 일본어로도 이 정도의 글을 써 내려갈 능력을 갖추게 된다면 우리 부부의 노후는? 아마, 모

르긴 몰라도 쉬운 삶에 더 근접할 것 같다.

마지막으로 우연이겠으나 잠시 대한민국을 떠나 가족과 함께 나의 남은 삶을 다시 디자인하기 위해 타지에서 이 글을 쓰며 나의 조국을 생각한다. 나는 리처드 도킨스(세계 1위), 제레드 다이아몬드(세계 6위), 마이클 센델(세계 12위)과 동일한 선상에서의 사상가를 꿈꾸는, 아마도 현재라면 세계 인구 60억 중에 아마 1억 위 정도는 되겠지 하는 생각을 하는 4인 가족의 가장이며, 나의 생각을 정리하고 실현하기 위해 두려움을 내 고향에 저축해 놓고, 용기와 배짱은 그곳에서 인출해 가족과 함께 외지를 다니며 개인적인 연구 노력을 하는 40대 초반의 신체와 정신이 건강하려는 소심한 아빠다. 이 글과 함께하려는 나의 동년배 친구들과 나의 인생 선배님들에게 심심한 존경과 감사를 표시하고 싶다.

같은 폴더에 저장되어 있는 또 다른 글은 매달 발간되는 삼성그룹 월간 잡지 2015년 4월호에 칼럼으로 써서 보냈던 「국내 이민, 해외 귀촌」이다. 인사 팀 최태용 과장이 '삼성을 퇴사하고 고군분투하는 선배'로서 후배들에게 들려주고 싶은 글을 써서 달라고 해 썼던 칼럼이었다.

국내 이민, 해외 귀촌

　최근 들어 도시에서의 지친 삶에 대한 대안으로 귀농, 귀촌에 대한 관심이 높아지고 있다. 나 역시 마흔이 넘어가는 시기에 직장에서의 열정적인 노력과 더불어 가족과의 시간이 너무도 절실했기에 많은 관심을 갖고 있었다.

　만약 아내가 캐나다에서 살고 있지 않았다면 우리 가족은 강원도 어디쯤에서 고군분투하고 있었으리라 생각한다. 우리 가족은 나를 제외한 아내와 두 아들 녀석이 캐나다 시민권자다. 해외에서의 학위 과정을 생각하고 부지런히 공부에 매진한 젊은 날의 기억이 있는데, 그 과정 중에 자연스럽게 해외 교포인 아내와 교제하고 결혼하게 되었다.

　우리 가족이 해외로의 귀촌을 결심하게 된 매우 가정적인 배경은 이 정도 하고, 사실은 주거지를 옮긴다는 것은 참 큰 모험이면서, 도전이면서 어떤 경우에는 큰 낭패다. 실제로 크게 실망하고 많은 것을 상실하고, 주저앉는 가족들이 많거니와 우리 가족 또한 지금 그렇게 자랑스럽게만 현재의 상황을 설명할 수는 없는 처절한 몸부림을 치고 있다. 물론, 일자리 때문에 가장 고통 받고 있다. 성격은 다르지만, 결과적으로는 가정을 꾸려나갈 기본적인 생계라는 문제는 노동에 대한 대가로 충당을 해야 할 터인데….

장면 1
　지금 내가 왜 여기에 있는지 우리 가족이 왜 이곳에 있는지 이해는 되지만 참담하다. 이 허허벌판에서 아이들과 아내와 왜 그 무모하다는 주위의 충고를 무시하고 여기에 왔는지 모르겠다. 아무것도 없고,

하루하루 지친 날들에 차라리 해외로 이민을 갈 것을… 그러면 영어
라도 늘지 않았을까? 돈은 돈대로 마음은 마음대로 다쳤다. 생각했
던 것보다 기존에 사시던 분들의 차별도 너무 막강했다. 열심히 하면
될 거라는 나의 다짐은 이제 지친 하루하루의 삶에 짓눌려 터졌다. 도
시에서 나오지 말았어야 했는가? 다시 그곳으로 가야만 하는가? 병
원과 문화 시설, 교육도 예상은 했지만, 너무 열악하다. 생활비도 만만
치 않고, 마트에서 편하게 쇼핑하는 건 아예 꿈꿀 수 없다. 하루 종일
고민만 한다. 벌써 이런 고민만 몇 년째인가?

장면 2

아무것도 할 수 있는 게 없다. 법적으로도 문제가 해결되지 않았고,
영어는 오히려 주눅만 들어 아무 소리도 들리지 않고, 할 수 있는 영
어 단어는 "하이", "땡큐", "아임쏘리", "굿" 정도다. 오히려 단어도 더
까먹었다. 들리지도 않고 말하지도 못하겠다. 여기 해외의 네이티브들
도 직장 때문에 아이들 교육 때문에 난리다. 부부가 모두 일하는 것
은 당연하고 그나마 한국에서는 학원에서 차량도 오고 친구들끼리라
도 어울렸지. 여기는 부모가 데리고 갔다 데리고 와야 하며, 데이케어
Daycare라는 건 비용이 어마어마하다. 한국의 두 배에 가깝고, 그것도
아이들이 영어가 안 되니 그냥 주눅만 들어 온다. 부모도 주눅이 들
고, 아이들도 주눅 들고, 돈은 돈대로 쓸데없이 다 써 버리게 되고, 무
슨 생활비가 이리 비쌀까? 차라리 부장님 말씀처럼 어디 시골로 가서
자그마한 집을 사서 농사도 짓고 시골 인심도 얻고 그렇게 살걸…. 영
어? 차라리 한국에서처럼 설명이라도 들으면 늘겠지, 그들의 말은 전
혀 들리지 않으니 점점 내가 초라해진다. 내가 초라해지는 건 괜찮은

데 아내도 주눅이 들고, 그러다 보니 아이들도 얼굴만 좋은 척, 힘들어 한다. 많이 힘들다. 정말 힘들다. 다시 한국에 돌아가면 아무것도 없는 상태에서 시작해야 하는데, 들리는 소리는 동료들도 희망퇴직이라 하고, 과연 퇴직금과 전세금이 어디로 갔는가? 누구는 그래도 경험이라도 했다고 하지만, 결코 그런 경험은 다시는 하고 싶지도 않을뿐더러 누구에게도 추천하기 두렵다.

박 책임의 과감하고 무모한 도전

삼성전자의 책임연구원으로 근무하면서 대략 의무 기간 4년에 1년 정도 더 근무하는 것이 마지노선이라는 생각을 하지 않을 수 없었다. 한국에서의 생활은 아내가 많이 힘들어했다. 하지만, 나는 직장에서 정말 좋은 경험을 많이 했고, 선후배 동료들과의 관계에 있어 매우 훌륭한 결과를 갖고 있었다. 비록 한국에 있으면서도 아내와 아이들이 캐나다 시민권자라 영주권 신청이 가능했지만, 신청하지 않았다. 떠난다는 것은 많이 힘든 일이다. 따뜻했던 동료들의 눈빛과 그들과의 추억을 뒤로해야 하기 때문이지 두려워서가 아니다. 3년 차로 근무하기 시작하면서 캠핑 열풍이 불었는데, 결혼 당시 캐나다 밴쿠버에 몇 번 왔다 갔다 해야 할 일들이 있었기에 밴쿠버의 환경에 익숙했다. 완전 시골이었다. 밴쿠버의 도심지에는 우리 가족이 살 만한 곳이 없었다. 그래서, '해외 귀촌'이라는 단어를 생각해 냈고, 우리 가족은 캠핑 열풍에 합류한 신세대 가족처럼 행동했지만 사실은 해외 귀촌을 최대한 흉내 내고 연습하기 위해서였다. 나름 성공적이었고, 그 2년여의 경험이 지금 당장 너무나도 비참하고 힘든 이 오지에서의 생활에 큰 도움이 되고 있다.

직장 생활하면서부터 21일 월급날에는 동탄에 있던 '삼성문고' 서점으로 온 가족이 갔다. '또래아동도서'라는 어린이 전문서점에도 매번 갔다. 유명인이 되었다. '작가인 줄 알았다'고들 했다. 월급의 3분의 1 정도 되는 엄청난 금액을 매달 책을 구입하는 데 사용함에 주저하지 않았다. 매년 초에 PS가 나왔는데, 내가 근무한 사업부는 두 번을 제외하고는 매년 50퍼센트를 받았다. 디스플레이 산업이 가장 활황이던 시기였다. 그래서, 매년 엄청나게 뛰던 전세값도 그것으로 충당하고 약간 은행에서 도움을 받으면 되었다. 아이들의 교육이 중요했는데, 나름 원어민 수준이던 아내와, 나도 꽤나 영어에 익숙한 편이어서 우리는 아이들의 한글 교육이 걱정이었다. 지금 2년여 밴쿠버에 있으면서 아이들은 우리가 바라던 대로 영어와 한국어가 둘 다 어색하지 않은 수준이 되었다. 학교는 8시간 동안 캐나다 친구들과 영어로 대화하고 놀아야 하는데, 집에 오면 한국에서 가져온 엄청난 양의 한글책이 있어서 엄마가 한 시간씩 책을 읽도록 했고, 8시 반쯤 침대에 누우면 반드시 한글책을 여러권 읽으면서 잠이 들게 했다. 나는 2년간 매일 아침 아이들 등교를 도와주면서 캐나다 부모들과 영어로 대화를 시도했고, 렌트 하우스의 이웃들과 커피를 마시면서 대화를 시도했다. 이제는 상당히 익숙해졌다.

2013년 3월 25일 장모님이 계시는 밴쿠버에 도착해서, 내륙으로 한참 떨어져 들어온 미션Mission이라는 시골 지역의 한 달에 1,200불 하는 방 세개짜리 렌트 하우스에서 거주했다. 한국인이 거의, 아니 전혀 없었다. 2014년 6월 17일에 영주권 카드를 받고 그즈음부터 부지런히 지역 회사에 이력서를 넣었는데, 마침 압축천연가스의 압축기 등의 기계를 만드는 IMW_{Ironside Machine & Welding}라는 집에서 차로 30여 분 거리에 있는 좋은 회사에 좋은 조건으로 잡오퍼를 받는다. 연봉과 근무 조건을 전화기로 듣고 나서는 아내를 껴안고 한 시간 동안 펑펑 울었다. 너무 행복했다. 한국에서의 경력을 인정받는 밴쿠버에서의 엔지니어에 내가 손가락 안에 드는 순간이었다. 그리고 두 달도 되지 않아서 정리해고를 당했다. 아주 훌륭한 엔지니어였다는 추천서 두 장만 받아 들고….

이미 2014년 8월 말에 내가 다니던 회사의 모기업인 미국의 클린에너지컴프레션이라는 회사는 기름값이 반토막 나는 것을 알았던 모양이다. 이제서야 이해가 된다. 그로부터 지난 5개월여…. 통장 잔액이 바닥을 드러내기까지 고민에 고민을 하다가 '소설가 지망생'으로서 또 다른 도전도 하게 되고, 한국의 부모님께 염치없지만 1년여 더 버틸 거액도 송금을 받았고, 그래서 이제 밴쿠버가 아닌 셰일가스오일의 현장인 앨버타주 에드먼턴으로 옮겨가기로 했다. 그곳의 채굴, 파이프 제조 관련 회사들과 인터뷰가 진행되다가 기름값이 하염없이 떨어지니 중단이 되어서 아예 현장으로 찾아가기로 마음 먹었다.

에드먼턴에서 희망을 본다

용접하시는 분들이 많이 오셨다. 지난 몇 년간 한국에서 2,000여 명이 넘게 왔다가 실망하고 다시 한국으로 귀국하신 분들도 있고, 아직 버텨 내고 계시는 분들도 있고….

나는 기구 엔지니어로 구직 도전을 하면서, 그분들의 통역도 도와드리고, 자녀분들의 과외도 하면서 우선 당장은 한국 부모님이 보내 주신 돈으로 입에 풀칠을 하려고 한다. 나도 앞으로 어떤 미래를 맞이

하게 될지 가늠할 수 없다. 다만, 희망을 본다. 아직 기름값이 바닥에서 꿈틀대기만 하지, 다시 고공비행을 해서 이곳 앨버타주 전체가 다시 에너지 산업으로 들썩이게 될 시기가 언제인지 아무도 확신하지 못한다. 버려 내야 한다. 이겨 내야 한다. 극복해야 한다.

이곳에서 다시금 새로운 희망을 보기는 본다고 생각하지만, 그건 나만의 긍정일 뿐.

그래서 다시 우리 가족이 한국에서 '해외 귀촌'의 어려움에 대해 준비했던 그 처절했던 훈련들이 고맙고 감사하다. 이제 에드먼턴에 가면 매주 정말 열심히 성당에 나가 진심으로 하느님께 보살펴 달라고 기도하면서 하루하루 소중히 살아 나갈 생각이다. 너무 부정적인 생각에 얽매이고 싶지는 않다. 하지만, 한국에서나 해외에서나 40대 가장은 힘들다. 다만, 어떻게 이겨낼 지 지혜를 짜야지 세상이나 누구 탓을 할 상황이 아니다. 모두 힘내시라.

답장을 고민하고 있는 와중에 일주일 만에 또 한 통의 이메일이 도착했다. 함께 소재해석 파트에서 근무했던 고정열 사원이었다. 링크드인 메시지로 연락이 왔었고, 이메일 주소를 알려 줬더니 바로 연락이 왔다. 종국이도 떠날 생각이고, 정열이도 한국을 떠나 캐나다를 생각하고 있는 것이다.

　삼성에 다니면서 후배들과는 종종 인생에 대해 얘기를 나눌 기회가 있었다. 그럴 때마다 박 책임은 자신이 감명깊게 읽었던 월터 피트킨의 『인생은 사십부터 Life Begins at Forty』라는 책에 대해 언급했던 기억이 있다. 마흔 이후 인생을 새로 시작하기 위한 새로운 삶의 기술을 적어 놓은 그 책에 대해 학계에서는 '중년학'이라는 이름의 학문적 성과로 존경을 표시하고 있었다. 종국이랑 정열이도 그 책을 구입해서 읽고 난 후 박 책임에게 불혹 이후의 삶에 대해 허심탄회하게 고민을 털어놓았던 추억이 새롭다. 이제 드디어 그들에게도 시간이 다 된 것이다. 진지하게 다음 삶에 대해 고민하고 준비하기 시작한 것이다. 박 책임은 그들의 감정을 가슴으로 읽을 수 있었다.

제목: 지훈 형님~ 정열입니다

보낸 사람: 고정열 〈attractiveguy860325@gmail.com〉

받는 사람: 박지훈 〈jasonjihoon9372.park@gmail.com〉

날짜: 2019년 8월 25일 오전 8:09

표준 암호화TLS를 통해 전송되었습니다.

한국은 벌써 일요일 저녁이네요. 시간이 종잡을 수 없을 만큼 빨리 지나가는 것 같습니다. 형님 캐나다로 떠나신 후 저는 포스코로 이직했답니다. 2017년 1월부터 여기로 출근했으니까 곧 만 3년이 되어 가네요. 삼성전자 LCD 사업부에서 형님과 연구했던 것처럼 소성가공 분야를 똑같이 연구하고 있어서 배우는 것도 많고, 계속 일관성 있는 개발 프로젝트를 진행할 수 있어서 좋습니다. 최근에는 핫포밍 쪽으로 담당하고 있답니다. 전산해석 뿐만 아니라 광범위하게 업무를 다루고 있어서 잘 생활하고 있습니다.

아 참, 이쪽 분야에서 워털루 대학이 활발히 연구하는 편이라 지금 계신다는 곳에 대해 들었을 때 감이 왔어요. 아직 가 보진 못했지만, 언젠가 업무 출장으로 아마 가게 될 것 같네요. 조만간에요. ^^

형님이 그간 힘들게 생활하셨을 것으로 미루어 짐작하고는 있는데, 가족분들은 모두 잘 계시죠? 타지에서 생활하시기 여간 힘든 게 아니셨을 텐데, 최근의 상황이 어떠신지가 참 궁금하네요. 여유되실 때 메일 한번 주세요. 항상 응원합니다.

정열 올림

"이것 봐, 자기야. 전부 다들 떠날 생각이잖아. 다만, 가는 곳에 대해 확신이 없으니까 물어보는 거 아니겠어? 회사에서는 이리저리 치이고 받히고, 아이들 교육 측면에서는 사교육비 감당이 안 되고, 집값이며 전세값은 천정부지로 올라가고 노후 준비라고는 그냥 꾸역꾸역 억지로 내고 있는 국민연금이 전부인 상황이라서, 다들 생각이 많아 보여."

"그래, 이해하지 못하는 건 아니야. 자기랑 나도 여러 가지 고려해서 일찍 부지런 떤다고 또 준비 단단히 하고 온다고 떠났잖아. 근데, 결과는 어땠어? 피눈물 났잖아. 자기 후배들 눈에서 피눈물 나게 할 거야?"

"소라야, 우리가 준비가 부족했고 너무 낙관적이었던 것 빼면, 우리 계획도 나쁘진 않았잖아. 실제로 그 힘든 오일 산업에 좋은 조건으로 취직도 됐었잖아. 누가 도와준 것도 없는데, 내 실력으로 됐었잖아."

"그게 자기 실력 때문에 된 거냐? 그때 마침 박사 학위자 뽑고 있었고, 또 자기가 한 전산모사 해석이 회사에서 이슈가 되었기 때문이라며. 모든 게 상황이 결정하는 거라며. 그리고, 그다음엔 실력 있다고 해도 다 안 됐잖아. 실력이고 뭐고 다 필요없다며. 상황이 모든 걸 결정한다고, 그게 맞다고 했잖아. 나도 그게 맞는 것 같고"

박 책임은 오랜만에 아내와 티격태격하면서 의견을 다투었지만, 행복했다. 결코 힘들지 않았다. 행복한 의견 충돌이었고, 바람직한 다툼이었다. 모두가 원하는 온 가족의 행복한 해외 생활을 실현하려면 아빠의 직장 문제는 굉장히 중요한 문제였고, 직장 문제로 한정해서 생각해 보면, 현지의 경제적 상황과 회사의 입장, 그리고 부서장의 성향이 매우 큰 영향을 미쳤다.

✥

　한 달이 훌쩍 지나 9월 말이 되었고, 그 사이에 대만에 출장을 다녀왔다. 샘플도 완성했다. 이제 와서 보니, 얼마나 다행이고 감사한 일인지 모른다. CJ 오디오랩에서 9개월째로 접어드는 9월의 마지막 날이다. 월급이 입금되었고, 대만 폭스콘 출장비까지 합치니 이번 달에는 고급 레스토랑에 가서 푸짐하게 가족을 먹여도 되겠다. 회사가 발전하고 있는 것이 느껴지고 보인다. 외부에서의 시선이 어떠한지를 피부로 느끼고, 가슴으로 받아들일 수 있는 정도였다. 드럼 팀이 전자회로기판 설계를 마치면 곧 박 책임이 드럼 패드와 페달, 그리고 스틱을 디자인할 예정이다. 스마트 디지털 키보드 88 건반, 트랜스포머는 그렇게 탄생되고 있었다. 아침에 출근 준비 중인데, 김종국 책임에게서 다시 이메일이 왔다.

지훈이 형,

많이 바쁘신가 봐요. 저는 페이스북을 하지 않아서 그동안 어떻게 지내시는지도 모르고 인사도 못 드렸다가 한 달 전에 갑자기 연락드렸나 봅니다. 전 요즘 폴더블 과제를 하고 있어요. 그렇다고 엄청 바쁜 건 아니고요. 그냥 저냥 부지런히 해야 할 일들 하고 있습니다.

형은 어떻게 지내시나요?

캐나다 생활은 즐거우세요?
여긴, 아시겠지만, 미세먼지 지옥이에요.

그래서, 이민을 고민 중인데, 어떤 걸 준비하면 좋을까요? 기본적으로 어학이 매우 중요하겠죠? 여긴 이민 대행사가 별로 신뢰가 가지 않아서 정확한 정보를 얻기가 어려워요. 그래서, 오랜만에 안부 인사도 드리고, 이렇게 부끄럽지만 정보도 요청드리고자 연락드렸어요.

항상 건강 유의하시고, 즐거우시길 바랄게요.

동탄에서 김종국 올림

박 책임은 늦기 전에 바로 답장을 했다.

종국아,

반갑다, 안 그래도 메일 답장하려고 했었는데, 늦어져서 미안하구나. 지금 출근 준비 중이니 저녁에 보다 자세히 알려 줄게. 이민 준비는 철저히 해야 해. 안 그러면 형이 겪은 고통을 겪을 수밖에 없으니까.

어학보다 영주권이 먼저고, 그다음에 직장, 그다음이 주거와 교육이라고 느껴. 자주 연락하자. 반갑다.

그리고, 종국아.

하나씩 질문을 준비해 줘. 나에게 질문을 주면 답을 할게. 내 전화는 1-519-897-1699이니 필요하면 카톡을 이용하세. 잘 준비해야지, 안 그러면 큰일난다.

지훈

박 책임은 퇴근 후에 김종국 책임에게 긴 장문의 이메일 답장을 썼다. 한 문장 한 문장 혼을 담아서 정성껏 적어 내려갔다. 친동생에게 쓰는 것처럼 성심 성의껏 단어를 고르고 골라서 조심스럽게 적어 내려갔다.

종국아,

오랜만에 연락을 주니 참 반갑구나. 정말 오랜만이다. 그간 어떻게 지냈는지 궁금하구나. 캐나다 이민을 생각하고 있는 거니? 혹시 미국 쪽은 어떠니? 네가 미국에서 대학원 나오지 않았었나? 하여튼, 형이 도움이 될 수 있다면 당연히 도와야 하고, 친동생 같은 느낌인데, 뭘 주저하겠니.

다만, 현 직장을 유지하면서 이민을 차근차근 준비하는 게 좋겠다 싶다. 이민 관련해서 정보를 얻는 정도는 괜찮지만, 괜히 돈 주면서 이민 브로커를 접촉할 필요는 절대 없는 것 같고, 다만 캐나다 이민을 준비한다면 무엇보다 영주권을 한국에서 받고 오는 게 필요하단다. 형은 아내와 아들 두 명이 모두 캐나다에서 나고 자란 시민권자라서 내가 캐나다에 여행비자로 와서 영주권 받는 건 의심도 하지 않았지만, 현실은 다르더구나. 여하튼, 그런 자세한 얘기는 불필요한 것 같구. 절대적으로 캐나다로 온다면 한국에서 영주권을 받고 오렴. 전혀 어렵지 않고, 네가 신청해도 될 거야.

그 사이사이에 직장을 알아봐야지. 직장을 알아보려면 당연히 영문 이력서가 있어야 할 테고. 준비가 되었는지 모르겠구나. 혹시 도움이 필요하면 도와줄 수 있고, 먼저 네 생각대로 영문 이력서를 작성해 보렴. 있다면 형에게 공유해서 함께 보는 것도 나쁘지 않겠고.

하나하나 부담갖지 말고 질문을 해 줘. 아내와 상의하고 부모님과도 상의하고 형제와도 상의하고, 그리고 필요하다면 올 여름이나 내년 여름에 어디가 되었건 캐나다 가족 여행을 해 보는 것도 나쁘지 않겠고. 형이 지금 거주하는 워털루라는 작은 도시는 토론토에서 한 시간여 떨어진 위성도시야. 사실은 작년 크리스마스때 오퍼를 받고 올해 1월 말에 이사했단다. 밴쿠버에서 직장을 찾아 에드먼턴에 갔다가 죽도록 고생했었고, 그래도 하느님의 은총으로 겨우 겨우 길을 찾아서 여기 왔단다. 나도 이곳에 대해선 아직 초심자 수준이니 계속 공부하면서 필요한 내용 업데이트해 주마.

네가 아내와 또 가족들과 상의해서 질문하면 형이 시간 되는 대로 답장하고 그러면서 이것저것 준비하고 철저히 준비되면 실행하는 게 좋지 싶다. 꼭 그리해 주렴. 형이 어떻게 보면 무작정 도전했다가 크게 실패했었고, 이제 겨우 길을 찾았기에 꼭 당부하고 싶구나. 형도 작년 이맘때 이후로는 페북을 전혀 하지 않는단다. 페북을 했던 것은 계속 구조해 달라는 신호를 보내는 것이었는데, 전혀 도움이 되지 않더구나. 내 인맥이 그렇지…. 허허허.

그럼, 답장주렴.

편하게 질문하렴. 친형이다 생각하고,

워털루에서 지훈 형아가

지훈 형에게,

너무 감사드립니다. 퇴근 후에도 바쁘실 텐데 이렇게나 신경 써 주셔서 감사드려요. 이민이란 게 참 쉽지가 않다고 주변에서 많이들 말하더라구요. 그러면서도 많이들 준비해서 나가고요. 그런 부분에서 형이 말씀해 주신 것처럼 준비가 부족한 건 사실이에요. 무엇을 어떻게 준비하면 될지, 나도 가능성이 있을지 등등 불확실한 것들 투성이고요. 그래서인지 더 난감하네요.

저도 구체적인 계획과 해 볼 수 있는 것들 등을 다시금 정리해서 구체적으로 문의드릴게요. 어쩌면 안 되겠다 하고 포기할 수도 있을 것 같아요. 다만, 그렇다면 다시는 생각지 말아야지 하는 것도 같이 고민해야겠죠.

문득 맹자가 '먼 곳에서 찾지 말라'고 한 말이 스치네요. 시작도 안 하고 먼저 어렵게만 생각하기에 할 수 있는 일들을 놓치고 만다는 말을 되뇌고 있네요.

항상 건강하시고, 다시 연락드리겠습니다. 멋진 지훈 형에게.

종국 올림

그래 종국아,

하나하나 질문해서 답을 찾고, 또 궁금해하고 답을 찾고, 그런 식으로 접근해 보자. 항상 가족 안에서 행복하도록 최선을 다하고.

계속 연락줘.

지훈.

종국이에게 메일로 답장을 쓰고 나니, 마음이 한결 가볍다. 늦기 전에 정열이에게도 답장을 줘야겠구나. 한때는 정열이와 매일같이 속 깊은 얘기를 나누었다. 부서 안에서 밖에서 정열이는 생각이 깊은 친구였고, 항상 박 책임을 자신의 친형처럼 따랐다. 그 마음을 가슴에 안고 박 책임은 정열이에게도 답장을 쓴다. 형이 동생에게 쓰는 마음으로 곧 다가올 한가위를 한편에 내려놓고 최대한 짧고 간결하게 쓰고자 한다. 정열이와 수현이 그리고, 정 선임, 일호를 생각하면 항상 짠하고 미안한 마음이다. 그들을 정글 속에 내버려 두고 혼자 나왔다는 생각이 지배적이기 때문이었다. 그리고, 그 친구들은 단순한 회사 동료, 부하 직원 그 이상이었다. 친형제, 친누이처럼 가깝게 지냈다. 그들의 삼성전자 사내에서의 삶은 그냥 회사에서의 삶을 뛰어넘었다. 오히려 그게 떠날 때는 짐이 되었고 부담이 되었다. 그러지 말았어야 했다. 떠날 때 꽤나 큰 고통이 모두에게 떠밀려 내려왔던 것이다. 회사 생활은 서로에게 부담되지 않도록, 떠난다고 서운하지 않도록 어느 정도 거리를 두는 게 맞는 것 같다. 정이 들고 식구처럼 생각이 들면 어차피 떠나야 할 마지막 순간에 굉장히 힘들게 된다. 그렇게 힘들 필요는 없는 것이다.

정열아,

곧 추석이지? 한가위 가족과 함께 행복하고 즐거운 시간 보내길 바란다. 형은 현 직장에서 8개월째 되니까 좀 자리가 잡힌다는 느낌이 드네. 캐나다 와서 엔지니어로는 제일 길게 근무하고 있구나…. 허허허.

마음도 조금 여유가 생기고, 지난주엔 폭스콘이라고 잘 알지? 대만 회사에 출장을 다녀왔단다.

포스코에서 다양한 경험을 쌓으면서 항상 건강하고 행복하게 지내기를 바란다. 또 자주 연락하자꾸나.

캐나다 워털루에서 지훈 형아가

한국의 30, 40대 가장들이 고민하고 있는 것을 이미 박 책임은 10년 전에 고민했고, 6년 전에 결단을 내려서 가족과 함께 가장 현실적인 선택을 했었다. 그 선택과 결정이 크게 잘못된 것은 아니었지만, 그 중간중간에 결코 선택하지 말았어야 할 실수들이 있었고, 그 실수들이 모이면 되돌리기 힘든 크나큰 한 방이 되었다. 조심하고 또 조심해서 "돌다리도 두들겨 보고 건너라"라는 속담에 꼭 어울리는 상황이다. 주거를 옮기는 일, 직장을 바꾸는 일, 아이들 학교를 전학하는 일들이 모두 다 큰 모험인 것이다. 모험에 따르는 위험을 감수했어야 했는데,

그것이 감수할 수 있는 수준을 넘어서면 결국 실패하고 좌절하고 낙담하는 수밖에 다른 방법이 없었다. 너무나 큰 도전이기에 실패는 곧 낭패를 의미했다. 조심하는 게 맞다.

박 책임은 조만간 종국이와 정열이가 생활비를 물어보리라 예상했다. 그래서, 캐나다 온타리오주 워털루 지역을 기준으로 다음과 같이 간단히 생활비 규모를 적어 봤다.

2019년 9월 워털루 지역
렌트비(방 3개, 4인 가족 기준) 1,900불
차량 유지비(기름, 엔진오일 교체) 300불
자동차보험 150불
통신(스마트폰 2대, 인터넷, TV) 300불
전기, 물, 가스(Utility) 300불
음식 재료비 1,200불
학원 및 교육 200불
의류 및 문화생활 300불

총계 4,650불

워털루를 기준으로 시니어 직급의 엔지니어가 보통 8만~11만을 연봉으로 받는다고들 한다. 8만을 연봉으로 잡으면 한 달에 세금을 제외하고 정확히 4,700여 달러가 순수하게 입금된다. 만약 옆구리가 터지는 상황, 그러니까 자동차 엔진에 이상이 생겨서 비싼 부품을 교체해야 한다든가 또는 갑자기 치아 치료가 급한데 의료보험의 적용 범위에 해당되지 않는다든가 하는 상황이 발생하면 여지없이 적자가 발생하는 구조가 되는 것이다. 이런 현실을 종국이와 정열이에게 가감 없이 잘 설명하되, 너무 부정적으로 인식하지는 않도록 하는 것이 중요했다. 어차피 한 번 정도는 도전할 만한 모험이기도 했다. 한 가지 꼭 먼저 확인하고 싶은 것은 자녀 교육 관련한 문제였다. 대부분이 자녀 교육 때문에 해외 경험을 생각하게 되는데, 실제 캐나다에서의 중·고등학교 교육은 그닥 만족스럽지 않았다. 어찌 보면, 한국의 상황과 같은 본질적인 문제가 다른 장소, 다른 문화에서 다른 방식으로 벌어지고 있는 것 같았고, 또 어찌 보면 속수무책으로 당할 수밖에 없었다. 인종 차별, 문화 차별, 언어 차별에 이어 이민자 차별도 있었고, 그런 다양한 차별이 기본적으로 존재하는 가운데에서 적응하고 이겨 내고 극복해야 했기에 먼저 확인할 필요가 있었다.

제목: 지훈 형이야

종국아,

잘 지내고 있지? 형도 요즘엔 즐겁게 일하고 성과도 있고 해서 재미있게 지내. 갤럭시 폴드가 이번엔 성공한 것같이 느껴지던데.

좋은 성과 있으면 해.

아이들이 몇 학년이니? 여기서 경험해 보니까, 초등학교는 괜찮은데, 중학교부터는 왕따도 있고 문제아들도 많이 보여서….

또 자주 연락할게.

지훈 형아가

안녕하세요. 형님

폴더블 개발에 굴곡부 주름 이슈로 고민이 많았어요. 그런데 의외로 소비자가 그 부분을 어느 정도 수긍해 주는 분위기라 긍정적인 것 같아요. 아마도 형이랑 같이 개발했다면 더 잘 만들었을 것 같지만…. 고질적인 문제는 현재로선 어려움이 많아요.

첫째는 1학년이고, 늦둥이가 있어요. 늦둥이는 세 살 ㅎㅎ 갑자기 생겨서…. 나이는 많고 애는 어리고 고민이 많아요.

항상 즐겁고 여유 있는 삶 유지하시길 바랄게요.
건강하세요.

아. 아이들이 어리구나. 그러면 딱 좋네. 2년 정도 후면 큰아이한테 딱 좋겠다. 보통 초등학교는 캐나다 어디나 다 천국이지 싶어. 예전에 우리 큰애가 2학년 때 같은 반 아이한테 괴롭힘당한 적이 딱 한 번 있었는데, 그 경우는 그 아이 엄마가 싱글맘인 데다가 암에 걸려서 좀 특별한 경우였고 대체로 초등학교는 무난한 것 같아. 근데 중학교만 해도 여기도 편차가 꽤 있어서 좀 걱정이 되었거든. 괜찮네. 그리고, 폴더블 분위기 괜찮을 때 미국 회사들에 이력서 잘 던져 봐. 지원자의 능력보다 더 중요한 게 시장 분위기인 것 같아. 애플도 그렇고 MS도 혹시 태블릿 쪽으로도 확장성이 있을 때 한번 인터뷰도 해 보는 게 도움 될 거야. 잘되면 더 좋고. 그리고, 혹시 모르니 캐나다 토론토 또는 워털루 쪽 회사들도 시간 나면 한번 쳐다봐. 가끔 디스플레이 관련 기구 엔지니어 찾는 경우가 있어. 겁먹지 말고 재미있게 흥미롭게. FLEX인가 캐나다 회사 한번 봐 봐. 또 연락할게.

지훈

고마워요, 형.

사실 첫째 때문에 고민했던 건 맞아요. 캐나다 참 좋은 것 같아요.

세 달 전에 구글에 지원서 내 봤는데 대부분 소프트웨어 엔지니어를 뽑더라구요.

직무 매칭이 딱 맞아서 지원했는데 ㅋㅋ 깜깜무소식이네요.
워털루에 어떤 회사가 있는지 사실 잘 몰라서⋯. ㅎㅎ
요즘 영어 공부 조금씩 하고 있어요.
열심히 노력해서 자신감 붙으면 인터뷰 봐야죠.

박찬호 책임, 찬호 형 아시죠?? 해외 학술연수 갔다가 UCLA 졸업에 이변이
생겨서 회사 관두고 캘리포니아에 Applied Materials라는 회사로 갈아탔어요.
반도체 장비회사에요. 찬호 형은 삼성이 더 좋대요. ㅎㅎ 거짓말인 듯⋯.

잘 지내시구요. 또 연락드릴게요.

나는 박찬호 책임이 왜 낯설지⋯. 이름이 낯이 익지 않아⋯. 야구 선수 박찬호만
생각이 나네. ㅋㅋ

하여튼, 형도 지금 연봉이나 처우가 좋지는 않아. 너랑 조만간에 여기 생활비에
대해서도 얘기를 나누어야 할 텐데⋯. 형도 생활비가 빠듯하고, 또 어떻게 보면
언제든지 짤릴 수 있고, 또 그렇다고 삼성 다닐 때처럼 연말에 적더라도 PS가
당연히 나오는 경우도 없고⋯ 참 어떻게 보면, 형이나 형수도 삼성에 다닐 때가
더 나았다고 생각해. 더군다나, 최근에 아이들 학교에서 문제가 있어서, 얼마나
후회했는지 몰라. 의료 혜택도 여기는 아주 안 좋고⋯. 먹는 것도 여기는 참⋯.
된장 하나가 아쉬우니까⋯.

하여튼, 무조건 해외 생활에 대해 환상을 가지는 것은 아닌 것 같고…. 그렇다고 너무 부정적으로만 생각하지는 말자. 특히, 큰 아이나 작은 아이에게는 좋은 경험이고, 또 와이프에게는 좀 시댁에서도 떨어져서 1년 정도 가족하고만 재미있는 추억을 만들어 주는 것도 남편으로서 잘하는 거니까….

그리고, 구글만 보지는 않더라도 큰 회사 위주로 해야 해. 작은 회사라고 무조건 넘어가고 봐야 한다는 건 큰 착각일 수 있어. 내가 얘기한 Flex라는 캐나다 오타와, 토론토 지역의 회사는 굉장히 큰 회사야. 애플의 폭스콘 같은 MS의 협력 회사거든…. 하여튼, 그 회사의 웹사이트 들어가 봐.

그리고, 캐나다 워털루 지역에 그나마 전자쪽 벤처회사들이 좀 있어요. Indeed에 회원 가입한 후에 지역을 한정할 수 있으니까 지역을 온타리오주, 또는 토론토시, 워털루시, 키치너시… 등으로 한정하면 거기에 관계된 회사의 구인 광고만 볼 수 있어. 그렇게 한번 살펴봐. 꼭 지원하라는 것도 아냐. 그냥 한번 살펴보고, 너의 이력서가 그 직무에 맞는지, 잘 꾸며져 있는지 보라는 거야. 정 필요하면 형에게 이력서 보내봐. 그럼 내가 조언이라면 조언해 줄게.

형은 지금 아마존이나 MS, 그리고 애플이나 구글의 mechanical engineer중에 직급은 senior 또는 principal을 살펴보고 있고, 연봉도 20만 이상을 보고 있어. 휴가도 4주 이상을 생각하고 있어. 지금 현재는 거기에 현저히 미치지 못하지만 이랬든 저랬든 현 직장이 있고, 가정을 꾸려 나갈 수 있으니까, 계속 도전해 보려고 하는 거지. 형은 석사 졸업에 박사는 없는 걸로 가짜로 이력서 넣고 그래서 취직이 되었어. 그렇게도 지원하려고 해…. 무슨 말인지 이해가 되는지 모르겠는데, 이력서는 최대한 hiring manager 눈에 딱 띄게 적어야 해. 그리고, 인터뷰가 오면 통과할 자신이 있으면 되는 거지…. 내가 한 일에 대해 물으면 얼마든지 자신 있게 대답을 해야지…. 그게 원칙인 것 같아. 그 원칙에서만 벗어나지 않으면 될 거야.

내가 다음 주에 워털루대 기계과 학생 중에 한 명을 인턴으로 뽑는데, 우리 회사에 지원한 이력서가 189통이었어. 내가 최종 여덟 명을 가리는 데 이틀 걸렸고, 다음 주에 여덟 명을 인터뷰해. 다 훌륭해.

다시 말하면, 구글은 네가 딱 맞는 직무에 넣었다고 하면, 지원자가 1,000명은 될 거야. 그중에 우연히 네가 하고 있는 폴더블이 눈에 들어오는 경우라면 너한테 연락이 갔을 것인데, 그렇지 않으면 여러 가지 이유로 인터뷰도 연락이 가지 않을 수 있어. 나도 이번에 189명 중에 처음에 마흔다섯 명을 뽑았는데, 전부 대단했거든…. 그중에 또 이렇게 저렇게 가리니까 최종 아홉 명이 정말 난감한거야. 그중에 한 명 빼느라고 힘들었고, 다음 주에 인터뷰해 보면 여덟 명 중에 랭킹을 매겨야 하는데…. 뭐 그냥 내 꼴리는 대로 하는거지… 뭐…. ㅋㅋㅋ

그런 식일 수 있으니까, 너무 구글에 매달리지 말고, 또 구글에 한번 지원했다고 아니라고 생각하지 마. 구글의 부서장이 이력서를 검토할 텐데, 3개월 전의 부서장이 지금도 근무하리란 보장도 없어. 형도 그런 경우도 있어. 혹시 네게 도움이 될지 모르니 잘 된 커버레터랑 이력서 갖고 있다가 보내 줘 볼게, 참고해.

여하튼, 자세한 것은 또 나중에 더 얘기하자.

긍정적으로 기분 좋게 지내고.

제목: 영어 공부와 캐나다 현실

종국아,

우선 형에게 보냈던 이메일 당장 영어로 써 봐. 오늘 회사에서 보내야 했던 이메일 바로 영어로 적어 봐. 하루 이틀 계속하면 부족한 부분이 보일 거고 그걸 계속 만회하려는 노력이면 충분해. 계속 해야 해. 하루도 빠짐없이.

영어 스피킹, 리스닝은,

이번에 대만 출장 중에 비행기에서 본 하정우 주연, 김병우 감독의 〈PMC: 더 벙커〉라는 영화가 있어. 예를 들면 그 영화에서 하정우의 영어 대사를 네가 주인공으로 발탁되었다고 생각하고 따라 할 수 있어야 해. 그러면 되는 거야.

또, 〈주토피아〉라는 만화영화가 있어요. 그거 좋아. 반복해서 한 스무 번 보면 대사도 노래도 따라할 수 있어. 다 외워야 해.

고전으로는 〈굿윌헌팅〉 대사 다 외워.

형은 그걸 했었던 것 같아. 영어 공부하는 거에 더불어 내가 추천한 것도 꼭 해.

그리고, 중요한 여기 현실.

미국 큰 회사에 내가 인터뷰 오면 기대하고 있는 건 이전 메일에 썼고 지금 여기 워털루 토론토 현실은 시니어 직급이면 연봉이 8만~11만으로 얘기들 해. 8만이면 한 달에 세금 제외하고 캐나다달러 4,700불 정도인데, 집세를 1,900 정도 생각하면 정말 빠듯해. 여기 캐나다에선 10만 넘기기가 어려워. 그만큼 줄 여력 되는 회사도 거의 없고.. 그래서 여차하면 미국 회사로 이직했다가 또 조건 맞춰 주면 다시 오거나 그러거든….

근데, 실력만 있으면 한 회사에서 안정된 포지션 갖고 있으면서 얼마든지 또 이직을 하는 것 같아.

영어를 여기 와서 공부한다고 하면 안 되고, 한 가정을 지켜야 하는 아빠는 무슨 일 나면 다 처리해야 하니까 하정우처럼 영어로 막 지껄일 수 있어야 해….
그렇다고 너무 영어에 겁 먹지 말고. globish라고 '글로벌 + 영어'를 가리키는 단어가 있을 정도로 각자가 자기 맘대로 지껄이고 대충 알아들어야 하는 게 여기 영어 현실이니까.

열심히 하면 다 되니까 꼭 부지런 떨어…. ㅎㅎ
오랜만에 형이 잔소리가 많았네…. ㅎㅎ
또 연락할게.

워털루에서 지훈 형이 잘하라고 잔소리함

형님.

현실적인 직언 너무 감사합니다. 그렇지 않아도 영어는 BBC LEARNING ENLISH라는 어플로 메일 암기하고 있습니다. 말씀주신 영어 대본과 영화 확보해서 암기해 보겠습니다. 그리고, 커버레터랑 이력서 샘플은 꼭 보내 주시면 고맙겠어요. 잘된 견본을 따라 하는 게 제일 좋을 것 같아요.

어제도 와이프랑 얘기해 보았는데, 내가 거기서 1년 들어가 취업을 하고 애들 데리고 와서 살고 와이프는 한국서 돈 벌어 보내 주면 어떨까 상의했어요. 그리고 육아휴직을 다시 풀로 써서 한 2년 반에서 3년 정도를 함께 캐나다에서 살아 보면 어떨까 얘기를 나누었답니다. 이후는 애들과 내가 남을지… 아니면 아내를 따라 들어갈지 고민하자 했습니다.

문제는 여러 가지이지만 일단 현실적으로 제가 병원을 다니는데 이걸 해외 나가는 경우 어떻게 할지 알아보고 있습니다.

너무 감사 드리고, 치열한 영어 공부를 위한 동기부여를 위해 마음을 계속 잡고 있으려고 노력하겠습니다.

항상 건강하세요.

김종국 올림

박 책임은 주거와 자녀 교육, 그리고 직장 문제에 관해서 깊이 있는 대화를 나누고자 했다. 주거라고 하면 집에 대해서인데, 크게는 집을 사느냐 마느냐의 문제부터 이웃과의 관계, 거주지의 치안, 병원과 각종 문화생활에 관한 인프라, 그리고 주변의 식당과 마켓까지를 생각해 봐야 한다고 주장했다. 교육에 대해서도 가볍지 않았다. 당장에 학교의 수준, 학급 교우들의 됨됨이, 언어, 대학 진학률, 인성 교육, 인적 네트워킹과 학창 시절의 추억까지를 고민하고 있었다. 직장에 대해서는 생활비를 충당할 수 있는가부터 경력에 도움이 되는지, 새로운 경험이면서 적응에 문제가 없는지, 결과적으로는 직급과 연봉, 휴가가 자신에게 적당한지를 확인해야 했다. 무엇보다도 정상적으로 현재 직장을 갖고 있는 상태에서 이직하는 기술을 갈고 닦아야 했다. 직장에서 무너지면 가정의 기본이 흔들린다는 생각을 갖고 있었다. 그런 관점에서 다음의 이메일을 정성껏 적어 보냈다.

제목: 천천히, 그러면서도 부지런히

종국아,

디스플레이 쪽으로 여러 소식이 들리더구나. 엊그제 실적 발표에선 선방했다고 하길래, 다행이라고 생각했는데, 또 한편에선 LCD를 암 환자로 규정하고 폐기 처분한다고 하더구나. 네 자리에서 현 상황이 긍정적인 영향을 미치면 좋겠다고 기도한다.

너무 어렵게만 생각하진 않았으면 하고, 대신 준비는 부지런히 하는 게 좋지 싶어서 간략하게 몇 가지 정리해 본다. 계속 확인하고 수정하고 업데이트해야 하겠지.

1. 법률적 지위 – 비자 문제
2. 자금 준비
3. 사회관계 – 직업 준비(이력서/인터뷰)
4. 건강 및 의료
5. 자녀 교육
6. 주거, 이웃
7. 교통(차량)
8. 단기, 중장기 스케줄(예상 및 희망)
9. 어학 준비

각각의 항목을 또 구체적으로 세분화해서 생각해 보고 현 상황을 분석해 볼 필요가 있어.

예를 들어 교통(차량)만 해도 옵션이 무한대는 아니지만 꽤 선택의 폭이 크잖아. 자녀 교육도 큰아이 둘째 아이, 희망과 기대치가 있고 현실적으로 어학 적응, 환경 적응, 그리고 여기 현지 상황들도 편차가 있으니까.

힘들어하지 말고, 아내와 재미있게 여행 준비한다고 생각하면서 즐겁게 대화 시작해 봐. 그러다가 질문 있으면 적어 보고 조사해 보고 형에게도 질문해 주고.

가을이니까 좋은 풍경과 맛있는 음식 많이 즐기도록 해.

워털루에서 지훈 형이

제목: 업무와 영어

종국아,

형이 예전에 캐나다에 와서 처음으로 운 좋게 오일 쪽 기계 만드는 회사에 취직이 되었을 때 했던 방법인데, 혹시 네게 도움이 될 수도 있어서 묻고 싶구나.

그날 회사 업무에서 주고받아야 했던 이메일을 프린트해서 집에서 달달 외우고 그다음 날도 그렇게 하고 또 그다음 날도…. 때로는 썼던 문장을 자주 쓰게도 되고 때로는 새로운 표현이나 단어를 접하게 되는데, 업무 이메일이니까 달달 외워지더라고…. 내 업무니까 훤히 보이고….

혹시 너에게 그걸 공유해 줄까 싶은데….

오늘 같은 경우는 내일 학생 인터뷰 관련해서 함께 인터뷰 나가는 캐나다인이 형에게 이메일로 뭘 물어봐서 바로바로 답장했어야 했거든.

이해하기도 쉽고, 상황도 인식이 되고… 자주 쓰는 영어 이메일 표현도 익히고….

네가 아직 준비가 안 되었다면 시간만 소비되니까 지금 시작할 필요 없고, 혹시 관심 있으면 형이 집에서 영어 공부 할 겸 워드에 이메일 내용 적어서 너에게 보내 줄게. 생각해 보고 알려 줘. 아 참, 이력서랑 커버레터 샘플 보내 줄게, 한번 확인해 봐. 어디에 공개하지는 말고.

워털루에서 지훈 형아가

제목: Re:업무와 영어

형님,

이메일 보내 주세요. 도움이 크게 될 것 같습니다. 캐나다 현장에서 어떤
이메일로 의사를 주고받는지 알면 훨씬 영어 공부에 집중이 될 것 같네요.
그리고, 이력서랑 커버레터는 공개하지 않고 저만 참고할 테니 보내주세요.
고맙습니다.

제목: Re:Re:업무와 영어

종국아,

아래는 켈리(백인 아줌마, 네이티브 스피커)가 나에게 내일 인터뷰 관련해서
자기가 뭘 준비하면 좋을까를 물어봐서, 내가 인터뷰할 학생들 이력서를 공유해
줄까를 물었더니, 달라고 해서 이메일로 학생 여덟 명의 이력서를 보내고 난
후에 혹시 몰라서 내가 질문지도 공유했더니 주고받게 된 이메일이야. 참고해서
살펴봐. 중요한 것은 타이밍이지 않을까 싶어. 저쪽에서 간단히 이메일로
커뮤니케이션을 요청하고 있는데, 내가 한참 시간이 걸리면 곤란한 경우라고
하겠지. 간단한 이메일은 간단하게 바로바로 답장을 쓰는 게 좋겠지. 아주
어려운 단어나 문장은 없다고 봐야겠지. 또 인터뷰 관련해서 나의 철학이 어느
정도는 확립되어 있어야 필요한 문장을 써 나갈 수 있겠지. 거의 매일 업무
관련해서 이메일을 주고받게 되고, 형이 가능하면 매일 공유해 줄 테니, 계속
써 보고 외우고 해. 그렇게 어렵진 않을 거야. 도움이 되면 좋겠구나. 이어서
이력서랑 커버레터는 내일 저녁에 연속으로 보낼 테니, 참고해요.

워털루에서 지훈 형아가

메일에 참고용으로 삽입된, 박 책임이 켈리와 주고받은 메일 내용은 아래와 같았다.

Hi Kelly,

If you have any special questions, you can ask them at any moment during our interview. For your reference, I introduce my questions which will be given to them selectively.
(만약 특별한 질문을 하고 싶으시면 언제든지 인터뷰 중간에 하셔도 됩니다. 참고로 제가 준비한 인터뷰 질문을 아래에 덧붙입니다.)

Please focus on your own projects that you have completed that involved significant amounts of mechanical design and mechanical testing.
(자신이 담당했던 프로젝트 중에서 기구 설계 및 테스트 관련해 깊이 있게 경험한 내용에 집중해서 답변해 주시기 바랍니다.)

1. Can I please have your specific and detailed experience when you had to design something from concept to production?
   (어떤 제품의 컨셉부터 최종 생산에 이르기까지의 경험을 구체적으로 설명해 주실까요?)
2. What did you do for testing and verifying your design and the product?
   (자신이 디자인한 제품의 품질을 확인하기 위해 어떤 테스트를 해 보았나요?)
3. If you draw this pen (I am showing the pen to them) with Solidworks, how do you start and go about with the CAD program? What steps do you go through to finish the final drawing?
   (펜을 보여 주면서 질문한다. 만약 이 펜을 솔리드웍스 프로그램으로 디자인 한다면, 어떻게 시작해서 진행할 것인지 순서대로 말씀해 주세요.)

4. Do you have an experience to deal with configuration in the Solidworks? What kind of modeling required you to have configuration option in the Solidworks?

   (솔리드웍스 CAD 프로그램에서 configuration 옵션을 사용해 본 경험이 있으신가요? 어떤 모델링을 하면서 configuration 옵션을 사용하셨나요?)

5. Give us an example of a time when you were surprised by an unexpected situation and had to change your strategy quickly.

   (기대치 않았던 상황이 발생해서 전략을 수정해야 했던 경험이 있다면 예를 들어 설명해 주세요.)

6. Please describe an occasion when you managed a situation that was your supervisor's responsibility.

   (당신의 상사가 책임져야 할 일을 본인이 처리했어야 했던 경험이 있으면 말씀해 주세요.)

7. Tell us about an occasion when you were optimistic while others around you were pessimistic.

   (주변의 모두가 비관적으로 생각하는데, 혼자서만 낙관적으로 바라본 경우가 있나요?)

8. What was the most stressful situation you have faced? How did you deal with it?

   (가장 심한 스트레스를 받은 경우와 그때 어떻게 스트레스를 관리했는지 알려 주세요.)

9. Tell us about a time when you had to adjust your priorities to meet someone else's higher priority.

   (다른 사람을 존중하기 위해서 나의 우선권을 양보해야 했던 경험이 있으면 말해 주세요.)

10. Would you tell us a time when you learned from a mistake you had made?

    (당신이 저지른 실수를 통해서 교훈을 얻은 경험이 있다면 말씀해 주세요.)

    Best regards,

    Jason

Hi Jason,

Thank you for sending your questions. That is helpful. I'm having a look at their resumes. Is there any particular qualities (related to personality) that you believe are more suitable for the position? Being aware of them will allow me to help you better.

Thank you! I hope I can help you out tomorrow.

(제이슨, 질문지 공유해 줘서 고마워요. 크게 도움이 될 것 같네요. 저는 지금 인터뷰에 뽑힌 학생들의 이력서를 들여다보고 있는 중인데요. 혹시 그들의 성품 관련해서 제가 특별히 확인해야 할 것이 있을까요? 이 포지션에 적당한 특별한 인성을 제가 알 수 있다면 제이슨을 훨씬 더 도와줄 수 있을 거예요. 고마워요. 내일 제이슨을 도울 수 있도록 노력할게요.)

Best regards,

Kelly

I believe that I am able to recognize the personal characteristics at the interview. My preference is sincerity and I am much focusing on the attitude. The right candidate should be kind, honest and result-oriented person. Thanks,

(제가 인터뷰하면서 학생들의 성품을 확인할 수 있다고 생각해요. 저는 성실함을 우선적으로 보고 싶고요. 학생의 태도에 깊은 관심을 갖고 있습니다. 최종 후보는 친절하고 정직하며, 결과 지향적인 학생이 될 겁니다. 고맙습니다.)

Awesome.

Sorry for bothering so much, this is kind of new to me and I was wondering why I would even be useful tomorrow lol. Don't worry, I'll keep my eyes open and be concise in my presentation.

(우와, 그렇군요! 괜히 귀찮게 해 드리는 것 같아서 미안해요. 사실 저는 내일 무슨 도움을 드릴 수 있는지 잘 모르겠어요. 저는 그냥 회사 소개 간단히 하고 인터뷰 상황을 지켜볼게요.)

Don't mention it, sorry. You are very important since both of you and I should be fair to them. You are watching the students and simultaneously you are watching Jason if he is fair to the students as a representative of CJ Audio Lab. Your role is very important in this respect. Thanks and see you tomorrow.

(무슨 말씀을요. 켈리랑 저랑 공정하게 인터뷰를 진행해야 하니까 켈리의 역할도 엄청 중요하죠. 학생만 보시는 게 아니라 CJ 오디오랩을 대표해서 인터뷰를 진행하는 저의 태도도 관찰하셔야 하니까 매우 큰 역할을 하시게 될 거예요. 내일 뵙죠.)

❖

    다음 날 오전 7시 30분에 회사 사무실에 들어선 박 책임은 켈리 아줌마를 기다린다. 곧 도착한 켈리가 반갑게 인사하며 사무실에 들어서자 둘은 곧바로 박 책임의 차를 타고 현장 실습Co-op 학생 인터뷰를 위해 워털루 대학으로 출발한다. CJ 오디오랩이 세를 들어 살고 있는 캐털리스트Catalyst 137 빌딩에서 인터뷰 장소인 워털루 대학 윌리엄 M. 테이덤William M. Tatham 센터까지는 차로 10분 거리였다.

    워털루 대학 주차장에 도착해서 센터를 향해 켈리 아줌마와 함께 걷는다. 학생들의 모습도 보인다. 센터 안으로 들어가니, 바로 현장 실습 인터뷰 담당자들이 반갑게 맞이한다.

"어느 회사에서 오신 누구시죠?"
"CJ 오디오랩에 근무하는 제이슨입니다."

    현장 실습 프로그램 담당자들이 건네주는 학생 인터뷰 관련 파일을 받아 든 제이슨은 켈리와 함께 3층 3236호 룸으로 이동한다. 인터뷰는 8시부터 한 학생 당 25분 진행하고 5분 휴식을 취하면서 평가한다. 또한, 1층에 있는 카페테리아에서 커피는 무제한 공짜로 제공된다. 제이슨과 켈리는 긴장한 여덟 명의 워털루 대학 기계공학부 학생들을 차례로 인터뷰하고는 12시가 넘어서 센터를 나선다. 회사로 함께 출발하기 위해 주차장으로 이동한다.

"켈리 아줌마, 인터뷰해 보니까 어떻든가요? 누가 맘에 들어요?"

"제이슨, 나는 두 번째 했던 린다가 맘에 들던데 어때요? 나머지는 그냥 다 비슷비슷하더라구요. 근데, 린다는 인상도 좋고 성실해 보였고, 무엇보다 제이슨의 질문에 전혀 거리낌 없이 충분히 잘 대답하더라구요. 결국은 제이슨이 같이 일할 거니까 제이슨이 뽑아요. 저는 동의할게요."

"저도 린다가 맘에 들어요. 그럼 린다를 1순위로 하고 나머지는 2순위와 3순위로 적어서 워털루 대학에 통보하겠습니다."

"네. 그렇게 하세요. 수고 많으셨어요. 그럼, 회사로 가서 점심 같이 해요."

"네. 출발하죠."

저녁에 귀가하자마자 김종국 책임에게 이번에 검토했던 이력서와 커버레터 중에 인상적인 것을 하나씩 뽑아 간단히 참고하라고 원본과 함께 번역해서 이메일로 보냈다.

선 타일러Sean Tyler 의 이력서

- 핵심 기술
- GD & T(기하학적 치수와 공차)의 완벽한 이해, 제조 및 조립을 위한 디자인 설계 경험
- 솔리드웍스와 오토캐드를 이용한 2D, 3D 설계 경험, 기계 및 열 기구 디자인 경험
- 전산모사 해석에 근거한 탁월한 분석 능력
- 자동화 디자인 및 프로토 타입 설계, 조립, 제조 경험
- 뛰어난 통계적 기법 활용 능력
- 리더십, 커뮤니케이션 스킬 및 완벽한 팀 플레이어

- 경력
- 아마존: 제품 포장 인턴(2019년 1월 ~ 2019년 4월)
  포장 불량률 관리 50퍼센트 향상
  컴퓨터 프로그램을 이용한 포장 시스템 개발
  문제 발생 원인을 확인하기 위한 프로토 타입 개발 및 재료 물성 확인
  통계적 기법을 이용한 포장 불량률 관리 프로그램 개발

- 아바쿠스: 전산모사 해석 인턴(2018년 9월 ~ 2018년 12월)
  비선형 구조 해석
  200 메가와트 제너레이터 열 효율 시뮬레이션
  고객과의 원활한 커뮤니케이션 및 AS 담당
- 뷰리얼: 자동화 설계 인턴(2018년 1월 ~ 2018년 4월)
  극한 환경에서의 온도 및 습도 테스트 보조기구 설계
  기계/전기/소프트웨어 테스트 보조기구 공차 2mm 유지 설계
  빠르게 급변하는 시장 환경에서의 개념부터 최종 제품까지의 디자인

- 노스: 테스트 엔지니어링 인턴(2017년 1월 ~ 2017년 4월)
  원가절감을 위한 부품 최적화 시뮬레이션
  공정 최적화를 위한 컨베이어 벨트 조립 해석
  태양 전지 자동차를 위한 A arm 서스펜션 시스템 설계, 조립, 제조

- 교육
- 워털루 공과대학교 기계공학부 3학년

이력서는 선 타일러의 이력서가 눈에 띄게 인상적이고, 매튜 콜먼 Matthew Colman의 커버레터가 굉장히 특별하고 길게 서술되어 있어 눈에 들어왔다.

부서장님께,

안녕하세요? 저는 CJ 오디오랩의 기구디자이너 포지션에 깊은 관심이 있습니다. 저는 현재 워털루 대학교 공과대학 기계공학부 3학년에 재학 중이며, 이 포지션에 지원하는 이유는 제가 새로운 제품에 혁신적인 아이디어로 디자인하는 기회를 가질 수 있을 것으로 믿기 때문입니다. 저는 그동안의 현장 실습 경험에서 저의 포트폴리오에 나타난 것과 같이 CAD 디자인, 샘플링, 제조 및 협력사와의 원활한 의사소통까지 많은 것들이 이 포지션을 소화하는 데 도움이 되리라고 믿습니다. 또한, 저는 시니어 엔지니어들과 일해 본 경험도 많습니다.

가장 최근에 토론토에 위치한 제이콥일렉트릭에서 기구 엔지니어로 일했으며, 그동안에 다양한 프로젝트에 관계해서 경험을 쌓을 수 있었습니다. 원가절감을 위해 다양한 부품을 간단하고 효율적으로 디자인하고 생산해야 했으며, 이를 위해 CAD 디자인 훈련을 충분히 해야 했습니다.

또한, 저는 크리스티메디컬에서 제조 인턴으로 근무를 한 경험이 있습니다. 그 과정에서 생산 효율성을 관리하기 위한 다양한 기술을 연마하고 익혔으며, 제조 라인에서의 새로운 공정을 도입하는 경험을 했습니다. 가장 큰 프로젝트 중의 하나를 맡아서 했는데, 그것은 자동화 제조 공정이었습니다.

더 나아가서 저는 테스트 엔지니어링 인턴으로 토요타에서 근무한 경험이 있습니다. 9종류의 서로 다른 모델을 테스트하고 생산 전 문제점을 찾아내는 일을 했습니다. 엔지니어링 분석과 이를 문서화 하는 경험을 통해 향후 CJ 오디오랩에서 다양한 분석과 문서화하는 데 공헌할 수 있다고 믿습니다.

귀사의 오픈 포지션에 제가 적합한지 인터뷰 기회를 주시기를 기대하겠습니다. 연락주시기 바랍니다. 감사합니다.

매튜 콜먼 드림

보나마나 여기저기서 편집해 갖다 붙인 것인데, 그래도 노력이 가상하고 기특하다. 한번 얼굴을 보고 싶게 만들고, 만약 내가 운이 좋거나 그 녀석이 운이 좋으면 함께 일하는 거지, 뭐. 인터뷰 대상자 여덟 명에 끼워는 줬는데, 인터뷰를 막상 해 보니, 둘 다 별로였다. 1순위는 린다Linda라는 중국계 여학생에게 돌아갔다. 제이슨과 켈리 아줌마가 둘 다 동의한 학생이라 여덟 명 중에 특별히 돋보이는 학생이었다. 퇴근하자마자 현장 실습 인터뷰 관련해서 아내 소라와 간단히 얘기를 나누고 다시 김종국 책임에게 이메일을 쓴다.

종국아,

보내 주는 커버레터와 이력서는 나름 충분히 훈련이 된 친구들의 것이니까, 영어 문장 중에 필요한 것은 조금씩 바꿔서 응용해 봐. 도움이 될 거야. 앞으로도 계속 도움이 될 만한 이력서나 커버레터가 보이면 보내 주도록 할게. 그리고, 이번 주말에 시간이 되면 보이스톡으로 전화를 하자. 네가 또 너희 가족이 궁금한 게 있다면 허심탄회하게 묻도록 해. 형이 최선을 다해서 답해 줄게. 형 전화는 1-519-897-1699이야. 동탄이 열세 시간 빠르니, 거기 토요일 오전 9시면 여기 워털루는 금요일 오후 8시거든. 형은 그 시간이 저녁 먹고 딱 좋으니 그 전후로 통화를 하자구. 충분히 여유 있게 통화할 수 있으니, 이민, 또 여기 교육, 그리고 직장 및 노후 준비 관련해서 궁금한 것은 최대한 물어봐 줘. 형도 다 아는 것은 아니지만, 최대한 대답을 해 볼게. 주위에서 본 것도 많고, 내가 직접 경험한 것도 많고…. 그럼, 그때 통화하세.

워털루에서 지훈 형아가

다 쓰고 나서 박 책임은 아내 소라에게 이메일을 보여 준다.

"이번 주 금요일 저녁 먹고 나서 종국이랑 보이스톡 하기로 했어. 아무래도 직접 목소리 듣고 대답해 주는 게 좋을 것 같아서."

"잘했어요. 현실도 얘기해 주고, 잘 준비하라고 일러 줘요."

"근데, 다른 것은 몰라도 이민 관련해서는 우리가 모르는 게 많잖아. 그렇다고 이민 브로커들도 믿을 순 없고. 대행사들도 말로만 이민을 부추기지 실제 여기서 얼마나 고생들 하고 있는지 알려 주는 사람들이 없잖아."

"그러니까 당신이 말을 잘해 주라는 거잖아요. 함부로 결정할 게 아니라고 말예요. 단단히 준비하고 와도 피눈물이 나는데, 그러니까 이민 1세대만 고생하면 1.5세대, 2세대는 자연스럽게 성공하고 그러는 게 아니고, 어쩌면 그런 경우는 눈 씻고 찾아봐도 정말 보기 드물고, 거의 대부분이 막노동에 다음 세대들도 교육을 제대로 받지 못하거나 취직을 제대로 하지 못하고, 캐나다 사람인지 한국 사람인지 정체성도 헷갈려 하질 않나. 언어도 하나를 제대로 하질 못하고…. 너무 슬픈 사연들이 많잖아요. 그런 걸 상세하게 말해 주란 말예요."

"그건 결국은 이민 오지 말라는 얘기밖에 더 되겠어?"

"오지 말라는 게 아니라, 영주권을 신청하고 이쪽에 직장 기회가 어떤지 먼저 확인을 하고, 그러고도 가족들 모두 상의를 잘 하고 준비하고 조심해서 결정해야 한다는 거죠. 아이들 학교 때문에 마구 쫓기듯 넘어 오면 우리처럼 준비되지 못한 채, 엄청난 대가를 치른다고 알려

쳐야죠. 홍석 씨네랑 명수 씨네, 그리고 김홍진 박사님네는 잘 준비해서 성공하셨잖아요. 그런 케이스도 알려 주고요."

"그래, 알았어요. 나머지 교육이라든가 직장이나 그런 문제는 내가 잘 아니까, 알아서 할게."

6
핑거슬림 LED TV의 비밀

정문에서 바라 본 삼성전자 LCD 사업부의 본부, 탕정 사업장은 TV를 형상화한 대형 빌딩 세 개 동으로 되어 있었다. 각 동은 한 가운데 스크린이 있는 것처럼 유리창으로 촘촘히 디자인했고, 양옆으로 스피커 모양의 창문 여닫이를 설계했다. 실로 LCD TV의 세상을 여는 디자인 컨셉이 적용된 초현대식 건물들이었다. 맨 오른쪽은 LCD 패널과 백라이트를 조립하는 모듈동이었고, 가운데는 중소형 패널을 생산하는 7라인, 맨 왼쪽 건물이 대형 패널을 생산하는 8라인 건물로 막 새로 지어진 건물이었다. 정문에 들어서면 에스원 직원들이 날카로운 눈빛으로 검색대를 통과하는 LCD 사업부 직원들을 감시했고, 오른쪽으로 카페테리아가 있었으며, 회의실들이 쭉 연결되어 있었다. 카페테리아는 협력사 직원들과 LCD 사업부 직원들로 항상 북적였다. 정문 밖으로 나오면 단풍나무들이 흐드러지게 늘어져서 10월의 가을 풍경을 더욱 돋보이게 했고, 흡연자들은 왼쪽 구석에 있는 흡연 구역에서 담배를 피웠다. 수원이나 동탄 및 인근 각 지역에서 출퇴근하는 임직원들이 많아서 항상 출퇴근 버스들로 복잡했다.

신화 인터텍의 구은영 대리가 새로 개발한 확산 시트라면서 샘플을 들고 왔다. 그녀를 쳐다보는 김일영 책임의 눈매는 매섭고, 말 한 마디 한 마디는 위협적이었으나 구 대리는 이미 그런 분위기에 익숙한 듯 웃음을 잃지 않고 계속 설명을 이어 간다.

"말씀하셨던 8자 주름 불량은 이번 확산 시트를 써 보시면 확실히 개선된다고 느끼실 거예요."

"확실한 거죠? 또 문제 되면 그때는 조영준 상무께서 직접 오셔서 설명하셔야 할 겁니다."

"네. 조 상무님도 그렇게 하시겠다고 김 책임님께 말씀드려 달라고 하셨습니다."

"근데, 이렇게 두 장의 확산 시트를 두꺼운 한 장으로 대체하면 휘도(밝기)가 떨어지는 건 아닌가요?"

"저희 입장에서는 확산 시트가 자꾸 주름 불량을 내니까 강도를 보강하기 위해 두껍게 만들었고요, 휘도에 관련해서는 아주 약간 떨어지는 것 같은데, 그건 김 책임님께서 조정을 해 주시면 어떨까 기대하고 있습니다."

"네, 그건 또 8자 주름 문제가 해결이 되면 생각해 보기로 하죠. 잘 알겠습니다. 수고 많으셨어요."

"네, 그럼 또 연락주세요. 저는 다음 회의가 있어서 먼저 가 보겠습니다."

그렇게 46인치 슬림 앤 내로우Slim & Narrow 모델의 8자 주름 불량을 해
결하기 위해 확산 시트 개선 아이디어를 오늘 저녁에 실험하기로 하
고, 김일영 책임과 박지훈 책임은 샘플을 들고 다시 검색대를 통과해
서 7라인 6층으로 돌아온다. 삼성그룹 교육 한 달, 삼성전자 교육 2주,
LCD 사업부 교육 2주를 마치고 연수생 신분으로 2008년 4월 25일 개
발실 산하 기구개발 팀에 배속되어 벌써 6개월 차에 접어든 박 책임은
모든 게 새롭고 신기하고 흥미로웠다. 부품으로는 조금 전에 기술 미팅
을 했던 시트부터 CCFL(형광등) 램프, 각종 새시류 및 플라스틱 부품들
과 패널에 들어가는 평판유리까지, 소재로는 폴리머, 금속, 유리, 점착
제 및 액정까지를 모두 다루는 정말 오만가지를 다 다뤄야 하는 LCD
산업에 소속되어 근무하는 게 자랑스럽고 재미있었다. 배우는 게 많았
고, 시간이 갈수록 배우는 게 많아지고 지식이 쌓이다 보면 자연스럽
게 노후 준비에 어려움이 덜할 것이라는 막연한 자신감이 생겨났다.
작년까지는 보르도 TV에 머물던 VD 사업부에서 올해부터 부쩍 얇고
베젤이 좁은 TV 개발에 집중한다고 했다. 워낙에 힘들고 어려운 모델
이라 경력이 제일 많고 실력이 제일 좋다고 소문이 난 김일영 책임이
한길수 사원과 함께 46인치 슬림 앤 내로우 모델을 맡았고, 연수생인
박지훈 책임도 돕도록 전지환 상무가 팀을 조직해 주었지만, 개발 시작
후 4개월째인데, 아직 화면에서 불량이 계속 나타나고 있다. 기본적으
로 1~2개월 안에 CAD 디자인을 마치고 부지런히 각 부품들을 샘플링

해서 조립한 다음, 기본 화질 검사를 해 본다. 그리고, 램프의 열측정이나 각 부품들 사이의 조립 공차를 분석하고 그다음에 신뢰성 실험에 들어가 낙하 실험, 분진(먼지) 실험, 열충격 실험 등을 진행하는데, 다른 일반 모델들은 이미 신뢰성 실험의 마지막 단계에 들어서 곧 양산준비를 하고, 내년 초에 북미의 베스트바이Best Buy 매장에 진열할 초기모델 생산을 위한 개발 일정에 따라 문제 없이 진행이 되고 있었다. 다만, 가장 얇고 가장 베젤이 좁은 슬림 앤 내로우 모델 46인치는 그 기술적 난해함에 비례해서 개발 과정이 더디고 있었다. 어쩌면 올해 안에 개발이 완료되지 못할 수도 있다는 걱정들을 하기 시작했다. 두께를 줄이고 줄여서 설계하다 보니, 확산 시트와 프리즘시트가 백라이트의 CCFL(형광등) 램프와 가까워지는 바람에 램프의 열에 영향을 크게 받아 계속 주름이 생겼다.

"이번에는 잘될까요?"

걱정스러운 표정으로 묻는 한길수 사원의 질문에 김일영 책임은 고개를 가로 저으며 입을 굳게 다물었지만, 연수생 박 책임은 싱글벙글 웃으면서 대답한다.

"잘되기를 바라야죠. 그쵸? 김 책임님. 오늘 확산 시트 바꿔끼고 계속 모듈 구동한 다음 내일 아침에 와서 8자 주름 안 나타나면 좋겠네요."
"그래야죠, 뭐. 우선 한길수 사원이 확산 시트 개선품으로 바꿔서 조립해 주고, 플라스틱 백을 씌워서 열가속 실험을 하도록 하죠. 두 장의 얇은 확산 시트 두께와 동일한 두꺼운 확산 시트 한 장이니까 효과가 분명히 있겠지만, 그래도 주름 현상이 완전히 없어지진 않을 거예요. 예전에도 해 봤던 방법이거든요. 아마 또 다른 얼룩 현상이 나타날 거예요. 여하튼, 박 책임도 수고 많이 하셨구요. 다 끝나면 함께 퇴근하시죠?"

"네."

8자 주름 불량은 8자가 옆으로 누운 무한대 기호 모양(∞)의 주름이 화면에 보이는 고질적인 LCD 디스플레이 불량 중의 하나였다. 확산 시트나 프리즘시트가 열 때문에 주름이 생기면서 나타나는 현상인데, 모델마다 인치마다 해결 방법은 천차만별이었다. 이번에도 46인치 슬림 앤 내로우 모델에 딱 맞는 해결 방법을 찾아야만 했다. 경험이 많은 김일영 책임의 말대로라면, 내일 아침에 완벽한 화질을 기대하는 것은 쓸데없는 짓이었다. 분명히 다른 불량이 나타나거나 개선은 되겠지만, 시장에 출시할 만큼 완벽하게 개선되지 않을 것이 뻔했다. 경험이 이론을 크게 앞서는 것이 회사 생활이다. 학력이 절대 경력을 이길 수 없는 것이 회사에서의 하루하루다. 학력으로 자신의 상품 가치를 포장하지 말고, 경력에 녹아 있는 진정한 실력으로 자신의 존재를 증명할 수 있어야 했다. 박 책임은 자신의 부족한 경력에 대해 절대적으로 목말라했고, 경험이 많고 성실한 선배들에게서 하나라도 더 배우려고 노력했다. 직급은 중요하지 않았다. 책임 2년 차로 입사했지만, 선임이나 고참 사원에게서라도 배우고 또 익히고 싶어 했다. 좋은 태도였지만, 때로는 황당한 경험도 있었다. 처음 기구개발 팀에 배치 받아서 연수생 배지를 달고 출근할 때였는데, 항상 책상에 엎드려 자고 있는 친구가 있었다. 박광희 선임이라고 소니 40인치 기구개발 담당 엔지니어였는데, 들리는 말로는 작년에 크게 성공을 했는데, 전지환 상무에게서 상위 고과를 받지 못해서 무언의 시위를 하는 것이라고 했다. 무언의 시위를 출근해서 책상에 엎드려 자는 것으로 하는 모습을 보니, 어찌 보면 한심스럽기도 했지만, 어찌 보면 그 배짱이 무섭기도 했다. 그런데, 그 친구가 박 책임을 쳐다보면서 하는 말이 가관이었다.

"박 책임? 또, 박사 연수생이야? 재수 없네. 이번에는 아주 가지가지 한다면서? 박사야, 나이도 많아, 서울대야. 아주 재수없는 건 모조리, 빠짐없이, 전부 다 갖췄네."

황당하다 못해 불쾌하기 짝이 없었지만, 그의 그런 태도가 하루 이틀에 생긴 것도 아닌 것 같았고, 팀 내에 이미 고참들이 많았는데 그냥 내버려 두는 게 신기하기도 했다. 박 책임도 괜히 싸움에 말려들고 싶지 않았기에 그냥 잠자코 듣고 넘길 수밖에 없었다.

"그냥 참으세요. 원래 착한 형인데, 지금 전 상무랑 전쟁 치르고 있는 중이라 그래요. 아마 조금 더 근무하시면 친해지실 거예요."
한길수 사원이 친절하게 웃으면서 조용히 얘기해 준다. 그래도 그렇지 좀 너무한 것 같은데….

"그건 그렇고, 길수 씨! 확산 시트 개선품 넣은 슬림 앤 내로우 모델 어떻게 되었는지 봤어요?"

"아뇨. 박 책임님, 같이 가 보실까요?"

"그래요, 같이 가서 확인해 봐요."

수원에 사는 김일영 책임은 아침 출근하자마자 식당에서 아침 식사를 하고, 교회 모임이 있어서 정확히 8시가 되어야 사무실에 도착했다. 독실한 크리스천이었다. 한길수 사원과 먼저 랩에 들어가 확인한 46인치 슬림 앤 내로우 모델은 역시나 가로 방향의 얼룩이 심하지는 않지만, 눈에 확 띄게 보였다. 둘 다 크게 실망했다.

"역시 김 책임님 말대로 얼룩 불량이 나타나네요."

한길수 사원이 실망한 듯 중얼거린다. 박 책임도 어떤 다른 방법이 없을까를 생각해 보지만, 지금은 딱히 아이디어가 떠오르지 않는다. 자리로 돌아가 김일영 책임에게 보고하고 또 다른 방법을 상의하는 수밖에 다른 방도가 없다.

"김 책임과 상의해 보고 또 다른 방법을 시도해 봐요. 기죽지 말고요."

박 책임이 등을 두들기자, 한길수 사원도 환히 웃는다. 벌써 4개월째 계속되는 늦은 야근에 한길수 사원은 첫 아이를 막 낳은 아내에게 미안하다. 빨리 개발을 끝내고 집에 일찍 들어가 가족에게도 잘하고 싶은 마음일 텐데, 개발이 늦어질 뿐 아니라 개선되는 실마리가 보이질 않으니 우울해질 수밖에 없었다. 박 책임은 그 마음을 잘 알았다.

한편, 오전 10시에 기구개발 팀 전체 회의가 있다. 오늘은 특히 내년도 VD 사업부의 신제품 관련 정보를 오픈한다. 원성호 수석과 함께 2개월간 VD 사업부에 파견을 다녀온 박현종 책임의 얼굴이 어둡다. 다들 박현종 책임 자리에 가서 수고하셨다고 인사하고 안부를 물었지만, 박 책임은 웃지도 않았다. 그 사이에 원성호 수석은 기구개발 팀 상무인 전지환 상무에게 보고하러 사무실로 들어갔고, 대략 팀원들이 다 박현종 책임 자리로 모이자 박 책임이 팀원들에게 VD 사업부의 차세대 개발 제품에 대한 전체적인 개요를 설명한다.

"10.8밀리미터야. LCD LED 모듈 두께가. 그래서, 최종 핑거슬림 TV 세트는 29.9밀리미터야. 앞에 3자도 안 된다고 그랬대, 윤부균 사장이."

"10.8밀리미터요? 그게 가능해요?"

박현종 책임 바로 밑 기수인 김정진 책임이 되묻는다. 한 번도 해 본 적이 없는 얇은 두께다. 핸드폰보다도 얇아야 한다.

"엣지edge형 타입밖에는 방법이 없잖아요? 직하direct형 타입으로는 30밀리미터도 힘든데요? 지금 김일영 책임이 46인치 슬림 앤 내로우 하고 있는데, 계속 불량이에요."

　역시나 경험이 풍부한 정영훈 책임이 되묻는다. 김정진 책임과 정영훈 책임은 서로 얼굴을 쳐다보면서 예전에 모니터에서나 가능한 엣지 타입을 TV에 적용한다고? 하는 표정이다.

　모니터와 TV는 차이가 많다. 모니터는 사람이 가까이서 보기 때문에 휘도와 시인성에서 여유가 많다. 그러나, TV는 크기도 커지고, 멀리서 봐야 하기 때문에 휘도가 높아야 하고 측면 시인성도 좋아야 하며, 고려해야 할 인자들이 훨씬 복잡하고 어려웠다. 엣지 타입으로 두께를 얇게 만들면 램프의 전압을 올려서 온도가 상당히 많이 올라가고 그만큼 모듈 안에 들어가는 광학 시트에 주름 불량이 생길 가능성도 높아졌다. 모든 문제가 복잡해지고 어려워지는 것이다. 그래서 그동안 슬림 앤 내로우 모델에는 직하형이면서 CCFL(형광등) 램프만을 써서 설계했는데, 이번에는 엣지 타입에 LED 램프를 써야 한다는 조건이 붙었다고 했다. 윤부근 사장이 기술을 알고 하라는 건지, 모르고 하라는 건지 모두가 헷갈려했다. 하지만, VD 사업부의 사장이 하라고 했다면 무조건 하는 것이 정석이었다. 단 몇만 대만 생산을 하더라도, 또 결국은 실패를 하더라도 '성공했던 실패'여야 했다. 그게 삼성전자에서의 일상이었다. 이런 케이스는 핑거슬림 LED TV 말고도 정말 많았다. 하지만, 핑거슬림 LED TV는 달랐다. 결국은 성공했다. 그것도 대박이었다. 박지훈 책임은 그걸 현장에서 직접 겪었기에 한편으론 신기하고 한편으론 이런 게 직장 생활이구나 했다.

"그래서, 결국은 엣지 타입으로 설계하기로 했습니다."

원성호 수석이 한참을 보고한 후에 전지환 상무에게 최종적으로 결론을 보고한다.

"설계야 어렵지 않게 할 수 있겠지. 이미 모니터에서 충분히 해 봤으니까, 다만 TV를 실제로 만들어 낼 수 있느냐가 문제 아니야? 또 신뢰성은 어떻게 통과시키려고?"

"해 봐야죠. 어쩔 수 없죠, 뭐. VD 사업부 기구팀의 최형식 상무도 황당해하더라구요. 근데, 방법이 있나요? 윤 사장이 결정한 일로 그냥 위에서 지시가 내려왔으니 번복할 일도 없는 거고 이미 결정이 되어 버린 건데."

"그럼, 우리는 총력을 기울여서 열 문제를 해결해야 하잖아. 히트싱크heat sink를 제대로 설계하고 보텀새시도 알루미늄으로 하고, 최대한 열을 빼낼 수 있도록 서멀 패드Thermal Pad(열전달 고무 패드)도 고려해 봐!"

"네. 이따 10시에 회의 하시면서 다시 말씀 나누시죠."

원성호 수석은 가볍게 목례를 하고 사무실을 나섰다. 밖에는 이미 박현종 책임 자리에서 대강의 얘기를 전해 들은 책임급과 고참 선임급 직원들이 원 수석을 기다리고 있었다.

전지환 상무는 한숨을 깊게 내쉴 수밖에 없었다. 안 그래도 슬림 앤 내로우Slim & Narrow로 갈 거라고 예상은 했었지만, 스펙이 너무 심했다. 10.8밀리미터 안에 모든 것을 담아서 LCD 모듈을 만들되, 광원은 LED를 사용해야 했고, 40인치, 46인치, 55인치 세 개 모델을 모두 성공시켜야 했다. 그리고, 신제품의 기준인 월 10만 대 이상 연간 100만 대 이상을 양산할 수 있도록 설계시켜야 했다. 결코 쉽지 않은 개발 건이었다. 보르도 TV를 개발하면서 이중 사출에 도전했던 때가 기억이 생생하다. 몇 개월 동안 사무실에서 밤을 지새웠던가. 이번에도 집에 매일 귀가하기는 글렀다. 임원인 상무가 그러할진대, 그 밑의 수석 연구원, 책임연구원, 선임 연구원, 그리고 사원급은 어떻겠는가. 앞으로 깜깜하다. 여하튼, 10시 회의에서 팀원들의 의견을 들어 보고 협력사의 조력을 최대한 이끌어 내는 수밖에 없다. 경쟁사인 LG디스플레이도 신경이 쓰인다. 그쪽에도 벌써 정보가 들어 갔을 텐데. 그쪽이 성공하고 우리가 실패하는 경우는 최악이다. 내 자리가 위험하다. 물론, 그런 일은 결코 일어나지 않는다. 우리가 누군가? 삼성이다. 내가 누군가? 삼성전자 상무다.

"다들 박현종 책임한테 얘기 들었지? 10.8밀리미터 안에 다 집어 넣는 거다. 알겠냐? 우선 박 책임이 55인치 기본 설계를 완성해서 왔으니까, 정영훈 책임이 40인치 설계하고 김정진 책임이 46인치를 맡아. 선임 한 명이랑 사원 한 명씩을 더 붙여 줄 테니까. 불평들일랑 말고. 그리고, 다른 일반 모델 담당자들은 신뢰성 빨리 끝내고 다른 사람들이 개발하던 모델 도와서 마저 신뢰성 통과시키고 보고하도록 해. 10시에 그렇게 전 상무님께 보고할 거니까 정신들 바짝 차리고."

원 수석이 정리를 하자, 모두들 제자리로 돌아간다. 정영훈 책임과 김정진 책임은 박현종 책임과 더 얘기를 나누어야 해서 박현종 책임 자리에 의자를 가져와서 55인치 CAD 도면을 함께 확인한다. 55인치 LCD 모듈의 두께가 10.8밀리미터인 것을 처음 보는 정 책임과 김 책임은 과연 이게 실제로 생산 가능할지를 묻는다.

"설계는 예상대로 알루미늄 압출바에 LED 모듈을 결합해서 열이 빨리 전달되도록 했네요. 4변으로 LED 광원이 설치되었고, 보텀새시는 전체적으로 강성을 보강하기 위해서 딥 드로잉deep drawing 디자인을 하신 것 같구요."

나서기 좋아하는 정영훈 책임이 먼저 말문을 연다. 작년까지 개발1팀 기구 그룹에서 모니터를 개발했던 정영훈 책임이 TV를 개발하는 기구개발 팀으로 위치를 바꿀 때, 원 수석과 전 상무는 어느 정도의 정보를 알고 있었을지도 모른다.

"역시, 정 책임이 이해가 빠르구나. 작년까지 모니터 설계하다 왔으니 우리보다 빠르고 쉽겠지. 김정진 책임도 잘 알지? 어차피 다들 모니터 설계부터 시작해서 TV로 옮겼으니까, 설계를 이해하기는 어렵지 않을 거야. 다만, 휘도가 55인치의 경우는 500니트nit(휘도 단위)까지를 생각해야 하는데, 그러려면 LED 온도가 너무 높게 올라가지 않을까 걱정이 되는 거지. 그리고 나서도 어떤 생각지 못했던 문제가 발생할지 지금은 알 수가 없으니까 빨리 목업 샘플을 만들어 봐야 할 것 같아."

10시가 되자, 기구개발 팀 모두가 회의실에 모였다. 10시 3분이 되자, 전지환 상무가 문을 열고 들어서서 스크린 맞은 편의 프로젝터 아래 정 중앙에 앉는다.

"원 수석이 VD 신제품 개발 컨셉이랑 설계 도면 보여 주면서 설명해 봐."
"네."

한 시간이 넘도록 회의가 계속되면서 모두가 고개를 절레절레 흔들었다. 설계는 억지로 10.8밀리미터 안에 도광판LGP, Light Guide Plate과 알루미늄 압출바에 결합된 LED 모듈을 4변 엣지로 설치해 완성했다. 설계가 어려운 것이 아니었다. 실제로 제품을 만들어 낼 수 있느냐가 관건이었다. 온도가 4변 엣지로 굉장히 높을 것이 명백했기 때문에 그것이 알루미늄 압출바를 통해 바깥으로 빠질 수 있느냐 없느냐가 관건이었다. 보텀새시는 모니터에서도 사용했던 알루미늄합금 AL5052로 결정한다. 워낙 얇아서 강성을 보강하기 위해 중앙 양쪽으로 딥 드로잉 형상을 넣어서 스트레스 분포를 고려했다.

한편, 박지훈 책임은 회의가 끝나고 나오면서 김일영 책임과 한길수 사원에게 묻는다.

"와, 내년에는 핸드폰보다 얇은 TV가 나오는 건가요?"

"하하, 박 책임님. 별로 신경 쓰지 마세요. 우리는 우리 모델에만 집중하죠. 어떻게든 해내시겠죠. VD 사업부의 윤부균 사장이 하라고 직접 지시했다는데, 못 하면 안 되죠. 어떻게든 할 거예요. 우린 46인치 슬림 앤 내로우 모델이나 걱정하기로 하죠."

하긴, 각자 맡은 모델에만 신경 쓰면 되는 것이 맞다. 대기업에서는 각자 맡은 일에만 집중해야 한다. 규모가 작은 벤처기업이라면 하나에서 열까지 모두를 다 생각하고 관여하고 참여해야 할 테지만, 대기업은 철저히 분업화되어 있다. 영업, 기획, 구매, 개발, 제조, 품질, CSCustomer Service, 경영과 인사 조직 담당 등이 모두 다 분업화 되어 업무 간 경계가 확실했다. 개발 팀 내에서도, 또 그 안에서 모델별 인치별로도 서로 필요하다 싶을 땐 돕는 거지만, 불필요한 상황에서 끼어드는 건 오버였다. 그건 허용되지 않는 문화였다. 경력직 신입 사원인 박지훈 책임은 그걸 배워야 했고, 선배인 김일영 책임이 지금 그걸 가르쳐 주고 있는 것이다. 호기심을 갖는 것부터 조심해야 한다고 일러 주는 것이다. 그리고, 무엇보다도 당장에 46인치 슬림 앤 내로우 모델에 대한 개발 상황을 원성호 수석에게 보고해야 했다. VD 사업부에 출장을 다녀 온 2개월간 자리를 비웠지만, 워낙 꼼꼼한 성격의 원 수석이라 당연히 개발 현황을 물어볼 것이 뻔했다. 보고를 하기 위해서는 어제 신화 인터텍의 구 대리가 가져온 개선품이 충분하지 않음에 더해 다음에는 무엇을 시도해 볼 것인가를 결정해야만 했다. 김일영 책임이 랩에 들어서자 마자 플라스틱 백을 벗겨 내면서 얼룩 불량을 확인하고 한길수 사원과 박 책임을 처다보면서 묻는다.

"혹시 무슨 좋은 생각 있으신가요? 오후에 원 수석에게 보고해야 할 것 같은데…"

"별건 아닌데요. 김 책임님. 혹시 확산 시트 얇은 것 두 장을 점착제로 붙여서 한 장으로 만들면 어떨까요? 예전에 학교 다니면서 실험했던 생각이 나는데요. 같은 두께라면 얇은 박스 두 장을 겹쳐서 만든 것이 두꺼운 한 장보다 구부리기 힘들었어요. 거기다가 두 장 사이에 점착제를 바르면 강성이 훨씬 높아질 것 같은데요. 어하튼, 두 장을 겹쳐서 동일한 두께를 만드는 것이 그냥 한 장보다는 나을 거예요. 두께가 두꺼워지니까 8자 주름은 없어졌잖아요. 근데, 문제는 신화 인터텍에 그런 설비가 있는지 모르겠네요."

"있어요. 왜 그 생각을 진작에 하지 못했나 모르겠네요. 예전에 두 장을 점착제로 붙여서 생산한 모델이 있었죠. 근데, 문제는 가격이 무척 올라간다는 거예요. 구매 쪽에서 아마 난리를 칠 건데, 뭐 한번 해 보죠. 혹시 박 책임께서 신화 인터텍의 구은영 대리에게 연락해서 직접 조영준 상무랑 얘기하고 오시면 안 될까요? 생각난 김에 아예 직접 얘기를 하고, 샘플 최대한 빨리 해 달라고 하죠."

"네, 알겠습니다. 제가 신화 인터텍에 직접 가서 김 책임 말씀을 전하고 오겠습니다. 구 대리에게 와 달라고 전화할게요."

"지금 한창 신뢰성 실험들 하고 있어서 구 대리 저희 사업장에 와 있을 거예요. 전화 한번 해 보세요."

"네. 잘 알겠습니다. 그럼 그렇게 하겠습니다. 길수 씨도 수고해요."

"네, 박 책임님, 안녕히 다녀오세요."

박 책임의 아이디어는 괜찮았다. 두꺼운 한 장과 같은 두께지만, 얇은 두 장을 붙여서 만든 경우에 구부러짐에 대한 강성은 얇은 두 장을 붙여서 만든 게 훨씬 강했다. 물론, 두 장 사이에 점착제까지 발라진 경우라면 확실히 주름에 대한 강성이 뛰어났다. 박 책임은 지금 그걸 말하고 있는 거였다. 다행히 신화 인터텍에서 생산하는 다른 광학 필름 소재에서 서로 다른 이종의 필름을 접착하는 경우가 있어서 최신 설비를 갖추고 있었다. 문제는 가격이었다. 확산 시트 두 장만 납품하면 되었던 경우와 그 확산 시트 두 장을 서로 점착한 후에 맞는 크기로 컷팅을 하고 납품을 하는 것은 천지 차이였다. 그야말로 하늘과 땅 차이였는데, 그것을 알게 된 것은 또 한참이 지난 후였다. 그 천지 차이를 몰랐던 박지훈 책임은 마냥 자신의 아이디어를 칭찬한 김일영 책임의 표정만 눈에 들어왔다. 신화 인터텍의 구은영 대리에게 전화를 거니, 정말 아침 일찍 탕정 사업장에 와 있다고 했다. 정문 회의실에서 VD향 32, 40, 46, 55인치 관련 회의가 10시부터 12시까지 있다고 했다. 12시에 회의가 끝나면 박 책임에게 전화를 해서 같이 신화 인터텍의 조영준 상무를 만나러 가기로 약속을 하고, 신화 인터텍의 조 상무에게 연락을 해 놓으라고 얘기한 후 다시 자리로 돌아오니, 한길수 사원이 CAD로 작업을 하고 있었다. 3D 모델링을 능수능란하게 다루고 있었는데, 고등학교를 졸업한 후 바로 취업을 해서 벌써 3년 차 사원이었던 한길수 사원은 아주 예의 바르고 겸손한 친구였다. 박 책임은 한길수 사원에게서 CAD 모델링 기법의 일부 기능을 배우고는 자신의 아이디어를 직접 실험해 보자고 제안했다. 확산 시트는 랩에 샘플로 많이 갖고 있었기에, 두 장을 본드로 붙여 보자고 했다. 크기를 조금 작게 잘라서 구부러짐에 대한 강성을 확인하자고 했다. 어느 정도 자신의 아이디어에 확신이 생긴 박 책임은 구은영 대리의 차를 타고 신화 인터텍으로 향했다. 신화 인터텍의 사내식당에서 조영준 상무와 함께 점심 식사를 하고 조 상무의 사무실로 돌아와서 오래지 않아 밝은 표정으로 문을 나선다. 뭔가를 해결한 신나는 얼굴이었다.

"어이 박 책임! 이리 와 봐."

신화 인터텍에 막 다녀와서 사무실에 들어왔더니, 원성호 수석이 바로 찾는다.

"신화 인터텍에 갔던 건 어떻게 됐지? 전 상무가 난리야, 46인치 슬림 앤 내로우 다음 주까지 8자 주름 문제 해결하라고…."
"신화 인터텍의 조영준 상무가 내일 당장에 다른 광학 필름용 점착 설비를 돌려서 저희 샘플 충분히 제작한 다음에 내일 모레까지 샘플 열 장 보내준다고 했습니다. 가격은 그냥 동일하게 하는 걸로 했고요."
"뭐라고? 가격을 동일하게 해 준대?"

"네. 저희가 아이디어 냈고, 신화 때문에 늦어졌다고 했더니 물량이 한 달에 1만 대 이하인 조건에서는 가격을 동일하게 그냥 두 장 납품하는 걸로… 제가 김일영 책임에게 확인한 물량은 한 달에 아마 3,000대 정도라고 해서…"

"허허. 입사한 지 몇 달이나 됐다고 벌써 가격 흥정질을 배웠냐? 맘에 드는데? 누가 가르쳤어? 김 책임이 가르쳤냐? 넌 구매 팀으로 가는 게 낫겠다, 낫겠어."

"원 수석님께서 가르쳐 주셨죠, 이 귀한 기술을 누가 그냥 가르쳐 주겠습니까?"

원 수석이 호탕하게 웃으면서 잘했다고 엄지를 세운다.

사실은 박 책임이 조영준 상무와 가격 흥정을 하면서 약간의 정보를 흘렸다. 바로 VD 사업부의 신제품 개발에 관련한 정보였다. 오전에 막 나온 따끈따끈한 정보였다. 중요한 것은 엣지 타입의 10.8밀리미터 두께라는 것이었고, 그에 맞춰 광학 필름을 준비하라고 알려 준 것이었다. 어차피 누군가가 알려 줘야 할 정보였는데, 박 책임이 선수를 치면서 자기 몫을 먼저 챙겨 먹은 것이었다. 조영준 상무는 또 다른 누군가가 그 똑같은 정보를 대가로 흥정을 하면, 그 흥정에도 응했다. 관계 때문이었다. 그게 조영준 상무가 신화 인터텍을 위해 일하는 방법이었고, 그렇게 해서 돈독한 관계는 일탈이 벌어지지 않는 한, 무리하지 않게 서로를 도와 가면서 혁신을 위한 협력 관계로 발전해 나갔다. 가끔씩 어처구니 없는 일탈이 벌어지지만, 번번이 감사 팀에 걸려서 뼈도 추리지 못했다.

전지환 상무의 지시로 2009년도 신제품 개발 관련 협력사 회의가 준비되고 있었다. 협력사는 구매 팀에서 관리하고 있었기에, 기구개발 팀이 전체 설계를 공유해 주면 개발구매 팀에서 협력사를 지정해서 함께 개발하도록 연락했다. 그리고, 그 회의에 참석하게 되는 협력사는 내년도 물량을 어느 정도 확보 받을 수 있었기에 매우 중요한 회의였다.

"압출바는 동양강철 한 군데밖에 없잖아?"

전지환 상무가 원성호 수석에게 묻는다.

"네. 그래서, 동양강철의 박경호 이사에게 어제 전화 넣어 놨습니다."
"응. 잘했네. 그래서, 오늘 전화가 왔던 거구나. 고맙다고…. 보텀새시는 어떻게 할 거야?"
"인지가 40인치, 파인이 46인치, 신홍이 55인치 하면 되지 않을까요?"
"파인 강 전무가 전화해서는 55인치 하고 싶다고 하던데, 말이 안 되지? 더군다나 완전 새로운 컨셉인데?"
"절대 안 됩니다. 그랬다간 큰일 납니다. 파인 강 전무는 제가 전화하겠습니다. 46인치가 물량이나 가격에서도 훨씬 더 좋은 조건인데, 어디서 뚱딴지 같은 소문 들어서 그랬을 거예요. 55인치가 물량이 대부분이라고…. 아직 결정된 건 하나도 없는데 말이죠. 더군다나, 그동안 파인은 46인치 전문이고, 신홍은 55인치를 주로 했잖아요. 그러니까, 55인치는 신홍으로 결정하세요."

"하여튼, 신제품 나온다고만 하면 여기저기서 풍문이 떠돌아 다니고, 그 뜬소문에 내 전화기는 계속 울리고, 우리 원 수석은 내 딱따구리 같은 입에 귀가 아프고… 하하하."

"아닙니다. 상무님. 하하하."

전지환 상무랑 원성호 수석은 삼성자동차에서 함께 전배 온 선후배 사이였다. 전자로 넘어와 LCD 사업부에서만 8년이 흘렀다. 고참 차장과 고참 선임으로 출발한 LCD 사업부에서 이젠 상무와 수석 연구원으로서 한창 잘나가는 두 사람은 눈빛만 봐도 속마음을 알아차렸다. 원래 LCD 사업부로 전배 오면서는 둘 다 어리둥절했다. LCD 산업이 뭔지도 몰랐고, 한양대 기계공학과를 졸업한 전지환 상무는 자동차 차체가 완성되면 도색하는 부서에서 근무했었기에 처음 기구설계 팀에 배치되어서는 제품 디자인을 배우느라 많이 힘들어했다. 고참 차장이었기에 망정이지 과장급만 되어도 직접 CAD를 능수능란하게 다룰 수 있어야 했다. 마침 팀원들이 잘 따라 주어서 여기까지 왔고, 워낙에 원성호 수석은 컴퓨터 디자인에 능숙했다. 삼성자동차에서도 디자인팀에 배속되어 있었다. CAD 설계에 뛰어난 원성호 수석이 디자인 한 모니터가 당시 전국의 PC방을 가득 채웠다. LCD 산업은 PC방 산업과도 관련성이 있었다. 마침 PC방이 전국적으로 따닥따닥 생길 때여서 모니터가 경쟁적으로 팔릴 때였고, 아울러 브라운관 모니터에서 LCD 모니터로 갈아탈 시점이었다. 그러다가 LCD TV가 개발되어 또 다른 신세계가 펼쳐진다. 그 모든 걸 해낸 세 사람이 있었다. 대한민국의 LCD 산업은 반도체의 특수 사업부 부장이던 이승환 사장이 전체를 총괄했고, 그 밑으로 기술은 김승수 부사장이, 제조는 장원비 부사장이 담당했다. 삼성과 관련된 LCD 산업계에서는 이 세 사람을 존경의 눈으로 쳐다본다.

"박현종 책임, 그래서 결국은 보텀새시가 문제라는 거야? 뭐야?"

전지환 상무가 직접 박현종 책임 자리로 나와서 묻는다. 원성호 수석과 정영훈 책임, 김정진 책임도 긴장한 표정으로 함께 듣는다. 한양대 기계공학과 직속 후배라서 더욱 신뢰하고 항상 편하게 대하는 박현종 책임이지만, 벌써 12월 초에 접어들었다. 그렇지만, 아직 문제가 심각하다. 다른 부품들은 모두 다 개발과정에서 문제가 없었다. 가장 걱정했던 도광판LGP도 문제 없이 잘 진행이 되었고, 압출바에 결합되는 LED 패키징 모듈도 부품 신뢰성을 통과해서 한시름 놓게 되었다. 광학필름이라든가, 미들 프레임, 탑새시, 반사 시트 등 보텀새시를 제외한 모든 부품들이 거의 99퍼센트 완성 단계에 접어들었다. 하지만, 처음 보텀새시로 선택을 했던 AL5052라는 소재는 딥 드로잉을 할 수 없었다. 딥 드로잉 부분이 번번이 터졌다. 금형 기술로 만회할 수 없는 소재 자체의 문제였다. 인장률이 8~9퍼센트밖에 되지 않는 소재였기 때문에 어쩔 수 없이 딥 드로잉을 할 수 있는 전기아연도금강판EGI으로 보텀새시를 제작했다. 그러다 보니, 4변 엣지로 열이 집중되어 LED 패키징에 불량이 발생했다. 또 다른 선택으로 딥 드로잉을 없애고 AL5052 소재로 최대한 강성을 만들기 위해 형상을 얇게 디자인 하면, 바로 뒤틀림 불량이 발생했다. 진퇴양난, 사면초가의 상황이었다. 박현종 책임은 상세하게 전지환 상무에게 문제점을 보고했다.

"그래서, 결국 우리가 할 수 있는 방법이 뭐라는 거야? 디자인을 바꾸면 뭔가 되겠어?"

"10.8밀리미터에 최적화된 설계인데 이제 와서 설계를 바꾸는 것도 쉽지가 않을 것 같습니다."

"그럼, 어쩌라는 거야? 그동안 뭐 한 거야? 원 수석! 어떻게 할 거야? 경쟁사인 B사도 엣지 LED 개발하고 있나?"

"아뇨, 지금까지의 정보력으로는 경쟁사인 B사는 직하형으로 개발하고 있다고 합니다. 물론, 엣지형도 함께 하는 모양인데, 저희처럼 계속 불량이 나오니까 아예 안 된다고 판단한 것 같습니다. 이미 소니에서 엣지형은 안 된다고 2007년에 결론을 한번 내린 적도 있잖습니까? 제 생각에는 계속 끌고 갈 지 의문이 드네요."

"그래? 알았어. 하여튼, 다음 주말까지 뭔가 개선을 해서 보고해. 이러다간 나만 아니라 여러분들도 다 짤린다고. 알겠어? 이건 VD의 윤 사장이 직접 지시한 개발 건이야. 곧 사장단 발표가 있을 거고, 그리고 임원진 발표가 있을 건데, 나도 좀 살자. 가슴이 조마조마해서 잠이 안 온다, 잠이 안 와."

전지환 상무는 개발2팀의 장도섭 상무를 만나러 발걸음을 옮긴다. 개발2팀 산하 금형그룹의 정동원 수석과도 애기를 나눌 생각이다. 보텀새시가 계속 문제를 일으키니, 그나마 보텀새시의 금형 관련한 어떤 기술이 있을지를 의논하고 박현종 책임을 지원해 줄 수 있냐고 물어볼 생각이다. 크게 기대는 하지 않는다. 원래 양산 단계에 들어서 금형 관련 문제가 발생하면 언제나 나 몰라라 하는 정동원 수석이었기에 사이가 좋지는 않다. 기구개발 팀의 원성호 수석이 정동원 수석보다 더 금형에 대해 문제 해결 능력이 뛰어났다. 그런 원 수석이 헤매고 있는데, 지푸라기라도 잡는 심정이다. 마침 장도섭 상무가 자리에 있었다. 전 상무는 정동원 수석도 와 달라고 장상무의 비서인 김승은 씨에게 부탁한다.

"승은 씨, 금형그룹 정 수석 자리에 계시면 좀 오시라고 해 줘요."
"네, 알겠습니다. 상무님."
"어떻게 엣지 LED 개발 잘되어 가고 있죠, 전 상무님?"

장도섭 상무가 내용을 뻔히 알면서도 인삿말을 건넨다. 기구개발 팀에서 정리가 끝나면 양산에 들어가는데, 이번 개발 건은 VD 사업부에 직접 기구개발 팀이 출장을 가서 개발 단계에 들어선 것이라, 장도섭 상무는 옆에서 지켜볼 수밖에 다른 방법도 없다. 끼어들 여지가 그동안은 없었던 것이었다. 이번처럼 전지환 상무가 직접 도움을 청하러 와야 함께 고민해 볼 허락을 받는 것이었다. 그게 대기업, 특히 삼성전자에서의 업무 방식이었다.

"잘되면 제가 장 상무님께 도움 청하러 왔겠습니까? 개발2팀의 기술력으로 좀 도와주십시오. 아무래도 보텀새시가 문제가 되는 것 같은데, 어떤 좋은 방법이 없을까요? 누구라도 좀 보내주세요. 정동원 수석이 바로 답을 찾아 주면 좋겠는데 말예요."

개발2팀은 LCD TV관련 부품의 전문가들이 모여 있다고 알려져 있다. LED 모듈 그룹은 양지환 수석이 팀을 이끌고 기구개발 팀을 도와주고 있었고, 광학 시트 그룹은 최성수 수석이 도움을 주고 있었다. 마지막으로 플라스틱과 새시류를 담당하는 금형 그룹의 정동원 수석이 최종 문제를 해결할 차례였으나, 쉽지 않은 일이었다.

전 상무는 장도섭 상무, 정동원 수석과 얘기를 마치고 자신의 사무실로 돌아와 원성호 수석을 찾는다.

"보텀새시 해결이 되겠어? 박현종 책임이 알루미늄으로도 안 되고, EGI로도 안 된다고 하면 선택의 여지가 없는 거잖아. VD 사업부 최형식 상무랑 다음 주에 연락하기로 했는데, 그 양반 성질 알잖아. 어떻게든 해내라고 할 텐데 말야."

"면목 없습니다. 상무님. 우선은 금형 협력사에다가도 총력을 기울여서 방법을 찾아보라고 했고, 전체 팀원에게 공지해서 사안의 중요성을 공개하는 게 좋을 것 같습니다. 구매 쪽으로 연락해서 소재 협력사에도 도움을 요청하고요. 더 이상 시간을 끄는 것은 도움이 되지 않을 것 같습니다."

"그럼 아예 오늘 오후 4시에 우리 팀 회의를 소집해. 내가 직접 얘기할게. 원 수석이 좀 더 잘해 줘야겠어."

"네. 알겠습니다. 그럼 4시 회의 소집하고 저도 부지런히 알아보겠습니다."

원성호 수석은 김일영 책임과 함께 46인치 슬림 앤 내로우 모델의 신뢰성을 통과시키고, 곧 양산 준비를 하는 박지훈 책임을 따로 불렀다. 그의 전공이 기계재료공학이라 금형도 좀 알고, 금속 재료 쪽으로는 전문 지식이 있다고 가끔씩 얘기를 들었기 때문이었다.

"이봐, 박 책임! 지금 핑거슬림 LED TV 보텀새시 관련해서 문제가 있는데 말야. 46인치 슬림 애 내로우는 김 책임이랑 길수한테 맡기고, 자네는 핑거슬림 LED TV 쪽으로 붙어야 할 것 같아."

"아, 무슨 문제가 있으신가요? 박현종 책임이랑 정영훈 책임, 그리고 김정진 책임께서 다 잘하고 계신 줄 알았는데요?"

"음. 다른 건 다 문제가 없이 잘되고 있는데, 보텀새시가 문제야. 알루미늄은 딥 드로잉 형상을 금형으로 찍으면 다 터져 버리고, EGI로 딥 드로잉을 하면 열 전달이 안 되어서 그런지 구동한 지 5분 정도 지나면 뒤틀림twist 현상이 나타나네. LED 모듈에서도 열이 급격히 높아지고…. 현재로서는 보텀새시 때문에 고민이 많다. 자네, 박사 때 금속 재료 관련해서 연구한 경험이 있으면 도와주면 좋겠어. 이따 4시에 전지환 상무가 직접 얘기하실 거니까 듣고 나서 함께 고민해 보자고."

"네. 알겠습니다. 안 그래도 박사 주제가 자동차용 알루미늄합금에 관한 내용이라 알루미늄합금에 대해서는 조금 잘 아니까 한번 해 보겠습니다."

"그래? 진작에 얘기할걸 그랬지 뭐야. 하여튼, 우선은 김일영 책임 성의껏 마지막까지 도와주고, 내가 김 책임에게 말할 테니까 이따 저녁부터는 박현종 책임과 일하도록 해. 마침 최태민 선임이랑 김정기 사원이 박현종 책임 도와주고 있으니까 팀 플레이 잘 하도록 하고…."

"네, 잘 알겠습니다."

사내 식당은 한 달에 스물여섯 끼가 공짜였고, 그다음부터는 3,500원씩이 월급에서 빠져나간다고 했다. 보통은 아침, 점심, 저녁 식사를 다 회사에서 해결했으니, 2주가 지나면 월급에서 식사비가 빠져나가기 시작했다. 하지만, 만족스러울 만큼 훌륭한 음식이었다. 끼니마다 보통 세 가지 종류로 한식, 중식, 그리고 기타 해외 음식으로 준비가 되었는데, 가성비가 좋았기 때문에 박 책임은 매우 만족스럽게 식사를 했다. 그리고, 식당 앞에는 항상 헌혈 버스가 정차되어 있었다. 박 책임은 두세 달에 한 번씩은 꼭 헌혈을 했고, 헌혈증은 기부를 했다. 헌혈증을 기부하면 기념품을 주었는데, 우산부터 목 베개, 손톱깎이 세트 등 다양하고 쓸모 있는 기념품을 주곤 했다. 원성호 수석이랑 저녁을 먹으면 식사 후에 오른쪽으로 난 길을 따라서 신뢰성 실험실 옆의 흡연장으로 직행했다. 커피 자판기도 있어서 커피 한 잔에 담배 한 대를 피우고는 또 저녁 야근을 하러 건물로 들어갔다. 오늘 저녁부터는 박현종 책임, 최태민 선임, 그리고 김정기 사원과 함께 일하게 되는 것이다. 한편으로는 가슴이 떨렸다. 내년도 신제품 개발 건에 직접 관여하게 되다니, 실로 뿌듯했다. 입사한 지 1년도 되지 않았는데, 연수생 신분으로 기구개발 팀에서는 나름 실력을 인정받은 것 같았다. 김일영 책임의 46인치 슬림 앤 내로우 모델을 해결한 것이 가장 큰 일이었지만, 그것 말고도 전자기 차폐 관련해서 점착제 개선, 각 모델의 보텀새시 평탄도 개선 등 전지환 상무가 박지훈 책임을 개발2팀으로 돌려보내지 않고, 기구개발 팀에 계속 근무하도록 결정했다는 소문도 돌았다. 박 책임으로서는 기분 좋은 일이었다. 어디가 되었건 발전하고 있었고, 성장하고 있었고, 그것이 주위에서도 인정받고 있었기 때문이었다.

"박현종 책임님, 혹시 제가 무엇을 도와드리면 좋을까요?"
"박지훈 책임, 여기 보텀새시 샘플들이 있으니까 혹시 소재 측면에서 검토해야 할 사항이 있거나, 아니면 보텀새시 디자인을 약간만 바꾸면 되는지를 고민해 주면 좋겠는데…. 야, 태민 선임, 그리고 정기야! 거기 보텀새시 샘플들 가져와 봐. 55인치뿐 아니라, 정 책임이랑 김 책임 하는 40인치, 46인치도 다 가져와."

박지훈 책임은 샘플들을 살펴보면서 묻는다.

"이 알루미늄합금 판재는 소재가 뭐죠?"

"모니터에서 많이 사용했던 Al5052라고 하는 소재예요."

"아, 어디서 공급하는 건가요?"

"노벨리스코리아라고 거의 독점 공급인데, 품질은 괜찮았어요."

"영업 담당 연락처 좀 알려 주세요. 내일 제가 만나서 다른 샘플… 그러니까 딥 드로잉이 가능한 소재를 달라고 해 볼게요. 딥 드로잉 깊이가 이 정도면 터지지 않고 성형될 거예요. 박사 하면서 다뤄 봤던 소재거든요."

"그래요? 박 책임이 이번에도 문제를 푸는 건가?"

박현종 책임은 기대에 부푼 듯한 표정으로 최태민 선임과 김정기 사원을 쳐다보면서 박지훈 책임과의 대화에 집중했다. 박지훈 책임의 표현대로라면 내일 해결책을 찾을 수도 있는 것이다. 알루미늄합금 판재를 프레스 성형해서 보텀새시를 만들어 조립하려고 했던 게 원래 설계 초안이었는데, 딥 드로잉 부분이 계속 터져 나가서 금형업체가 난감을 표시했기에 강판으로 조립을 해서 테스트 중이었다. 아무리 히트싱크로 설계한 압출바를 두껍게 하려고 해도 여유 공간이 없었을뿐더러 두껍게 해 봤자, 보텀새시를 EGI로 하면 열이 너무 올라가서 금속 열팽창에 의해 뒤틀림이 심하게 발생했다. 결국은 박지훈 책임이 말한 대로 열을 쭉쭉 잘 빼낼 수 있는 알루미늄합금 판재이면서 딥 드로잉이 가능한 성형성이 좋은 소재를 선택해서 보텀새시로 만들어야 했다. 박지훈 책임은 지금 그 소재를 알고 있다고 한 것이다.

"뭐? 박지훈 책임이 새로운 알루미늄 소재를 찾았다고?"

원성호 수석이 퇴근 전에 들러서 확인한다. 내일 아침에 전지환 상무에게 보고해야 하는데 그 전에 어느 정도는 사실 관계를 파악하고 있어야 해서 마지막 퇴근 전에 항상 박현종 책임에게 들렀다.

"네. 박 책임이 노벨리스 코리아에 연락해서 내일 오후에 미팅을 잡더라고요. 근데, AA5052라고 하면서 뭐라더라⋯. 오 템퍼? 'Aluminum Alloys'의 앞 자만 따서 AA라고 하고 5천계열이 자동차용, 전자용 합금인데, 오 템퍼인가 뭔가 하는 게 자동차용 소재래요. 그래서 그게 인장율이 더 좋다고 하면서 샘플이랑 물성 시트 가져오라고 통화하더라구요. 조금 전에 퇴근했어요."

"음⋯ 녀석이 또 뭔가 답을 찾은 것 같은데? 하여튼, 내일 얘기 더 들어 보자. 그럼, 수고들 해. 먼저 퇴근한다."

"네, 안녕히 가세요. 저희도 곧 퇴근하겠습니다."

그렇다. 박지훈 책임이 핑거슬림 LED TV의 답을 찾은 것이다. 경쟁사인 B사, 그러니까 LG디스플레이의 직하형 LED LCD 모듈을 이용한 LG전자가 Full LED TV로 맞섰다가 핑거슬림 LED TV에 처참하게 무너진 것은 다름이 아니라, 소재를 몰랐기 때문이었다. 10.8밀리미터 엣지 LED LCD 모듈은 AA5052-O 템퍼temper 1.2밀리미터로 보텀새시를 만들었어야 했던 것이다. 그래야 평탄도를 유지하고 뒤틀림 없이 강성을 가지면서 딥 드로잉 형상도 갖출 수 있었던 것이다. 때로는 소재 하나가 대박 제품 전체의 답이 될 수 있는 것이다. 아주 드물게는 딱 마치맞게 필요한 시간에, 필요한 사람이, 필요한 장소에 나타나기도 하는 것이다.

?
포스코 잡을 기술을 가져와라

다음 날 오후 2시, 노벨리스 코리아 영업 팀의 황창규 과장과 영주 공장 기술연구소의 송대섭 과장이 박 책임을 찾아왔다. 박 책임은 밝은 미소로 그들을 맞이하고는 다짜고짜로 AA5052-O 템퍼 두께 1.2밀리미터 샘플을 파인, 신흥, 인지에 각각 언제까지 보내 줄 수 있느냐고 묻는다. 영업 팀의 황창규 과장이 전화를 해 보더니, 재고 물량의 폭이 46인치에 일치한다고 하면서 우선 파인DNC에 내일까지 샘플을 넣고, 40인치는 다음 주까지 커팅을 해서 인지에 넣겠다고 한다. 55인치는 다음 번 새로 생산을 할 때 폭에 맞춰서 커팅을 하고 납품해야하니 조금 더 시간이 걸린다고 했다.

"그런데, 박 책임님. 제가 전자쪽 영업만 5년째인데요. O 템퍼 소재를 찾으신 경우는 이번이 처음입니다. 이건 자동차용이거든요. 전자쪽은 모두 H32 템퍼 소재로만 납품을 했었습니다. 왜 이 소재를 찾으시는지 여쭤봐도 될까요?"

"네. 제 박사 논문이 자동차용 알루미늄합금 판재에 관한 것이어서 저도 잘 알죠. 보통은 연신율이 8~9퍼센트 인 AA5052-H32면 충분했죠. 모니터 보텀새시로요. 근데, 이번 엣지 LED TV의 보텀새시는 딥 드로잉 형상으로 강도를 충분히 보강해야 해서 그 소재로는 다 터져 버려요. 그래서 연신율이 25퍼센트 이상되는 AA5052-O 템퍼를 달라고 한 겁니다. 그리고, 이 소재는 저희가 고른 거니까, LG디스플레이쪽에는 삼성에도 계속 AL5052 납품한다고 하셔야 합니다. 그쪽에는 반드시 H32 템퍼 넣어 주도록 하세요. 샘플이라도 O 템퍼 넣으시면 황 과장님과 송 과장님이 책임지셔야 하는 겁니다. 이건 우리들끼리만 아는 사실이니까요."

"O 템퍼는 물량이 모자라서 삼성과 LG에 둘 다 납품할 수도 없습니다. 어차피 자동차 영업에서 일부 남는 물량에다가 특별히 주문해서 삼성 LCD 사업부에만 납품하기에도 벅차거든요. 걱정하지 않으셔도 됩니다."

황 과장이 웃으면서 답한다. 물량이 모자란다는 것은 거짓이 아니었다. 충분히 믿을 만했다.

그렇게 엣지형 핑거슬림 LED TV가 직하형 Full LED TV를 처참하게 시장에서 망가뜨리고 2009년 한 해에만 250만 대 판매를 달성해서 자랑스런 삼성인상을 받게 된 것이다. 예상을 뛰어넘은 큰 성공이었다.

2009년 1월이 되면서 연수생 신분에서 정식 부서 발령을 받은 박지훈 책임은 기구개발 팀에서 개발2팀의 장도섭 상무 밑으로 자리를 옮긴다. 기구개발 팀의 전지환 상무가 박 책임에게 남아 주기를 권했고, 인사 팀에서도 강력하게 추천했으나, 박 책임은 원래 자신을 뽑아 준 장도섭 상무 밑에서 근무하는 게 맞다고 판단하고 8개월에 걸친 긴 연수생활의 종지부를 멋지게 찍고는 개발2팀 금형그룹의 리더인 정동원 수석 밑에서 소재 파트를 담당하게 된다. 금형과 소재는 악어와 악어새처럼 딱 맞는 짝꿍이었고, 이미 핑거슬림 LED TV를 개발하면서 알루미늄합금에 대한 해박한 지식을 드러냈기에 장도섭 상무는 박 책임과의 첫 대면에서 노골적으로 소재 개발에 대한 기대감을 드러낸다.

"항상 구매 팀장인 김진국 전무가 하는 말이 있지. 개발 팀에서 포스코 잡을 기술을 내놔야 할 거 아니냐고. 내가 박 책임에게 기대하는 건 말야, 포스코를 협력 대상으로 만들 수 있는 기술을 우리가 직접 찾아낼 수 있냐는 거야. 현재는 포스코가 슈퍼 을이라고. 철강 소재를 납품하면서 고객을 좌지우지하는… 어떻게 해 볼 도리가 없는 엄청난 슈퍼 을이거든. 우리는 꼼짝없이 당하고만 있다고."

"네. 열심히 하겠습니다."

"응, 열심히보다는 잘하라구. '잘하겠습니다'가 적절한 대답이야."

"아, 네. 잘하겠습니다."

장상무와 커피 한잔을 마시면서 간단히 인사를 나눈 박 책임은 직속 상사인 금형그룹의 정동원 수석에게 가서 가볍게 목례를 하며 인사를 한다. 그리고는 미리 준비된 자신의 자리에 앉아 함께 소재 파트를 담당할 정일호 사원에게 인사를 받는다. 선한 인상에 깔끔한 성격으로 보이고, 안경 너머로 번뜩이는 눈빛이 날카롭고 스마트해 보이는 정일호 사원은 고려대학교 재료공학부 대학원에서 석사 과정을 마치고 2008년에 입사했다. 반도체 공정을 전공했지만, 이렇게 저렇게 개발2팀의 금형그룹 소재 파트로 배치받아 2009년부터는 박 책임과 함께 일을 하게 되었다. 소문을 익히 들어 박 책임에 대해 어떤 성격인지, 어느 정도 실력을 갖고 있는지, 일을 하는 스타일은 어떤지를 상당히 많이 파악하고 있었지만, 그래도 처음 만남이라 긴장한 표정이다.

"박 책임님, 저희 개발2팀으로 오신 환영식은 다음 주에 정식으로 일정이 잡혀 있고요. 오늘은 시간 괜찮으시면 저희 그룹에서 사원들과 소주 한잔 어떠세요?"

"그거 좋지. 안 그래도 내가 먼저 얘기 꺼낼까 했었는데, 고맙네."

"우선 저랑 금형 파트의 안명교, 최현대, 문지원 사원이랑 정현기 선임, 김기남 선임이 시간이 가능하다고 하니까 이따 퇴근하시고, 기숙사 옆 '통닭 한 마리'에서 회식하시죠?"

"그래요. 그럽시다. 우선, 정동원 수석님께 업무 분장을 받아서 얘기 좀 나누고 나랑 커피 한잔해요. 일호 씨."

"네, 알겠습니다."

박사 신입들은 연수생 딱지를 달고 8개월여 타 부서에서 연수생활을 한 후에 부서 배치를 받았지만, 대학을 막 졸업했거나, 석사를 마친 신입사원들은 그룹교육 한 달, 전자교육 2주, 사업부교육 2주를 마치면 바로 자신의 부서에 배치 받아 교육을 받았다. 박사 신입들은 주로 과장급인 책임연구원으로 발령을 받았기에 타 부서와의 커뮤니케이션이 매우 중요했고, 그러기 위해서는 타 부서에 대한 이해도가 높아야 했다. 신입 사원들은 자신의 부서에서 적응하기에 바빴고, 그게 삼성전자 LCD 사업부의 특징이기도 했다. 박 책임은 자기 자리를 정리하고 나서, 정동원 수석에게 옮겨 가서 충분히 업무 얘기를 나누었다. 역시나 정 수석도 박 책임에게는 소재 쪽으로 특화된 업무를 해 주길 원했고, 아울러서 금속 소재에 관련된 프레스 금형에도 신경써 주기를 희망했다. 이미 사출성형 관련해서는 소재와 금형쪽에 전문가들이 많이 있었고, 정동원 수석 본인도 사출성형 전문가로서 보르도 TV의 이중 사출을 직접 담당했던 베테랑 금형기술사였다.

"부장님, 그러면 조만간에 포항의 포스코 본사에 한번 다녀오겠습니다. 정일호 사원과 함께 다녀오면 좋겠구요. 학교 선배들이 많이 계신데, 무슨 좋은 소재가 있을지 저희 제품의 특징도 설명하고 그쪽 설비와 기술 개발에 대해서도 조사를 하고 오겠습니다."

"그래, 좋은 생각이야. 삼성전자 전체로 보면 포스코에 의존하는 강판의 비율이 굉장할 거야. 우리 LCD 사업부에다가 VD 사업부, 거기다가 생활가전 사업부까지 생각해 보면, 연간 소비량이 엄청날거라구. 나중에는 전자 내 사업부간 금형 및 소재 관련 회의를 주체하면 좋겠어.

앞으로 할 일이 많을 거야. 잘해 보자구."

"네, 열심히 잘해 보겠습니다. 그럼, 오늘은 사원, 선임들과 간단히 소주 한잔하기로 했으니까 퇴근하도록 하겠습니다. 내일 오전부터 포스코 방문 계획에 대해 준비해서 부장님께 다음 주 중에 보고드리고 출장 허락 받는 대로 정일호 사원 데리고 포스코 포항 공장에 다녀오겠습니다."

"응, 조금씩만 마시고. 일찍들 집에 귀가하도록 박 책임이 잘 챙겨요."

"네, 알겠습니다."

처음 생각은 술을 조금만 마시는 것이었으나, 일곱 명이 모이니 쉽지 않았다. 특히, 술고래가 있었다. 바로 안명교 사원과 정현기 선임이었다. 주거니 받거니가 아니라, 주고받고 주고받고를 계속 이어 가는 두 사람의 간 수치는 다른 사람들의 간 수치와는 차원이 다른 모양이었다. 인당 한 병을 맥스로 생각했던 박 책임은 열 병이 넘어가는 상황을 보면서 삼성전자 사원들의 주량이 엄청나다는 생각을 하게 되었다. 안 그래도 기구개발 팀에서 8개월 연수를 받을 때도 술자리가 생기면 아예 안 마시는 사람은 있어도 적당히 마시는 사람은 보기 드물었다. 다들 술고래라고 해도 어색하지 않았고, '술 코끼리', '술 맘모스'라고 불러도 될 정도였다. 박 책임은 조금씩 조금씩 삼성의 술 문화에 적응해 갔다. 사내 직원들끼리만 있으면 새벽까지 코가 삐뚤어지게 마시는 게 삼성전자 문화의 일부였고, 협력사와의 술자리가 있으면 그건 굉장히 보수적으로 회피하는 게 삼성전자 문화였다. 워낙 인사 팀의 그룹 교육, 전자 교육을 비롯해 사내 교육에서 강조를 했기 때문이었다. 삼성 임원들이 갑자기 자리에서 보이지 않는 것은 모든 게 술에서 비롯된 일탈 행위라고 배웠다. 그만큼 협력사와의 술자리는 어색하고 모두가 불편해했다.

"박 책임 오셨으니까, 이제 소재 쪽으로 뭔가 배울 게 많겠네요."

김기남 선임이 소재에 관심이 많다는 표정으로 말문을 열었다. 문지원 사원도 고개를 끄덕이면서 금형을 통해 제품을 대량 양산할 때, 소재의 물성이 일정하지 않아서 항상 처음에 T1(첫 번째 양산품) 타발에서 시간이 많이 걸린다고 얘기한다.

"아 씨, 회사 얘기는 그만하고 술이나 들어요. 갑자기 웬 소재? 소재는 박 책임이 알아서 하라고 해요."

안명교 사원이 술잔을 들면서 얘깃거리를 바꾸자고 하자, 맞는 말이라고 맞장구를 치면서 정현기 선임이 잔을 부딪힌다.

"그러게 꼭 일 못하는 사람들이 일 얘기를 꺼내더라니깐. 관심 있으면 김기남 선임은 소재 파트로 가든가."

정현기 선임이 동기인 김기남 선임에게 장난 투로 비꼰다. 김기남 선임은 손을 절레절레 흔들면서 아니라고 질색을 한다. 이제 겨우 금형

파트에서 자리를 잡았는데, 잘 알지도 못하는 소재 파트로 가면 또 정
동원 수석에게 어떤 봉변을 당할지 알 수 없는 일이었다. 아직까지는
LCD 사업부와 VD 사업부가 집중하는 금형 및 소재는 사출 성형쪽이
었다. 프레스 성형에 대해서는 핑거슬림 LED TV를 개발하면서부터 관
심이 높아지기 시작했고, 생활가전 사업부의 세탁기, 냉장고에 프레스
성형 전문가들이 많았기에 금형 전문가도 사업부마다 관심사항이 달
랐다.

9시가 막 넘어가자, 박 책임이 먼저 일어나서 지금까지 먹은 술값과
통닭값을 계산하고 퇴근한다고 한다. 문지원 사원과 김기남 선임도 함
께 일어났지만, 원래 술자리 친구인 안명교, 최현대, 정일호 사원과 정
현기 선임은 계속 남겠다고 했다. 박 책임은 너무 많이 마시지 말라고
이르고 내일 아침에 보자고 인사하면서 9시 반 퇴근버스가 기다리는
정문으로 향했다. 문지원 사원과 김기남 선임은 기숙사로 함께 퇴근했
다. 좋은 출발이다. 사람들이 좋다. 분위기가 밝고 활기차다. 회사 생
활이 즐겁고 유쾌하다. 그럼 된 것 아닐까. 월급 받으면서 하루하루를
즐기면서 많이 배우고 익히고 또 내 기술도 보여 줄 수 있으면 이보다
더 좋은 직장이 있을까 싶다. 자주는 아니겠지만, 어쩌다가는 동료 직
원들과 속에 있는 얘기도 나눌 수 있겠고, 모두가 친절하고 유머가 있
었다. 기구개발 팀보다는 개발2팀의 금형 파트 분위기가 조금 더 박 책
임에게 맞는 것 같다. 그건 그렇고, 내일 출근하면 바로 포스코 출장
에 대한 여러 가지 준비를 해야 할 것 같다. 기술 분석부터 누구와 만
나서 무슨 내용으로 기술 협의를 하고 올지를 결정해야 한다. 정일호

사원이랑 함께 다른 출장의 경우는 어떻게 진행하는지 먼저 확인하고 시작하면 될 것이다. 마음 편안하게 동탄행 버스에 몸을 싣는다.

"어제 몇 시까지 마셨어?"

"새벽 2시쯤까지 마시고, 명교네 아파트로 가서 4시까지 더 마셨나 봐요."

"뭐? 다들 괜찮아? 일호 씨는 그렇게 술 냄새 많이 나지는 않는데?"

"명교랑 현기 선임이 주당들이죠. 저랑 최현대 사원은 그냥 안주나 먹고, 얘기나 나누었어요. 요즘 현기 선임이 연애가 한창이거든요. 명교가 사촌 동생을 소개시켜 줬는데, 잘 되나 봐요. 그래서, 얘기가 길어졌어요."

"왜 나 있을 때는 그런 얘기는 한마디도 없고, 순 정동원 수석 욕하는 얘기랑 장도섭 상무 욕하는 얘기만 하더니, 그런 재미있는 얘기는 자기들끼리만 하는구나. 하긴, 어제 처음 만났으니까, 그럴 만도 하네."

"네, 아직은 현기 선임만 좋아하나 봐요. 그래서, 조심스럽게 얘기하더라구요. 정현기 선임은 여기 기숙사에 있고, 명교 사촌 동생은 서울에 있어서 주말에만 만나야 하는데, 서로 시간 맞추기가 어려운가 봐요. 명교 사촌 동생이 주말에 약속이 있으면 못 보니까 전화만 해야 하고, 또 정현기 선임 집은 대구인데, 한 달에 한 번도 부모님을 찾아뵙지 못하게 되니까 좀 고민되는가 보더라구요. 저도 사실은 연애 시작하면 그게 젤 걱정이구요. 그래서, 어제 늦게까지 얘기하는 거 다 들어보느라고 좀 늦게 잤습니다. 다음엔 좀 일찍 끝내자고 할게요."

"아냐, 출근만 제시간에 하면 되지, 뭐. 다 성인인데 알아서들 하면 되지, 내가 이래라 저래라 할 건 아니고… 다만, 부장님이 너무 늦게까지 마시지 말게 하라고 하셔서…."

박 책임은 정일호 사원이 참 선하다는 생각을 했다. 주저리 주저리 변명을 늘어놓거나, 너무 간단하게 얼버무리면 상사로서 다루기가 불편할 수 있는데, 참 명석하게 설명을 해 준다. 자기가 어제 너무 늦게까지 남는 바람에 최근 정현기 선임 연애가 관심사인 모든 사람이 얘기를 못하고 질질 끌었나 보다. 자신은 나름 이런저런 질문에 대답도 하고, 더 친해지려고 오래 남았는데 말이다.

"혹시 포스코 포항 공장에 출장을 다녀오려면 어떤 절차를 밟아야 하는지 알지? 프로세스 좀 설명해 줄래? 부장님 결재만 받으면 되나, 아니면 상무님까지 결재를 받아야 하나?"
"국내 출장은 부장님 전결이니까 직접 보고하시든가, 아니면 자료 첨부해서 이메일로 보고드리고, 싱글에서 출장 처리 하면 됩니다. 저도 함께 가는 거니까 자료 준비되시면 먼저 이메일로 보고드리고 저랑 같이 해 보시죠."
"우선, 내가 먼저 얘기를 꺼낸 게 아니라 부장님께서 말씀을 먼저 꺼내서서 구두로 보고는 드렸어요. 그래도, 누구랑 만날 건지, 만나서 무슨 얘기를 나눌 건지, 어떻게 다녀올 건지 파워포인트로 요약 자료 만들어서 보고드려야 할 테니, 포스코 영업 팀에 전화부터 해 보자구."

"네. 그럼 저는 파워포인트로 말씀하신 내용 넣을 수 있도록 미리 준비할게요."

　정일호 사원은 석사를 마치고 사원으로 입사했기 때문에 2년 동안은 사원으로 근무하고 바로 선임으로 진급하게 되어 있었다. 대학원에서 발표 자료를 만들고 논문을 써 봐서 그런지 파워포인트로 자료 만드는 데 매우 빨랐다.

　박 책임과 정일호 사원은 함께 KTX를 타고 아침 일찍 포항의 포스코 연구소로 출발했다. 크게 기대하지는 않았다. 그냥 어떤 사람들과 앞으로 교류해야 하고, 어떤 아이템들을 공유할 수 있는지 확인하고 싶었을 뿐이었다. 영업 팀을 통해서 내용을 확인하는 것은 구매 팀에서 하는 방법이었고, 개발 팀에서는 기술연구소의 연구원들과 직접 개발 현황을 공유하는 게 필요하다고 판단했다. 포항에 도착해서 택시를 잡아타고, 포스코 연구소 앞에 내려서 방문증을 받고는 미리 연락했던 영업 팀의 이승엽 과장과 통화를 했다. 이 과장은 기다리고 있었다는 듯이 바로 정문으로 나와서 건물 내부로 안내했다. 2층 회의실로 들어서니, 많은 사람들이 기다리고 있었다. 서로 명함을 주고받고 악수를 하고 자리에 앉아서 포스코 기술연구소의 소개자료를 함께 쳐다본다. 포스코에서는 이면우 박사가 개발 팀 상무로서 참석했다. 삼성전자에서 박사급 연구원이 온다니까 억지로 상무급 임원이 잠시 시간을 낸 것이었다. 그는 DP Dual Phase 강을 연구하면서 함께 핫포밍을 연구하고 있다고 하면서 자동차쪽으로 특화된 초고강도 철강 판재를 소개했다. 박 책임은 DP 강에는 관심이 없었지만, 핫포밍에는 관심이 있었다. 철강 소재를 뜨겁게 달궜다가 급속하게 식히면 뜨거운 상태에서 복잡한 모양의 성형을 하고 급속하게 식혀서 강도를 높이는 방법이었다.

"상무님, 현재 포스코의 핫포밍 관련 기술은 양산에 적용을 하고 있는 건가요? 연구 중에 있는 건가요?"

"연구 개발 완성 단계에 있어서 양산 적용을 위해 고객들과 협의 중에 있는 상태입니다. 삼성전자 LCD 사업부 말고도 VD 사업부랑 생활가전 사업부에도 적절한 모델이 있으면 적용하길 희망하고 있죠."

"그럼, 저희 보텀새시에 적용을 할 경우에 소재 두께를 얇게 할 수 있을 것 같은데, 가격은 어떻게 되나요?"

"현재로서는 가격에 대해서 결정된 바가 없는데요. 아무래도 많이 비싸지 않을까 싶네요."

"저희는 핫포밍에 대해서 금형가격이 많이 올라갈 것 같아서, 소재는 DP 강보다는 지금처럼 EGI를 사용하면 좋겠는데, 해 보신 적이 있나요?"

"전기아연도금강판에는 해 본 적이 없습니다만, 핫포밍을 할 필요가 있을까요? 그다지 강도가 많이 올라가지 않을텐데요?"

"말씀은 잘 알겠지만, 저희는 극단적으로 강도가 높을 필요는 없고요. 가운데 부분에 일정한 형상이 벽걸이 마운트를 위해서 필요하거든요. 그 부분을 핫포밍 해서 강도를 높이고 평탄도를 유지할 수만 있다면 현재 소재를 사용하는 게 더 좋을 것 같습니다만…."

"글쎄요. 그건 아직 생각해 보지 않았습니다."

"네. 알겠습니다. 그럼, 그건 차차 영업 팀의 이승엽 과장님과 상의하면서 또 이면우 상무님께 연락드리도록 하겠습니다. 많이 도와주시면 고맙겠습니다."

"아이고, 고객님께서 저희를 도와주셔야죠. 그럼, 저는 다른 회의가 있어서 먼저 일어납니다. 다른 소재도 많이 개발하고 있으니까, 이종영 부장이랑 김종수 과장이랑 더 얘기를 나누시고 공장도 둘러 보시고 이따 점심 같이 하시죠."

"네, 감사합니다. 그렇게 하겠습니다."

돌아오는 KTX에서 박 책임은 분이 풀리지 않았다. 완전 개무시 당하고 온 느낌이다. 그들은 같이 협력할 생각이 전혀 없었다. 자신들이 개발하고 있는 연구 분야를 적용할 고객만을 찾고 있었다. 우리 LCD 사업부는 해당 사항이 없었다. 아주 형상이 복잡하고 강도가 엄청나게 높은 부품을 만들어야 하는 항공 산업이나 자동차 엔진쪽이면 몰라도 우리 LCD 사업부의 보텀새시는 형상이 아주 복잡하지는 않았다. 평탄도가 중요했지, 성형성이 중요하지는 않았다. 강도는 적당한 수준이면 되었다. 정일호 사원도 기분 좋은 표정은 아니다. 대학원에서 반도체 공정을 공부해서 그렇지 원래는 포항 출신이라 포스코도 지원을 했었고, 대학원 전공이 맞지 않아서 서류를 통과하지 못했다고 했다. 박 책임은 대학원 후배이면서 항상 함께 축구를 했고, 속에 있는 얘기를 자주 나누었던 이동환을 떠올린다. 얼마전 동탄 이마트에서 우연히 마주쳤는데, 이화다이아몬드에 근무하는 그도 결혼하고 신혼살림을 동탄에서 시작했다고 했다. 얼마나 반가웠던지….

"동환이냐? 형이다. 통화 가능하니? 그래그래… 잘 지내고 있지. 다름이 아니라, 오늘 포스코에 출장을 다녀오는 길인데, 얘네들은 도대체가 무슨 생각인지 모르겠더라. 아니 내가 뭐 좀 같이 해 보자고 했더니만, 자기들 연구 개발하고 있는 거만 얘기를 하고 도저히 협의가 안 되겠더라고…이따 퇴근하고 한잔할까? 동탄에서?"

"아, 형. 오늘은 와이프랑 약속이 있어서 곤란하구요. 처남이 현대하이스코에 다니는데, 제가 형한테 연락 한번 하라고 얘기할까요? 혹시 도움이 되시면 좋겠는데…."

"어? 처남이 현대하이스코에 다녀? 그럼 내 전화번호 주고 전화 좀 부탁드린다고 할래? 이랬던 저랬던 원가절감 할 수 있는 철강 소재를 찾아야 하거든."

"네, 제가 지금 처남이랑 전화할게요. 지금 당장이나 아니면 처남 시간이 되면 연락이 갈 거예요. 잘 얘기해 보세요. 현대하이스코도 포스코에서 하는 강판 다 생산한다고 하더라구요. 아마 주로는 현대자동차에 공급하는 것 같던데, 지난번에 만났을 때 삼성전자에도 영업을 한다고 하더라구요. 마침 영업 팀 대리예요."

곧바로 전화기가 울렸다.

"안녕하세요? 현대하이스코 영업 팀의 김정석 대리라고 합니다. 박지훈 박사님이시죠? 이동환 씨 소개로 전화드립니다."

"네. 안녕하세요? 삼성전자 LCD 사업부 박지훈 책임입니다. 전화주셔서 고맙습니다. 동환이랑 대학원 같이 다녔고, 아주 친하죠."

"네. 좋은 선배님이셨다고, 잘해야 한다고 몇 번이나 당부하시던걸요. 하하하."

"아이고, 별말씀을… 동환이가 저한테 잘했죠. 그건 그렇고, 저희 LCD 사업부와도 교류하시고 물량을 공급하시나요?"

"그럼요. 탕정 사업장에도 자주 갑니다. 주로 구매 팀의 박정진 대리와 얘기하고요. 저희는 물량을 일정하게 늘려 주시면 좋겠는데, 워낙 포스코 힘이 쎄니까 포스코에서 물량을 빵구낼 때만 급하게 땜빵하는 처지입니다. 박 책임님께서 도와주시면 고맙겠습니다."

"제가 이제 막 입사한 지 1년도 안 되어서 뭐가 뭔지도 잘 모르거든요. 그냥 오늘 포스코에 업무 협의차 다녀오는 길인데, 도저히 말이 통하지 않아서요. 혹시 핫포밍 하시나요?"

"그럼요. 이번 그랜저 뉴 모델의 엔진에 적용하려고 한창 개발 진행 중에 있습니다. 언제 시간 되시면 저희 냉연강판 공장에 직접 모시고 핫포밍 공정도 보여드리겠습니다."

"아. 네. 고맙습니다. 그럼, 언제 저희 탕정 사업장에 오실 수 있을까요? 먼저 저희랑 얘기 나누시고 현대하이스코 공장에 방문하는 거는 조금 천천히 말씀 나누시면 좋겠습니다."

"다음 주 월요일 19일 오후 1시에 저희 영업 팀장님 모시고 찾아뵙겠습니다. 포스코는 배때기에 기름이 줄줄줄 흘러 넘쳐서 힘드셨겠지만, 저희는 항상 고객 일등을 신념으로 일하고 있습니다. 훨씬 편하고 일하시기 좋을 겁니다. 기대하셔도 좋습니다."

"감사합니다. 그럼, 다음 주 월요일 19일 오후 1시에 저희 탕정 사업장 정문에서 뵙기로 하겠습니다."

"네. 그때 뵙겠습니다. 이만 끊습니다."

정일호 사원이 대화를 듣더니 그나마 다행이라는 표정이다. 포항까지 두 명이서 출장을 다녀왔는데 아무런 성과도 없이 정동원 수석에게 보고할 걸 생각하니, 정 수석의 한심하다라고 할 표정이 눈에 선했는데, 그나마 차선의 선택이 생겨서 다행스럽다.

❖

19일 오전 11시 반이 되자, 박 책임의 전화기가 울린다.

"안녕하세요? 박 책임님. 현대하이스코 영업 팀의 김정석 대리입니다. 저희가 12시 5분 전에 정문에 도착하지 싶은데요. 함께 점심 식사하시면 안 될까 해서요."

"아. 네. 그러시죠. 멀리서 오셨는데, 같이 점심 식사 하시죠. 저희팀의 정일호 사원이랑 저랑 함께 12시 5분전에 정문에 내려가 있겠습니다."

현대하이스코의 김정석 대리는 영업 팀장인 장철호 차장과 함께 왔다. 네 명은 정문에서 차로 5분여 거리에 있는 '삼성 돌솥밥집'으로 향했다. 두터운 계란말이와 부산 오뎅탕이 돌솥밥과 함께 나오는 맛이 끝내주는 돌솥밥집이었다. 직접 담근 달랑무와 그날 그날 새로 만든 콩나물 무침과 무채가 신선했다. 현대하이스코의 장철호 차장은 자동차 영업에서 실력을 인정받아 전자 영업 팀장이 된 능력 있는 영업맨이었다. 식사 중에 자동차 영업 얘기가 나왔는데, 갑자기 자동차용 고장력강을 LCD 보텀새시에 적용하면 어떨까 하는 아이디어를 꺼낸다. 박 책임은 자동차용 고장력강을 전자쪽으로 응용하겠다는 생각에 무릎을 치며 좋아했다.

"아하, 왜 진작에 그 생각을 못 했을까요? 팀장님! 정말 좋은 생각인데요? 여기서는 조용히 하시고 식사 다 마치고 회의실 가서 더 자세히 얘기 나누시죠. 정말 좋은 생각이십니다."

장철호 팀장은 굉장히 좋아라 하면서 호탕하게 웃었다. 원래부터 자동차 영업에서 많이 팔았던 고장력강을 전자 영업을 하면서 호시탐탐 적용하고자 기회를 찾고 있던 중이었다. 고객쪽에 먼저 제안했다가 아이디어만 뺏기면 당장에 포스코로 아이디어가 넘어갈 것이 뻔했기 때문에 고객쪽에서 먼저 공동 개발을 제안하기만을 손꼽아 기다렸는데, 드디어 삼성전자 LCD 사업부의 박지훈 책임이 그 상대가 된 것이 아닐까 어제 저녁에 하느님께 여쭤보면서 잠을 청했다. 독실한 크리스천인 장 팀장은 하느님이 응답하셨다고 생각한다. 한편, 박 책임은 박 책임대로 장 팀장의 아이디어를 곧바로 이해했다. 이번에 아주 제대로 걸렸구나. 크게 한 방 먹일 수 있겠다는 생각을 한다. 반드시 성공시키고 말겠다는 다짐을 한다. 지난 주 포스코에서의 실패를 만회하기에 딱 좋은 아이템이다. 물론, 정동원 수석이랑 장도섭 상무는 크게 뭐라고 나무라지는 않았다. 다만, '너도 별거 없구나'라는 평범한 반응이었다. 박 책임은 그런 상사들의 반응이 싫지는 않았다. 너무 처음부터 부담을 갖고 싶지 않았다. '중용'이란 한자를 가슴속에 품고 사는 박 책임은 사진을 찍을 때도 항상 정 가운데를 고집했다. 중간정도가 가장 좋았다. 너무 앞서거나 뒤처지는 것을 싫어했다. 그건 학창시절 경기과학고에서 함부로 까불다가 서울대 기계재료공학부에 삼수 해서야 겨우 합격한 이후에 생긴 버릇이었다. 내신이 아주 좋지 않았다. 경기과학고에는 180명 중 6등으로 합격했으나, 나중에는 156등으로 고3에 올라간 경험이 있었고, 그로 인해 삼수하고 나서야 서울대 공대에 합격했다.

"식사는 팀장님이 계산하셨으니, 커피는 제가 내겠습니다. 다들 미디엄 더블더블이라고요?"

"박 책임님, 저는 트리플트리플 하겠습니다. 워낙 단것을 좋아해서요."

김정석 대리가 환하게 웃으면서 프림 셋에 설탕 셋을 시킨다. 나머지는 프림 둘에 설탕 둘을 시켜서 예약된 회의실로 들어간다. 식사를 마치고 회의실로 들어온 네 명은 따뜻한 커피를 마시면서 다시 얘기를 이어 간다.

"고장력강이 가격이 더 비싸죠? 다만, 두께를 얇게 할 수 있으니까, 보 텀새시 한 장당 가격은 싸질 수가 있겠군요. 더 가벼워지고요. 자동차 산업에서 금속 산업과 고장력강을 개발한 이유가 그것이죠. 그렇죠?"

"네. 박 책임님 말씀이 맞습니다. 코일 하나 전체는 조금 더 비싸게 되겠지만, 두께가 얇아지니까 더 많은 생산을 하게 되어서 보텀새시 한 장당 가격을 비교하면 아까 말씀하신 0.2밀리미터를 줄일 경우에 46인치가 1.0밀리미터에서 0.8밀리미터로 20퍼센트 두께 감소하고, 생 산량은 그만큼 20퍼센트 늘어나고, 가격은 약 15퍼센트 원가 절감 효 과를 볼 수 있겠습니다."

"흠, 딱 좋은 아이템이네요. 그럼, 저는 당장에 본격적으로 진행하겠 습니다. 저희가 준비해 드릴 건 뭐가 있을까요? 그리고, 전기아연도금 해서 샘플 넣으시는 데는 얼마나 걸릴까요?"

"46인치만 하실 건가요? 아니면, 전 모델을 다 하실 건가요?"

가슴이 떨렸다. 이제 입사한 지 1년이 다 되어 가지만, 아직 보텀새 시에 대해 충분히 이해했다고 보기에는 이르다. 32인치부터 55인치까 지 다양한 사이즈에 다양한 모델들이 있었고, 각각의 평탄도 스펙도 개발자마다 달랐다. 개발2팀에서 먼저 선행연구를 해서 기구개발 팀과 협의하고 양산에 적용해야 하는데, 46인치만 하면 좋겠지만, 욕심이 난다. 전 모델에 적용하고 싶은 것이다. 이제는 이름을 부르게 된 정일 호 사원에게 의견을 물어본다.

"일호야, 나는 전 모델 전 인치에 도전하고 싶은데, 욕심이겠지? 부장님이 뭐라고 할까?"

"그러게요. 그 수많은 모델과 인치를 다 바꾼다고요? 저는 46인치만 먼저 개발하고 다른 인치는 부장님께 의견 여쭙고 하는 게 좋을 것 같은데요?"

역시 정일호다. 신중하고 조심스럽고 치밀하다. 하지만, 박 책임은 이런 경우에 자신의 막연한 직관에 의존하는 스타일이다. 46인치만 적용한다고 하면 분명 다른 인치에는 왜 적용하지 못하냐고 말이 나올게 뻔했다. 핑거슬림 LED도 처음 46인치 타발에 성공했던 1.2밀리미터 두께를 55인치에도 적용하기가 약간 걱정이 되어서 두께를 두껍게 하자고 했더니, 40, 46, 55인치를 똑같은 두께로 해서 구매를 통일화하고 전부에 적용한다고 크게 욕 들어 먹었던 기억이 있다.

"더 자세한 것은 내일 연락드릴게요. 46인치 말고, 55인치 1.2밀리미터를 1.0밀리미터로 해 주시고, 신흥으로 샘플 넣어 주세요. 그리고, 40인치를 0.8밀리미터에서 0.6밀리미터로 타발 할 테니까 샘플 같이 신흥으로 넣어 주세요. 다만, 샘플을 찍어 보고 전체로 확대해서 전개할 건지, 아니면 지금 생각 같아서는 제일 안전빵인 46인치만 할 건지를 결정하겠습니다."

"역시 박 책임님이에요. 확실해서 좋습니다. 그럼, 구정 연휴 지나서 샘플 넣을 수 있도록 일정 조정하고 결정되면 알려드릴 테니까, 삼성에서는 얼마나 확대 전개하실지 미리 말씀 주시죠. 잘 아시겠지만, 물량이 한정되어 있어서 전 모델에 확대 전개하시면 자동차 영업과 미리 조율을 해야 합니다. 연간 40만 톤 생산이 가능한데, 현대자동차에만 25만 톤이 나가거든요. 마일드 고장력강이요. 자동차쪽에서 다른 영업이 늘어나면 물량을 조절해야 합니다. 삼성전자 LCD 사업부 전체가 아마 10만~12만 톤 정도 될 거니까, 크게 걱정하지는 않으셔도 됩니다만."

"잘 알겠습니다. 그리고, 특허를 내야 할 것 같은데, 공동 특허로요. 현대하이스코랑 삼성전자랑."

"네. 그건 저희가 확인해서 오늘 바로 회사 법무 팀에 얘기하겠습니다. 특허 내야죠. 특허는 바로 진행하고 공유드리겠습니다. 공동 특허는 당연합니다. 현대랑 삼성이랑요."

신흥의 정준호 차장에게 연락했더니, 마침 탕정에 와 있다. 안 그래도 퇴근 같이 하자고 전화할 참이었다고 한다. 정동원 수석과 장도섭 상무에게 보고드리기 전에 먼저 프레스 금형 협력사에 확인해야 한다. 이 아이디어가 실현 가능할 건지, 내가 무슨 뚱딴지 같은 짓을 하고 있는 것은 아닌지…. 지난 8개월 간의 기구개발 팀에서의 연수생활 경험이 그걸 알려 줬다. 내부 아이디어는 항상 협력사의 도움이 필요한 경우가 많았는데, 그게 협력사에게 짐이 되면 안 되었다. 철저한 보안 속에서 기술의 실현 가능성을 검토해야만 했다. 그래서, 더욱 믿을 만한 사람이 필요했는데, 지난번 '하나로' 프로젝트 때 신뢰를 쌓은 정준호 차장이 생각이 났다. 연정훈 선임이 브라켓 설계를 잘못해서 첫 500대출하의 브라켓을 신홍에서 전부 다시 해야 했다. 500대 브라켓 바꾸는 것까지를 신홍에서 지원해 주었다.

"정 차장님, 박지훈 책임입니다. 혹시 어디세요?"

"안 그래도 구매 박정진 대리 만나고 박 책임에게 전화드리려고 했었어요. 저희 55인치 핑거슬림 LED 평탄도 오케이 받았는데요. 박현종 책임이 진동 실험에서 LGP랑 갈림 현상이 생긴다고 평탄도 스펙을 좀 다시 바꾼다고 하더라구요. 그리고, 박 책임에게도 확인받으라고 했고요."

"아, 그건 이따 만나서 얘기하시구요. 지금 시간 되시는 거예요?"

"지금은 다른 프레스 협력사 영업 담당들과 상의할 일이 있구요. 5시에 끝나고 동탄 들렀다가 수원으로 퇴근할건데, 같이 퇴근하실 수 있으세요? 같이 가시면서 얘기 나누시죠?"

"그러세요. 그럼, 5시 조금 넘어서 정문에서 전화드릴게요. 함께 퇴근하시죠."

박 책임은 정준호 차장과 함께 퇴근하면서 고장력강 개발 계획을 얘기한다. 정 차장은 귀담아 잘 듣더니 자신의 경험과 함께 의견을 얘기한다. 마침, 안성을 지날 즈음이라 아에 저녁 식사를 같이 하고 퇴근하자고 했다. 박 책임도 좋다고 얘기하고 아내 소라에게 저녁 먹고 조금 늦게 퇴근한다고 전화를 넣는다.

"제 경험으로는… 전체 모델을 다 하셔야 할 겁니다. 예전에도 구매

주관으로 인치랑 모델마다 0.2밀리미터씩 EGI 두께를 줄이려고 신흥, 인지, 파인, 신에 전부 다 돌아가면서 시험을 했었어요. 근데, 모두 실패했지만, 계획은 항상 똑같았어요. 전 모델, 전 인치로 확대하는 게 목표였죠. 아마, 실무자인 박 책임은 전부 다 하기가 힘드시니까 46인치만 먼저 해 보자고 하겠지만, 위에 상무님이랑 전무님들은 생각이 다르시지 않겠어요? 가능하면 최대한 많이 원가 절감하려고 할 테고, 최대한 성과에 집착하겠죠. 그래서, 제 생각에는 말씀하신 대로 55인치랑 40인치 2007년도 VD 모델 단종된 게 있으니까 금형을 올려서 타발해 보고, 평탄도나 강성 평가해 보시면 좋을 것 같네요. 위에 보고하실 때도 그런 걸 참조하시고요."

신흥의 정준호 차장과 박 책임은 생각이 같았다. 다행이다. 정 차장의 LCD에서의 경험이 10년이 넘었기에 그의 경험과 의견은 함부로 무시할 수 있는 것이 아니었다. 어쩌면 사업부 내에서는 경험하지 못한 것을 다양하게 경험했을 수도 있는 소중한 자산일 수 있다. 그가 박 책임의 편에 서는 순간, 박 책임은 든든한 '빽'을 갖게 되는 것이다. 마찬가지로, 정 차장의 입장에서는 막 들어온 신입 책임연구원이지만, 워낙에 탄탄한 이론 배경을 바탕으로 핑거슬림 LED TV 개발을 성공시킬 것 같은 박 책임의 새로운 개발 프로젝트에 신흥이 끼게 되는 게 좋지 않을 수 없었다. 당연히 고장력강이 성공하면 몇 개의 모델을 무사히 받을 수 있게 될 테니까.

동탄의 나루마을에 내려 주면서 정 차장이 막 생각이 난 듯 한 가지를 당부한다.

"박 책임! 0.6밀리미터 40인치, 그리고 32인치 모델 말인데요. 예전에 문제가 되었던 게 나사 탭 관련해서 두께가 너무 얇으니까, 나사를 조일 탭이 충분히 생성되지 않았던 문제가 있었어요. 그거 말씀드렸어야 했는데, 까먹었네요. 나사 태핑 관련해서 기구개발 팀의 김종국 선임에게 물어보세요. 그때, 김종국 선임이 프로젝트에 관련되었던 것 같아요. 그럼, 안녕히 들어가세요."

"고맙습니다. 정 차장님, 조심해서 들어가세요. 내일 김종국 선임에게 연락해 보고, 또 자주 전화드릴게요."

"네. 조만간에 어차피 저희 신홍에 고장력강 때문에 오시겠네요. 참, 엣지 LED 핑거슬림 평탄도는 내일 저희 금형 팀에서 확인해 보고, 박 책임에게 먼저 전화드릴게요. 박현종 책임에게는 직접 확인하신다고 조금 더 시간을 달라고 해 주세요. 그럼, 갑니다."

"네. 알겠습니다. 조심히 가세요."

많이 배우고, 많이 친해졌다. 속에 있는 얘기를 해 봤는데, 신뢰를 준다. 어쩌면 사업부 선배들에게 배울 수 없는 것을 배운 것 같은 기분이 든다. 내일 정동원 수석에게는 조심스럽게 전 모델, 전 인치로 확대하고 싶지만, 우선 55인치와 40인치 시험 타발을 신홍에서 해 보겠다고 보고한다. 그리고는, 김종국 선임에게 확인해서 과연 EGI 0.6밀리미터에서의 나사 태핑에서 무슨 문제가 있었는지, 이번 고장력강에서는 어떻게 보완할 수 있을 것인지를 확인해야 한다. 김종국 선임이 나루마을 두산위브 아파트에 같이 살아서, 아침에는 꼭 함께 출근하는데…. 내일은 옆자리에 앉아서 말을 걸어야겠군.

구정이 얼마 지나지 않아 곧바로 신흥정밀 안성공장에서 전자재료용 고장력강 타발을 하게 된다. 소재의 두께를 0.2밀리미터씩 줄였기 때문에 금형에 딱 들어맞는 두께가 아니어서 약간의 트위스트가 발생했지만, VD향 40인치와 55인치 2007년도 단종 모델은 평탄도도 좋았고, 강성도 짱짱했다. 이미 현대하이스코의 장철호 팀장은 특허 두 개를 출원했다고 했다. 실험도 해 보기 전에 이미 성공을 예감했던 모양이다. 조만간에 출원한 특허 사본을 보내주겠다고 했고, 오늘 여러 가지로 성공적인 타발을 감격에 거워 했다. 함께 온 김정석 대리는 계속 위에 문자로 보고하기에 바빴고, 문자 답장이 오면 장 팀장에게 귓속말로 보고하기에도 바빴다. 신흥에서는 금형 팀의 임창훈 상무와 이진선 부장, 영업 팀의 정준호 차장이 함께 타발을 지켜봤다. 박 책임이 신흥 금형 팀의 임 상무에게 여쭤본다.

"상무님, 평탄도 잡으실 수 있겠죠? 제가 보기에 강성은 충분한 것 같은데요?"

"네. 됩니다. 이건 된다고 봐야죠."

"이진선 부장님 생각은 어떠세요? 혹시 걱정되시는 것은 없으세요?"

"무조건 갑니다. 가는 거죠. 상무님이 가신다는데, 저는 무조건 가는 겁니다."

삼국지의 장비 같은 두 거구가 진짜 장비처럼 말하니, 웃음이 나왔지만 박 책임은 웃음을 애써 참으면서 감사의 인사를 전했다.

　"오늘 시간 내 주셔서 진심으로 감사드립니다. 오늘 좋은 결과를 곧 정리해서 공유하도록 하고, 개발2팀장이신 장도섭 상무님께 보고해서 차후 개발품에 적용할 수 있도록 하겠습니다. 혹시 오늘 타발 이외에 여러 가지 복잡한 다른 부차적인 일들, 그러니까 전자기 차폐 전도성 섬유라든가, 나사 태핑 관련해서는 제가 조금 더 자세히 알아보고, 문제점과 해결 방법을 찾아서 공유하겠습니다. 우리 모두 자주 연락하도록 하시죠. 감사드립니다. 특히, 현대하이스코 장 팀장님과 김정석 대리에게 감사드리고, 신흥의 임창훈 상무님과 이진선 부장님, 그리고 정준호 차장님께 진심으로 고맙습니다."

　가슴속에서 우러나오는 진심이었다. 세계 최초로 샘플을 찍은 것이다. 물론, 세계 최초로 핑거슬림 LED TV의 보텀새시를 타발 할 때도 현장에 있었지만, 오늘은 또한 세계 최초로 전자재료용 고장력강을 프레스 금형으로 타발하는 현장에 있으니 감회가 새롭다. 뿌듯하고 자랑스럽다. 어렵게 어렵게 공학박사를 한 보람이 있다. 석사, 박사 통틀어 7년간의 대학원 생활이 처음부터 끝까지 주마등처럼 스쳐 지나간다.
　신흥의 안성공장에서 탕정 사업장으로 돌아오는 길은 정일호 사원이 운전을 했다. 오전에는 박 책임이 운전을 했으니, 가는 길에는 자기가 하겠단다. 한마디도 없던 정일호 사원이 말문을 연다.

"만약에요. 박 책임님, 만약에 포스코랑 LG디스플레이가 이 고장력 강 특허를 냈다고 생각하면 어떠세요? 등꼴이 오싹하지 않으세요? 엣 지 LED TV는 올해 처음 출시하는 거라 아직은 CCFL 모델이 주력인 데, 거기에는 강판이 들어가잖아요. EGI 를 전부 고장력강으로 바꾸면 각각 0.2밀리미터씩 두께가 얇아지고, 최소 13퍼센트에서 최대는 17퍼 센트까지 원가 절감이 되는데 말에요."

정일호 사원의 말이 사실이었다. 아직 모든 것이 끝난 것은 아니었 다. 특히, 나사 태핑 관련해서는 풀어야 할 숙제가 쉽지 않았다. 다만, 32, 40인치에 해당하는 0.6밀리미터두께가 문제가 되는 것이지 0.8밀 리미터로 줄이는 46인치와 1.0밀리미터로 줄이는 55인치는 두께가 충 분하기에 문제가 전혀 없었다. 장도섭 상무 사무실에 정동원 수석과 함께 들어간 박 책임은 그동안의 과정을 상세하게 보고한다. 특허는 삼성전자와 현대하이스코가 공동 출원하기로 했고, 전 인치, 전 모델 로 확대 생산해도 물량 공급에는 전혀 차질이 없다고 보고했다. 장도 섭 상무는 개발 품질, 부품 품질과는 협의가 되었는지를 묻는다.

"아직 협의 전에 먼저 상무님께 보고드리는 겁니다."
"음, 구매나 품질에서 뒷다리 잡는 경우가 많으니까, 꼭 확인해 가면 서 프로젝트 진행 해 주세요."
"네. 잘 알겠습니다."

정동원 수석과 함께 인사를 하고 사무실을 나온다. 정 수석은 부품 품질, 개발품질에 모두 확인을 받으라고 지시하면서 자신은 개발구매와 연락하겠다고 했다. 품질 쪽에서는 역시나 나사 태핑 관련해서 0.6 밀리미터 두께의 경우, 충분히 산·골이 형성되기 힘들어서 토크torque 검사 결과를 확인해 달라고 했고, 정 수석이 구매에 확인한 결과는 포스코 쪽과도 함께 진행해야 한다는 다소 황당한 내용이었다. 구매 팀장은 포스코 잡을 기술을 내 놓으라고 하고, 포스코 잡을 기술을 개발하니, 실무 담당자는 포스코와 함께 개발해야지 나중에 삼성전자 전체의 철강 물량 구매에 차질이 생길 수 있다고 극구 반대했다. 일리가 없지 않은 반박이었다. 결국은 개발실장인 이태원 전무와 구매 팀장인 김진국 전무가 이번에 새롭게 사장에 오른 장원비 사장에게 보고하고 결재받도록 해야 했다. 아직 양산에 적용하려면 시간이 충분히 있었기에 박 책임은 계속 프로젝트를 진행해 나가는 걸로 정동원 수석과 결정한다.

8
태스크 포스

벚꽃이 흐드러지게 만발한 4월 초가 되자 엣지형 핑거슬림 LED TV가 불티나게 팔린다. 핸드폰보다 얇은 데다가 LED를 광원으로 사용하는 '빛의 화질' 핑거슬림 LED TV는 북미에서 엄청난 속도로 시장을 잠식해 갔다. 그렇지만, 2009년 1월에 사장에 취임한 장원비 사장은 이에 만족하지 않고 태스크 포스를 구성하도록 지시했다. 그리고는 고질적인 불량으로 얘기되던 색끌림, 잔상, 측면 시인성, 4코너 빛샘 등 네 가지 문제를 해결하도록 지시했다. 이는 장원비 사장의 직접 지시인 데다 개발실장인 이태원 전무와 선행개발 팀 김경석 상무가 함께 책임지도록 특정지어서 내려온 특수임무였다. 곧바로 스물다섯 명의 비밀 요원들이 태스크 포스에 소집된다. 모두가 각자의 영역에서 가장 전문화된 고도의 개발 연구원들이었다. 황당한 것은 각자 원래 하던 프로젝트를 오후 5시까지 하고, 그 이후에 TF에 관련된 일을 해서 매일 오후 9시에 한 시간 동안 회의를 하고 10시 반 퇴근 버스를 타고 퇴근하는 것으로 결정된 것이었다. 태스크 포스의 시작은 이렇게 장원비 사장에 의해 쉽고 간단히 결정되었으나, 그런 경우의 대부분이 그러하듯이 끝은 대단히 골치아팠고, 쉽지도 않았거니와 매우 험난했다. 이번 태스크 포스의 도전은 LCD 모듈이 태생적으로 가진 결점을 해결하려는 것으로 언제 끝날지는 이태원 개발실장이 결정하기로 했다. 이태원 전무는 반도체 사업부 시스템 LSI의 신상품 선행개발 팀장을 하다가 이번에 LCD 사업부 개발실장으로 발령받아 왔기에 LCD의 전문가라고 할 수 없었다. 그는 전적으로 김경석 상무에게 의존하지 않으면 안 되었지만, 총 책임자인 이상 최종 결정은 자신이 해야 한다고 굳게 믿고 있었다. 그는 네 가지 문제를 완전히 해결하면 TF를 소집해제한다고 말했다. 다시 말하면, 기한이 정해지지 않은 것이었다. 또 달리 말하면, 무조건 해결해야 한다는 것이었다. 다들 막연하게 2~3개월은 걸릴 것이라고 추측하게 되었다. 그리고는 스물다섯 명 모두에게 고과 A와 부부동반 제주도 여행을 특별 선물하겠다고 소집 첫날 발표한다. 모두 귀가 쫑긋해진다.

"김 상무, 총 스물다섯 명의 구성이 어떻게 된다고 그랬죠?"
"네. 실장님, 개발 1, 2, 3팀, 기구개발 팀, 선행개발 팀, 액정개발 팀, 패널개발 팀, 구동개발 팀, 광원개발 팀 등 총 아홉 개팀에서 스물세 명을 뽑고 실장님과 저까지 총 스물다섯 명입니다. 수석 연구원이 열 명이고 박사급 책임연구원이 열세 명입니다."
"내가 LCD 사업부에 와서 사장님께 받은 첫 번째 중요한 과제니까 무슨 수를 써서라도 반드시 해결해야 합니다.”

이태원 개발실장은 비장하게 각오한 듯 딱부러지게 말했다.

“네, 실장님. 그래서, 기한을 정하지 않고 태스크 포스를 이끌어 가신다는 게 괜찮을까요? 기한을 정해 놓고….”

“아니에요. 나도 잘 모르는 문제들이고, 매일 저녁 보고 받으면서 한 달 정도 지나면 개별과제 수석 연구원들에게 마감 기한을 줄 생각입니다. 기한은 한 달 후에 정하도록 하죠. 사장님께는 무조건 해결하겠다고 보고드려야 해요.”

“아. 네. 알겠습니다.”

“근데, 잔상, 색끌림, 측면시인성, 4코너 빛샘이라… 흠, 잔상이 왜 발생합니까?”

“네. 액정의 응답속도 때문에 발생합니다. 어떻게든 액정의 응답속도를 줄여야 합니다.”

“그럼, 잔상팀에는 액정개발 팀과 구동개발 팀 연구원들이 참여하겠군.”

“네, 그렇습니다.”

“김 상무가 알아서 팀을 잘 구성해 주세요.”

이태원 개발실장은 김경석 상무에게 고질적인 문제들로 언급된 잔상, 색끌림, 측면시인성, 4코너 빛샘의 원인과 현상에 대해 충분히 설명을 전해 듣고는 의문이 있을 때마다 송곳 같은 질문을 했고, 적절한 아이디어를 제시했다. 삼성전자 전무로서 한 사업부의 개발실 전체를 책임질만한 능력과 실력을 갖추고 있었다.

개발2팀 금형그룹의 정동원 수석은 개발실장으로부터 소속 부하인 박지훈 책임을 무기한 TF에 소집한다는 이메일을 받고는 박 책임과 정일호 사원에게 메신저를 한다. '내 자리로.'

박 책임과 정일호 사원이 함께 정 수석의 자리로 오자, 의자를 내어주면서 말한다.

"조금 전에 개발실장으로부터 박 책임을 무기한 TF에 소집한다고 이메일이 왔어. 아니, 박 책임 오면서 소재 파트 새로 만든지 4개월밖에 안 되었는데, 그리고 지금 한창 고장력강 나사 탭 토크 실험중이잖아. TF에 소집되어 가도 프로젝트에 문제가 없겠어?"

박 책임은 정일호 사원의 어깨를 두들기며 대답한다.

"정일호 사원이 기구개발 팀의 김종국 선임과 잘 마무리 지을 겁니다. 그리고, 근무시간인 오전 8시부터 오후 5시까지는 정상적으로 원래 하던 프로젝트 관여해도 된다고 하던데요?"

"그게 말로만 그렇지, 실제로 가능할 것 같아? 사장님 직접 지시인데, 못하면 자리 날아가는 건데… 자네도 몸 사리는 게 좋을거야. 만약 4코너 빛샘 해결 못 하게 되면 고과 A는 커녕 일반 고과 C도 아닌 D 받을 걸…"

"네. 말씀 잘 알겠습니다. 조심하겠습니다."

"그럼, 잘 해 봐. 수시로 필요한 거 있으면 알려 주고. 정일호 사원도 도움이 필요하면 얘기하고."

"네, 부장님!"

자리로 돌아오자 정일호 사원이 박 책임에게 다그치듯이 묻는다.

"박 책임님, 아직 고장력강 개발 다 완료되지도 않았는데, 무슨 태스크 포스에요? 저 혼자 어쩌라고요?"

"그러게 말야, 이태원 전무랑 김경석 상무가 스물세 명을 콕 찍어서 TF를 구성했다니 어쩔 수 없잖아. 나도 좀 황당하긴 하다."

정일호 사원은 체념한 듯 고개를 가로저으며 말한다.

"아마, 보텀새시 때문에 그랬나 보네요. 얼마 전까지 보텀새시랑 LGP(도광판) 갈림 불량 해결하신다고 매일 한솔LCD, 태산LCD, DS LCD 에 가서 밤 새셨잖아요. 그거 해결하고 나니까 또 4코너 빛샘 해결하라고…"

"나만 혼자 밤 새웠나? 너도 같이 했잖아. 사람들이 다 모여서 같이 했지, 나 혼자 한 것도 아니잖아. 혼자 할 수 있는 일도 아니고…"

박 책임이 그렇게 말하기는 했지만, 주로 박 책임이 해결책을 제시한 것은 사실이었다. 통계적 기법을 이용해서 보텀새시의 평탄도를 하나

하나 측정하고 갈림불량과의 관련성을 찾아냈다. 그리고는 평탄도 스펙을 변경하고 다시 불량 감소와의 연관성을 확인했다. 통계적인 방법으로 답을 찾아낸 것이다. 2퍼센트에 육박하던 갈림 불량률이 60피피엠까지 떨어졌다. 또한, 박 책임은 주말에 대학원 연구실에 들러서 평탄도 해석을 진행했다. 아바쿠스ABAQUS라는 박판금속성형 시뮬레이션 프로그램을 이용해서 보텀새시의 평탄도를 전산모사했다. 충분히 분석하고 해석해서 문제를 풀어 갔다.

한솔·태산·DS LCD는 백라이트 조립 협력사로 협력사 중에서 가장 규모가 큰 중견 업체들이었다. 각 부품들에 대해 엄격한 품질 관리를 하고, 백라이트를 조립해서 삼성전자 LCD 사업부 모듈동에 납품을 하는 업체들이었다. 삼성전자 LCD 사업부는 LCD 패널만을 생산하고 그 LCD 패널과 납품받은 백라이트를 모듈동에서 조립해서 고객에게 LCD 모듈을 판매하는 구조였다. 박 책임은 그 LCD 모듈에서 갈림 불량이 나오는 것을 해결하기 위해 기구개발 팀의 전지환 상무, 원성호 수석과 함께 2개월여 집에 가지 못하고 기숙사에서 숙식을 해결하거나 밤을 지새우면서 문제를 해결했다. 그래서, 2월 말까지 북미의 베스트바이에 진열되었던 상품들이 4월부터 각 가정으로 배달되기 시작한 것이다.

한편, 4코너 빛샘팀에는 박 책임 외에도 패널개발 팀의 김성원 수석과 배종필 책임, 선행개발 팀의 윤지원 수석, 그리고 기구개발 팀의 박현종 책임 등 총 다섯 명이 참여하게 되었다. 4코너 빛샘은 LCD 패널에 코팅된 편광필름이 모듈 구동과 함께 열에 의해 수축되어 패널을 휨으로써 현상이 심해졌다. 한 달여가 지나자 원인과 현상을 모두 규명했고, 그 사이에 개발2팀의 박 책임은 기구개발 팀의 박현종 책임과 함께 계속해서 평탄도를 측정해 통계적인 방법으로 해결책을 마련하고자 했다. 핑거슬림 LED TV의 구조는 4변 엣지를 따라 LED광원이 설계되어 있어서 코너쪽이 전체 화면에서 더 밝게 보이는 구조다. 화면의 명암을 숫자로 치수화 할 경우에 완전 흰색을 1.0, 완전 검정을 0.0이라고 할 때, 완전 블랙 화면을 틀면 정중앙은 0.0, 4코너의 밝기는 0.15를 넘지 말아야 했다. 그러나, 첫 출시 제품들은 완전히 어두운 극장식 환경에서 4코너 밝기를 재어 보면 0.25가 넘어갔다. 열에 의해 편광필름이 수축되어 패널을 안쪽으로 휨으로써 빛샘현상이 심해졌기 때문이다. 고객인 VD 사업부에 더 높은 가격으로 모듈을 판매하기 위해서는 4코너의 밝기가 0.15 이하가 되도록 기술을 개발해야 했다. 결코 쉽게 해결할 수 없는 과제였다.

태스크 포스가 시작된 4월 말부터 박 책임은 쉴 틈이 없었다. 저녁 식사 후, 오후 6시부터 4코너 빛샘에 대해 박현종 책임과 함께 의논을 하고, 틈틈이 정일호 사원에게도 도움을 요청하면서 오후 9시까지 샘플을 만들고 실험을 했다. 오후 9시가 되면 이태원 전무와 김경석 상무가 테이블 중앙에 앉고 나머지 스물세 명의 비밀 요원들이 각자 맡은 임무에 대해 그날 그날 업데이트 발표를 하고, 밤 10시가 조금 넘어서면 회의를 급하게 끝냈다. 박 책임은 억지로 억지로 적응해 나갔지만, 정일호 사원은 걱정이 많았다. 기구개발 팀의 김종국 선임이 많이 도와주기는 했지만, 엣지 LED TV의 생산량이 예상했던 월 10만 대의 두 배인 월 20만 대에 육박하다 보니, 자주 이슈가 발생했다. 물론, 평탄도와 성형성 관련 보텀새시 이슈였고, 여전히 도광판과의 갈림 이 슈도 많았다. 고스란히 박 책임이 담당을 해 주어야 했는데, 그는 낮에 도 계속 태스크 포스에 붙잡혀 있기 일쑤였다. 그러다 보니, 정일호 사 원이 다 떠맡아야 했다. 더군다나, 정동원 수석은 정일호 사원을 불러 서 고장력강 프로젝트도 계속 밀어부치라고 다그쳤다. 박 책임은 수시 로 정일호 사원의 전화를 받았지만, TF는 8라인 8층의 기구개발 팀 옆 의 가장 큰 랩을 사용하고 있어서 7라인 6층에서 근무하는 정일호 사 원에게 곧바로 찾아가기가 힘들었다. 전화로 모든 지시를 내리고 수용 하는 언컨택트 커뮤니케이션이 시작된 것이다. 그러다 보니, 정일호 사 원도 많이 힘들어 했고, 박 책임은 박 책임대로 몸과 마음이 피곤해지 기 시작했다.

"박 책임님, 오늘 김종국 선임이랑 고장력강 탭 토크 측정을 했는데 요. 모두 스펙 안에 들어왔어요. 조임 토크랑 풀림 토크 둘 다요. 신흥 에서도 같은 방법으로 실험을 했는데, 모두 스펙 안에 들어왔습니다. 고장력강 개발은 거의 완료되어 가는 것 같아요. 다만, 특허가 문제인 데요. 버링 탭 나사 토크 관련해서 특허 출원은 어떻게 하실 거예요?"

"아, 그거는 김종국 선임에게 자료 만들라고 내가 전화할게. 아니면, 오늘은 3일 만에 집에 들어갈 거니까, 내일 아침에 김종국 선임이랑 출 근버스에서 함께 얘기 나누지 뭐. 걱정 하지 마."

"네. 그건 그렇고, 평탄도 해석 관련해서 프로젝트 준비하라고 하셨잖아요. 오토폼AutoForm이랑 팸-스탬프Pam-Stamp랑 연락해 보라고 하셔서 전화했었거든요. 모두 다 괜찮다고 하는데, 언제 시간 잡을까요?"

"아, 그건 내가 정동원 수석께 말씀드려서 이번 태스크 포스 업무가 다 끝나면 프로젝트 시작하겠다고 할게. 그건 아무래도 내가 직접 해야 하지 않아? 일호, 네가 혼자 하기에는 벅차잖아?"

"그러니까요. 저는 박 책임 전공인 재료역학에 대해 아는 게 별로 없어서 박판금속성형의 시뮬레이션에 대해서는 혼자 하기 힘들 것 같거든요."

"그래, 그건 나중에 하자고. 근데, 아무래도 TF가 길어질 것 같아. 내가 맡은 4코너 빛샘은 그런대로 보텀새시의 4코너 부위에 대해 정확한 스펙을 인치별로 정할 수 있을 것 같아서 어떻게든 되겠는데, 잔상이랑 색끌림, 측면 시인성 문제는 시간이 더 필요한 모양이야. 그쪽 책임들이랑 수석님들이 부지런히 하고 있는데, 실험하는 데만 일주일씩 걸리고 그러더라구. 일호, 네가 좀 힘들더라도 잘 버텨 내 줘야겠다."

"너무 걱정하지는 마세요. 기구개발 팀의 김종국 선임이 자기 일처럼 돌봐주고 많이 도와주고 있어서 참 고맙거든요. 금형 파트의 정현기 선임이랑 김기남 선임도 많이 도와주고 있어요."

"그래, 정동원 수석이 짜증 많이 내더라도 잘 참아. 내가 자주 시간 내서 사무실로 몰래 가곤 할게. 여기 이태원 전무는 바빠서 자주 못 오는데, 김경석 상무 그 사람이 문제야. 욕지거리에다가 얼마나 사람을 들들 볶는지, 잠시 화장실 다녀오는 것도 뭐라고 하더라니까, 글쎄?"

"원래 김경석 상무 성깔 안 좋기로 유명하잖아요. 그렇지만, 선행개발 팀 팀원들은 좋아한데요. 성깔은 드러워도 고과를 잘 챙겨 주나 봐요. 그리고, 뒤끝이 없대요. 앞에서 지랄이지만, 뒤에서는 칭찬한대요. 그냥 잘 참고 견디세요. 20사단 근무하셨다면서요? 참고 견디어 강병이 되자. 단결! 야!"

"하하하. 그래, 참고 견디어 강병이 되도록 할게요. 그럼, 수고하고 무슨 일 있으면 바로 전화줘. 내가 못 받으면 메시지로 알려 줘. 계속 확인하고 있으니까. 옆에 높은 분들 있으면 전화받기 힘들 수도 있어서 그래."

태스크 포스는 어려운 과제를 해결하기 위해 전문가들에 의해 조직된 일정한 기한이 있는 임시 조직을 말하지만, 이번 경우처럼 주체가 되는 개발실장이 기한을 무기한으로 결정한 이상 결과물로 보여 주지 않으면 끝날 수 없었다. 각각의 고질적인 문제점들은 목표 지점이 있었고, 원인이 무엇인지를 파악한 후 어떤 방법을 이용해서 문제점을 해결했는지를 증명해야 했다. 이미 도광판 갈림 불량을 해결해 봤던 박 책임과 박현종 책임은 4코너 빛샘의 원인에 대해 통계적인 방법을 이용해서 해결책을 정확하게 제시했다. VD 사업부로 판매하는 엣지형 핑거슬림 LED LCD 모듈의 4코너 빛샘은 그해 7월부터 0.15를 벗어나지 않았다. 삼성전자 VD 사업부의 핑거슬림 LED TV가 시장에서 크게 환영받자, 소니에서도 2010년에는 핑거슬림 LED TV를 개발한다면서 LCD 사업부에 LED LCD 모듈 개발을 의뢰했는데, 그들의 4코너 빛샘 기준은 0.27이었다. 2007년도에 이미 직하형 LED TV개발을 진행했던 소니는 4코너 빛샘 기준이 훨씬 널널했다. 뒤에서 직접 빛을 쏘기 때문에 완전 블랙을 실현하기에 직하형 LED TV는 적절하지 않았다. 이는 선행 학습을 너무 일찍하면 학생이 망가지는 것과 같은 이치였다. 교육에서 적기학습이 제일 중요한 것처럼 사업에서 또한 너무 빨라도 너무 늦어도 곤란하다. 적절한 시점에 딱 맞게 힘들게 공부하고 연구하고 결과물을 시장에 내 놓아야 한다. 소니는 2009년도에 엣지형 LED TV를 완벽하게 이해하고 있지 못했던 것이다. 과거에 사로잡혀 있었고, 그로 인해 명성을 되찾기는 쉽지 않았다. 4코너 빛샘팀은 2개월이 지나는 시점에 명확한 해결책을 제시하고 태스크 포스에서 가장 먼저 성공을 거둔다.

그 와중에도, 박 책임과 정일호 사원은 기구개발 팀의 김종국 선임과 함께 0.6밀리미터의 나사 탭 토크도 충분하다는 것을 증명했을 뿐 아니라, 아세안볼트 그룹에 제안해서 직선으로 형성된 나사의 산·골을 곡선형으로 변형시켜서 접촉 면적을 0.177에서 0.210으로 18.64퍼센트 향상시키더니 토크 체결력을 17.98퍼센트 높아지게 함으로써 나사 탭 토크 문제를 완벽하게 해결하고 금속 소재뿐 아니라 나사 특허까지 취득하게 되었다. 박 책임의 소재 관련 전문 지식과 형상에 대한 창의적인 아이디어가 빛을 발하게 되었던 것이다.

"박지훈 책임, 수고 많았어. 4코너 빛샘까지 해결하다니, 참 대단하이. 입사한 지 1년이나 지났을까. 도대체 몇 가지를 해결한 거야? 곧바로 진급하는 거 아냐?"

박현종 책임은 박지훈 책임의 성과를 진심으로 칭찬한다.

"형님은 참 무슨 말씀이세요? 제가 뭘 했다고요. 이번 4코너 빛샘은 형님이 다 해결하시고선. 자료도 다 만드시고, 제가 자리 비워도 한마디 불평도 없으시고. 정말 고맙습니다. 지난번 핑거슬림 LED TV 개발할 때부터, 도광판 갈림 불량 해결할 때도 그렇고, 형님 도움 참 많이 받았어요. 진심입니다."

곧 수석 진급을 앞둔 책임 8년 차 선배인 박현종 책임에게 깍듯이 선배 대접을 한다.

"그래, 조만간에 원 수석이랑 같이 소주나 한잔하세. 참 둘 다 술 못하지? 그럼, 뭐 맛있는 거나 먹으러 가자고, 내가 원 수석이랑 날짜 잡고 연락할게."
"네. 연락주세요. 그럼, 저는 7라인 사무실로 돌아갑니다. 2개월간 고생 많이 하셨어요."
"응. 자기도 수고 많이 했어. 잘 가."

박 책임이 오랜만에 자리로 오자, 기다렸다는 듯이 김현기 선임이 술자리를 예약했다고 한다. 올해 고과를 A로 챙겨 받았으니 한 턱 크게 내라는 뜻이다. 박 책임은 그러마 하고 지난번 '통닭 한 마리'에서 이번에는 늦게까지, 그러니까 새벽 2시까지 함께 마신다. 아내 소라에게는 아직 TF가 해제되었다는 얘기를 하지 않고, 오늘도 기숙사에서 잔다고 했다. 김현기 선임이 안명교 사원의 사촌 동생과 잘 사귀고 있다는 얘기를 직접 전해 들으니 이제 한 식구가 된 듯한 느낌이다. 속에 있는 얘기며, 주위에 겉도는 얘기며, 가리지 않고 솔직하게 또 허심탄회하게 다 털어놓는 친구들이 고맙다. 박 책임도 오랜만에 술에 취했다. 가족 얘기며, 학교 얘기며, 기구개발 팀에서의 8개월간의 경험과 개발2팀에서의 4개월, 그리고 TF에서의 2개월을 띄엄띄엄 쉬어 가면서 왁자지껄한 분위기에 취해 조잘거렸다. 김기남 선임과 문지원 사원은 12시가 되자 자리에서 일어난다. 역시나 바른 생활 사나이와 바른 생활 아가씨다. 지난번처럼 정일호, 최현대, 안명교 사원과 김현기 선임 그리고 박 책임이 남았다. 새벽 2시까지 마시니 사장님이 눈치를 주신다. 문 닫을 시간이다. 명교 아파트로 가자고 난리를 치는 김현기 선임을 달래는데, 도저히 동의하지를 않는다. 정일호 사원과 최현대 사원은 기숙사로 들어가고, 김현기 선임, 안명교 사원과 함께 택시를 타고 아파트로 향한다. 아파트 바로 앞에 족발집에서 족발을 사들고, 마트에서 소주 다섯 병과 신라면 세 봉지를 더 산다. 내일이 금요일이니, 아예 밤을 새울 작정들이다. 이 작자들은 소주가 없었으면 어떻게 살았을까? 평소에 멀쩡한 모습을 보면 신통방통하다고 밖에 달리 표현할 방법이 없다. 그렇다고, 자주 마시는 것도 아니다. 무슨 일이 있으면 꼭 밤을 새워 마시는 건데, 그게 평균적으로 두 달 정도에 한 번씩 생기는 것 같다.

지난 2개월 태스크 포스에 소집되어 밀린 일이 산더미 같았다. 첫 번째 해결할 일은 현대하이스코와 삼성전자가 공동 출원한 전자재료용 고장력강 특허 두 개였다. 그동안은 내용을 검토할 시간이 없었다. 대략 훑어보니, 잘된 것 같았으나 특허 담당자의 확인이 필요했다. 박 책임의 고약한 성질이 시작된 것이다. 그는 현대하이스코의 장철호 팀장에게 특허 내용이 부실해 보인다며 등록 여부가 걱정된다고 하고, 현대하이스코 법무 팀의 대표 변리사가 삼성에 와서 직접 자신들의 질문에 답해 줄 것을 요청하는 이메일을 쓴다.

바로 장철호 팀장의 전화가 왔다.

"박 책임님, 잘 지적해 주셨어요. 안 그래도 특허에 대해 법무 팀만 믿었지 저희도 내용을 충분히 이해하지 못했는데, 고객쪽에서 궁금해하신다니까 월요일 바로 저희 법무 팀 대표 변리사께서 직접 발표하신다네요. 월요일 오전 11시까지 탕정 사업장으로 법무 팀 대표 변리사님 모시고 가겠습니다."

"네. 팀장님, 감사합니다. 알아서 잘 하셨으리라 믿습니다만, 직접 설명을 듣고 궁금한 건 질문할 기회를 갖는 게 좋을 것 같아서요. 꼭 필요한 자리라고 생각해서 요청드렸습니다. 응해 주셔서 고맙습니다."

"무슨 말씀을요. 안 그래도 뵙고 싶었는데, 태스크 포스에 소집되셔서 엄청 바쁘시다고 들었어요. TF는 다 끝나셨나요?"

"네. 어제 잘 끝났습니다. 어휴, 2개월 동안 아주 죽는 줄 알았어요. 자세한 건 월요일에 또 만나뵙고 얘기 나누시죠."

월요일 오전 11시가 되자, 현대 하이스코의 권영일 대표 변리사를 모시고 온 장철호 팀장과 김정석 대리는 탕정 사업장 카페테리아에서 커피를 사 들고 박 책임 그룹을 기다린다. 개발2팀의 박 책임과 정일호 사원, 그리고 기구개발 팀의 김종국 선임, 부품 품질의 이경철 책임과 조현철 선임이 참석했다. 다 함께 회의실에 들어서니 회의실이 꽉 찼다. 박 책임은 긴장한 모습의 권영일 변리사에게 다가가서 웃으며 말을 건넨다.

"대표 변리사님, 이렇게 오시도록 요청드려서 죄송합니다. 저희가 특허 내용에 대해 충분히 이해하지 못하는 부분이 있어서 직접 모시고 설명을 듣고자 했고요. 저희뿐 아니라, 관계 부서에서도 참석해 주셨거든요. 널리 양해 부탁드리겠습니다."

"아. 그러셨군요. 저는 깜짝 놀랐습니다. 이 특허는 정말 저희가 정성과 혼을 다해서 작성한 특허거든요. 잘 아시겠지만, 특허 등록의 가장 핵심적인 사항은 신규성과 진보성을 갖추었냐는 것인데, 저희 전자재료용 고장력강 특허 출원서에 신규성과 진보성에 대한 여러 가지 증빙 데이터가 다 포함되어 있어서 100퍼센트 등록을 자신하고 있습니다."

권영일 변리사는 이제서야 조금 마음이 놓였는지 미소를 띠면서 자신 있게 특허 등록을 확신한다.

"공동 특허를 진행하는 것으로 아는데, 그러면 특허권자가 삼성전자도 되고, 현대하이스코도 되는 건가요? 서로 간에 지분이 있나요? 그건 어떻게 결정하신건가요?"

부품 품질의 이경철 책임과 조현철 선임이 궁금한 것을 전부 다 질문해도 된다고 하니, 계속해서 질문을 멈추지 않는다. 그때마다 현대하이스코의 권영일 변리사는 최선을 다해서 질문에 대답을 하고, 결과적으로는 삼성전자와 현대하이스코의 전자재료용 고장력강 특허 두 개는 대한민국, 중국, 일본, 대만, 미국과 유럽까지 총 6개국에 출원이 된 것으로 확인되었다. LCD 경쟁사가 있는 나라에는 전부 출원을 했고, LCD TV의 가장 큰 시장인 미국도 포함해서 출원한 것이다. 곧 등록이 되기 시작하면 봇물 터지듯 등록이 이어질 것이라고 했다.

"그럼, 대략적으로 이번 특허에 대한 삼성측 여러분들의 궁금증이 다 풀리신 것 같은데, 점심 식사 함께 하도록 하시죠."

장철호 팀장이 점심 식사를 얘기했지만, 다들 바쁘다고 사무실로 돌아간다. 결국 박 책임과 정일호 사원만 남았다. 기구개발 팀의 김종국 선임은 버링탭 나사 토크 관련해서 특허 진행은 삼성전자에서만 출원했다고 전하고 바로 사무실로 올라갔다. 장 팀장의 차를 타고 10여 분 거리에 있는 '탕정어죽집'으로 향한다. 독특하게 된장과 고추장을 섞은 시원한 국물에 부추와 들깨가루를 듬뿍 넣고 소면과 수제비, 민물새우, 호박, 감자가 한 그릇 가득 넘쳐 나왔다. 다들 땀을 뻘뻘 흘리면서 후루룩후루룩 먹는다. 권영일 변리사가 기분이 좋았는지, 계속 말을 이어 간다.

"특허청 심사관으로 5년간 재직하면서 특허청 앞에도 어죽집이 있어서 자주 갔었죠. 거기와는 또 다른 맛이네요. 참 국물이 독특합니다."

김정석 대리는 회의 시간 내내 말이 없더니, 이제서야 여러 가지 질문을 던진다.

"태스크 포스는 어떤 일을 하신 건지 말씀해 주실 수 있나요?"
"아. 네. 핑거슬림 LED TV에서의 잔상, 색끌림, 측면시인성, 4코너 빛샘 등 네 가지 고질적인 병폐를 해결하는 것이었어요. 일부는 CCFL 램프 모델에도 적용되니까, 우리 고장력강과도 관련이 있겠네요."

박 책임은 가볍게 정리해서 알려 준다. 김정석 대리는 이제 앞으로 현대하이스코 고장력강의 경쟁 상대는 포스코가 아니라, 엣지형 핑거슬림 LED TV가 될 것 같다고 말한다. 즉, 알루미늄합금이 경쟁 상대가 될 것 같다고 했다. 박 책임의 고장력강과 관련해서는 소재 특허 두 개와 버링탭 나사 토크 관련 한 개, 그리고, 나사 몸통의 산·골을 곡선형으로 해 체결력을 향상시킨 특허 한 개까지 총 네 개가 출원되었다. 또한, 임직원이 특허를 출원하면 바로 특허권을 삼성전자에 양도하게 되어 삼성전자는 전자 회사로는 드물게 금속 소재 특허와 나사 특허를 갖게 되었다. 물론, 무난히 등록까지 되었다.

그건 그렇고, TF 멤버들 사이에서 이상한 소문이 돌기 시작했다. 이번에 개발실장과 김경석 상무가 인사 팀과는 전혀 협의 없이 그냥 고과 A와 제주도 부부동반 여행 얘기를 꺼내는 바람에 큰 문제가 생겼다는 것이다. 모두 날아갔다는 소문이 돌았다. 박 책임은 2개월 만에 4코너 빛샘을 해결하고 사무실로 복귀했지만, 다른 TF멤버들은 4개월여에 걸쳐 모두 문제를 해결하고 원래 자리로 복귀했다. 매일 매일 회의를 하고, 서로간에 경쟁과 협력을 하면서 일을 하다 보니 스물세 명의 비밀요원들은 서로 매우 친해졌다. 이메일이 돌아다니기 시작했다. 부부동반 제주도 여행이야 그렇다고 하더라도 고과까지 A를 받는 게 아니라는 소문에 모두들 흥분하고 성토하기에 이르렀다.

박 책임도 예외 없이 인사 팀 이주희 과장에게 이메일을 받는다. 내일 점심 식사 후 오후 1시에 단독 면담을 할 수 있느냐는 이메일이다. 7라인 7층의 인사 팀 회의실로 오라는 메일이다. 한 시간가량 예정되었다고 했다. 인사 팀 이주희 과장은 꽤 미인이었다. 그러나, 표정이 밝지 않았다. 그동안 TF의 다른 팀원들을 면담하고 설득하느라 지쳐보였다. 그녀의 잘못은 아니었으나 그녀가 담당해야 할 업무였다. 우리는 늘 지쳐야 할 정도를 넘어 고달프다. 나의 잘못은 아니나, 내가 감당해야 할 몫이 잘못될 때 항상 그렇게 된다. 이주희 과장이 어렵사리 말문을 연다.

"박 책임님, 이번에 고생도 많으시고, 4코너 빛샘 해결하시는 데 큰 역할을 하셨다고 개발실장님과 선행개발 팀장님께 직접 들었습니다. 수고 많으셨습니다."

"뭘요. 전부 다 같이 고생했는데요. 성공해서 다행이죠."

"단도직입적으로 용건을 말씀드릴게요. 첫날 말씀하셨다던데요. 제주도 부부동반 여행이라든가 고과 A에 대해서는 저희 인사 팀장인 안병욱 전무님과 전혀 협의된 사항이 아니거든요. 안병욱 인사 팀장님 입장에서는 받아들이실 수 없는 상황입니다. 스물세 명의 고과를 전부 A로 하게 되면 개발실 내 다른 분들의 입장에서는 공정성에 이의를 제기할 수 있는 문제가 있을 뿐 아니라, 과거에도 TF의 성공에 대해 고과로 보상을 했던 전례가 없습니다. 취소할 수밖에 다른 방법이 없고요. 널리 이해 부탁드립니다."

"어떻게 이런 일이 일어날 수 있는 거죠?"

"그러게 말예요. 이태원 전무님이랑 김경석 상무님께서 생각이 짧으셨던 것 같습니다. 고과는 그렇게 함부로 결정할 수 있는 게 아니거든요."

고과는 상대적인 평가였다. 상위 고과는 전체에서 상대적으로 누군가를 앞에 세우는 것이었기 때문에 임의로 스물세 명의 고과를 A로 하면 나머지 전체에서는 상위 고과를 받을 수 있는 확률이 그만큼 줄어드는 것이다. 이건 공평한 일이 아니었다. 사법고시를 준비하는 모두가 합격하기를 바라지만, 하느님께 열심히 기도한다고 다 들어주실 수 있는 게 아닌 것과 마찬가지다. 한 사람을 붙게 하면 다른 사람은 떨어뜨려야 하는 것이기에 맨 처음 그 말을 내뱉은 두 사람이 책임져야 할 사안이지 인사 팀장이 책임질 내용이 아니었다. 다만, 인사 팀 업무이기에 억지로 한 사람씩 면담하면서 설명을 하고 있는 것이었다. 인사팀장 안병욱 전무가 보기에 태스크 포스는 말 그대로 임시 조직일 뿐이었다. 그런 TF는 상시로 만들었다가 해체하기를 반복하는 조직이다. 그 이상도 그 이하도 아니었다. 그저 잠시 모였다가 해야 할 일을 마치고 해체되는 임시 조직이었고, 다반사로 일어나는 TF 소집에 대해서 특혜를 주면 앞으로 팀을 운영하는 데 문제가 생길 수 있다는 것이 인사 팀의 확고한 의사결정이었다. 그는 적극적으로 반대했음이 틀림없었다.

하지만, 고과 A를 받아 낸 사람들이 있었다. 대부분의 수석들과 고참 책임연구원들은 고과 A를 기어코 받아 냈다. 고과를 양보한 사람들은 대부분이 박 책임처럼 입사한 지 얼마 되지 않은 풋내기들이었다. 그들은 고과에 집착하는 모습을 보이기 싫어했을 뿐 아니라, 아직 시간이 많다는 이주희 과장의 설득에 크게 흔들림 없이 동의했다. 그러나, 이는 대단히 잘못된 결정이었다. 자신들의 미래와 가족의 미래를 위해서도 절대 동의해서는 안 되는 일이었다. 고과는 양보해서는 안 되는 매우 중요한 경력이다. 회사 생활에서 경력을 이기는 것은 아무것도 없다. 심지어 이직을 진행하고 있다고 하더라도 고과는 양보해서는 안 되는 것이다. A를 받지 못하면 B+라도 받아 내고, 그것도 힘들면 B-라도 받아 내서 반드시 일반 고과보다는 조금 더 나은, 그러니까 자신이 한 일에 대한 증명을 받아 내야 한다. 이것을 제대로 하지 않은 후회는 아주 한참 후에 뼈저리게 느끼게 되고 그때는 너무 늦었음이 가슴에 응어리로 맺힌다. 아무도 탓할 수 없다. 본인이 인사 팀과의 밀고 당기기에서 먼저 지쳐 포기했기 때문이다.

9
흙마와 싸우다

"헉헉헉."

"헉헉헉, 아, 씨바 존나 덥네. 보스, 좀 쉬었다 합시다. 여기가 지금 섭씨 43도라구요. 43도. 완전 미친 날씨라니까, 도대체 며칠 째야… 휴우!"

"그래, 완전 미친 날씨야. 휴우~ 담배 한 대 피우고 하자. 10분간 휴식! 야! 라이언! 휴식이야, 브레이크라구!"

2015년 7월 초의 니스큐Nisku 산업단지 도로공사 현장에는 신참 작업반장foreman인 제이슨과 팀 멤버인 토마스, 잭, 라이언이 함께 해머질과 벙커레이크bunker rake로 조경 작업을 하고 있었다. 니스큐는 캐나다 앨버타주의 수도인 에드먼턴에서 차로 한 시간가량 남쪽으로 달려야 하는 곳으로 북쪽의 포트 맥머리에서 필요로 하는 석유 시추 관련 설비들을 제조하는 산업단지가 있는 산업공단이었다. 우리나라로 치면 울산

공업단지와 같은 곳이다. 국제유가가 100달러를 훨씬 넘어설 때, 주정부가 결정한 산업단지 도로공사에 투입된 제이슨 팀은 윌코랜드스케이핑콘트랙터_{Wilco Landscaping Contractor} 소속이었다. 모두 6월 초에 윌코에 입사한 신출내기들이었다.

"토마스, 넌 몇 개 박았냐?"

"50개 네 묶음하고 다섯 개 더 했으니까, 205개 박았네요. 한번에 6파운드 해머로 일곱 번씩 내리쳤으니까, 한 1,400번쯤 해머질 했나 봅니다. 진짜 땀이 비 오듯 합니다. 보스."

"수고했어. 야! 잭, 너는 몇 개 박았어?"

"저는 네 묶음이니까 정확히 200개요. 4파운드 해머로 딱 열 번씩 쳐야 들어갔으니까 2,000번 해머질 했어요. 저는 손에 물집이 잡혔어요. 이거 보세요."

"그러게, 내가 손 위치 바꿔 가면서 하고, 중간중간에 좀 쉬라고 했잖아."

"어이, 라이언! 너는 얼굴이 완전히 씨커멓구나. 흙먼지에 완전히 온몸이 뒤덮였어. 벙커 레이크 운전하는 거, 할 만하니? 괜찮아?"

"네, 보스. 전 힘들지 않고 재미있는데요, 뭘. 누구 저랑 바꾸고 싶은 사람있으면 얘기 하세요. 제가 해머질 할게요. 흙먼지가 좀 심하게 날리긴 하지만, 할 만해요."

벙커 레이크는 놀이공원의 범퍼카 같은 소형 차량인데, 뒤에 쇠사슬로 연결된 긴 쇳덩이를 달고 있어서 울퉁불퉁한 흙길을 운전하면 뒤에 연결된 쇳덩이가 흙을 곱게 갈아서 부드럽게 해 준다. 대신 바람과 함께 엄청난 흙먼지가 날린다. 네 명 모두 흙마와 싸우면서 시간당 18달러 50센트를 받는다. 일주일에 44시간은 정규 시간으로 시간당 $18.50로 계산이 되고, 그 이후 15시간은 오버타임으로 1.5배가 된다. 일주일에 59시간 이상을 일하면 그건 또 정규 시간으로 계산된다 오버타임은 최대가 15시간밖에 허락되지 않는다. 그래도, 다들 행복해 하면서 일했다. 오일 가격이 벌써 배럴당 50달러까지 떨어져서 작년의 반토막이 났다. 대부분의 오일 산업 관련 일자리는 전부 구조조정을 해서 막노동 외에는 여기 캐나다 앨버타주에도 자리가 없었는데, 노가다도 이제는 자리가 없다. 올해 안에 오일 가격이 다시 오를 거라고 생각하는 건 바보 같은 짓이다. 이대로 2015년이 지나갈 것이다. 어떻게든 자리를 지켜야 하니, 섭씨 40도를 웃도는 이 허허벌판에서 하루에 4천번에 가까운 해머질을 하더라도, 계속 날리는 흙먼지를 온몸으로 받아 내더라도 행복하게 할 수 있다.

진짜 나무 한 그루가 없다. 편도 4차선, 왕복 8차선의 중앙을 U자형으로, 그러니까 아치형으로 만들고 거기에 펜스를 설치하는 일이 제이슨 팀의 임무였다. 50분을 일하면 제이슨은 10분간 휴식을 주었다. 그렇지 않으면 팀원들이 보스로 인정하지 않을 정도로 험악한 분위기에서 일이 진행되고 있었고, 주변 환경이 극단적으로 힘들었다. 7월과 8월 내내 10킬로미터가 넘는 머나먼 거리를 계속해서 똑같이 반복하기로 이미 결정이 되었고, 아스팔트가 깔린 도로에는 아무것도 없이 뙤

약볕만 내리쬐었다. F350 포드 트럭과 거기에 연결된 트레일러만이 네 명이 앉기에 비좁은 그늘을 만들어 주었다. 모두 물을 얼려 왔고 아이스박스에 넣어 왔지만, 자주 꺼내 마시다 보면 어느새 다 녹아 있었다. 열기와도 싸워야 했고, 갈증과도 싸워야 했다. 모두가 땀으로 샤워를 한 듯 온몸이 땀으로 흙먼지로 뒤범벅이다. 그래서, 마무리 시간이 되면 모두가 갑자기 행복해했다. 매일 오후 5시였다.

정확히 오후 5시가 되면 해머질과 벙커 레이크 운행을 중단하고 트레일러에 옮겨 싣는다. 라쳇 스트랩ratchet strap으로 꽁꽁 동여매고, 다시 한번 확인한 후에 해머도 싣고, 남은 나무 스틱도 트럭에 싣는다. 에어컨을 빵빵하게 틀고는 차 문을 열어 놓고 다들 현장에서 마지막 담배 한대씩을 꼽아 물고는 라디오를 FM 103.3 MHz 록베어Rock Bear 채널에 고정하고 기분에 취해 팝송을 따라 부른다. 5시 30분이 되면 현장에서 출발해 시속 110킬로미터로 회사를 향해 고속도로를 따라 달린다. 퇴근 시간이라 곳곳에서 병목현상과 막힘이 있지만, 6시 15분이면 14420 154 Avenue, Edmonton, AB T6V 1H9 에 위치한 월코 본사에 도착한다. 10여 분간 트레일러를 주차하고, 트럭키를 반납하면 6시 반이다. 오늘도 오전 7시부터 6시 반까지 열한 시간을 일했다. 이렇게 월요일부터 금요일까지 일하고 토요일도 나와서 일한다. 대략 일주일에 60여 시간을 일하면 한 달에 세금을 제외하고 4,000불 조금 모자라게 받는다. 제이슨은 지난 석 달 만에 완전히 캐나다 막노동에 익숙해졌다. 무슨 일이든 할 수 있겠다 싶다. 하루에 해머질 4,000번을 하거나, 하루 종일 벙커 레이크를 몰고 다니면서 흙먼지를 뒤집어 쓰면 욕이

입 밖으로 나온다. 영어 욕도 이젠 익숙해졌다. 가끔씩 얘기하면서 영어 욕을 섞어 줘야 자연스럽다. 그만큼 육체적으로 고통스럽고, 그러다 보니 정신적으로도 견디기 쉽지는 않다. 집에 가면 샤워를 하는데, 기본적으로 정상일 때의 다섯 배만큼을 한다. 그래도 계속 흙먼지가 몸에서 나온다. 안전 안경을 쓰고, 마스크를 쓰고 일하지만, 흙먼지가 폐를 더럽히게 마련일 것이다. 거기에 담배까지 늘었다. 저녁에 맥주 한잔을 마시지 않으면 온몸이 쑤셔서 잠이 쉽게 오지 않는다. 피곤하면 잠이 잘 온다는 것도 거짓말이다. 피곤한 정도를 넘어 사람이 지칠 때까지 일을 하게 되면 너무 힘들어서 잠이 오지 않는다. 온몸이 욱신욱신댄다. 더욱이 해 보지 않던 몸쓰는 일이다. 육체적으로 관리를 잘해야 할 텐데, 쉽지가 않다.

3개월 전인 2015년 4월 3일 금요일 오전 10시. 에드먼턴의 51 Avenue와 111 Street가 만나는 곳에 있는 팀홀튼에서 아내 소라와 함께 커피를 마시던 박 책임은 NOV National Oilwell Varco의 앤드류 그램에게 전화를 건다.

"안녕하세요? 앤드류, 제이슨입니다. 에드먼턴에 오면 전화 달라고 하셨죠? 저희 가족 다 잘 도착했습니다."

"아, 제이슨. 이거 어쩌죠? 내부 채용 프로세스가 그동안 완전히 스탑되었어요. 잘 아시겠지만, 국제유가가 계속 떨어지고 있어요. 저희 NOV는 한동안 채용 계획이 없답니다. 정말 죄송해요. 저는 이 정도로 문제가 심각해질 걸 예상하지 못했어요. 다만, 제이슨은 특별히 위에서 굉장히 관심 있어 해서 어떻게든 에드먼턴에 오시면 기회가 있을 걸로 생각했는데, 잘못된 생각이었어요."

"아닙니다. 저도 예상은 하고 있었어요. 유가가 계속 떨어지고 있어서 걱정 많이 했고요. 전혀 예상하지 못한 것은 아니니까 괜찮습니다. 다만, 앤드류가 계속 기회를 찾아 주시면 고맙겠습니다. 저도 다른 기회도 계속 알아보고 좋은 소식 있으면 공유할게요. 꼭 도와주십시오."

"네. 그렇게 하겠습니다. 정말 죄송합니다. 좋은 하루 보내세요."

"네. 좋은 하루 보내십시오."

2014년 11월 18일에 NOV의 부사장인 에릭, 총괄 매니저인 딘과 전화 인터뷰를 했다. 성공적이었다. 그러나, 그로부터 며칠 뒤 OPEC의 정례회의에서 사우디가 석유감산을 하지 않는 것으로 결정하자, 배럴당 90달러에 육박했던 국제유가가 일주일만에 70달러 선으로 떨어지고, 매일 전화를 걸어왔던 앤드류에게서 전화 연락이 끊겼다. 박 책임은 열흘 뒤인 11월 28일에 앤드류에게 전화를 했고 이유를 물었다. 다름아닌, 회사 경영상의 이유로 인터뷰가 다음 단계로 진행되려면 좀 시간이 걸릴 것 같다고 했다. 박 책임은 BC주 밴쿠버의 미션에 있었고, NOV는 앨버타주 에드먼턴에 본사가 있었다. 그래서, 아예 에드먼턴으로 이사 갈 계획이 있다고 말했다. 그게 작년 11월 말이었다. 그때는 앤드류가 매우 좋아했다. 그리고, 에드먼턴에 도착하면 다시 전화를 달라고 했다. 박 책임은 국제유가가 다시 오르기를 기대하면서 이사 준비를 했던 기억이 있다. 그게 전부였다. 이제 2015년의 4월은 에드먼턴에서 다시 시작해야 했다. 모든 게 새롭다. 다시 아이들 학교부터 알아보고, 직장도 부지런히 알아봐야 한다. 모든 게 새로 시작이다. 통장에 돈도 다 떨어져 간다. 무슨 일이든 해야 한다. 모든 것을 버리고, 바닥부터라도 시작할 각오가 되어 있다. 아내 소라와 길 건너편 TD 은행에 통장 잔고를 확인하려고 횡단보도 앞에 섰다. 신호등 기둥에 전단지가 붙어 있다.

"자기야, 여기 이거 뭐지? 'Canadian Property Stars'? 집에서 멀지 않은 곳인데, 다음 주 월요일에 회사 설명회를 한다네. 'Lawn Aeration'이 뭐야? 영어 공부할 겸 한번 다녀와야겠다. 노는 것도 지겹고… 아니, 지쳤고…."

"그게 아마 잔디에 구멍을 뚫는… 왜 자기가 개똥 아니냐고 물었었잖아? 잔디에… 그걸 거예요. 잔디에 구멍 뻥뻥 뚫는 거. 밴쿠버 있을 때, 주택가에서 많이 봤잖아."

박 책임은 얼핏 기억이 났다. 하지만, 직접 하는 것은 보지 못했다. 그거라면 못할 것도 없다는 생각이 들어, 다음 주 월요일 오전 9시까지 전단지에 적힌 주소로 가겠다고 결심한다.

오전 8시 45분인데 건물 앞에 사람이 잔뜩이다. 역시나 다들 일자리를 구하는 중이다. 그만큼 국제유가 하락에 따른 충격이 크다. 많은 사람들이 직장을 잃고 밖으로 떠밀려 나왔다. 박 책임도 그중의 하나다. 캐나다 밴쿠버에 와서 어렵게 엔지니어로 에너지 산업에 취직이 되었으나, 한 달을 딱 채우고는 바로 정리 해고lay off를 당했다. 그게 작년 8월 19일이다. 그리고, 1,300킬로미터를 운전해서 오일 산업의 현장인 앨버타주의 수도, 에드먼턴으로 이사를 왔다. 아직 6개월 버틸 자금은 통장에 있다. 하지만, 빨리 직장을 가져야 한다. 그렇지 않으면 서울에서 송금받아야 살아갈 수 있다. 그건 최악의 상황이다. 최악을 피하기 위해 여기에 왔다. 곧 CPSCanadian Property Stars가 회사 설명회를 시작한다고 몇 명의 유니폼을 입은 사람들이 소리를 친다. 안으로 들어오란다. 소라가 얘기한대로 잔디밭에 구멍을 내는 일이다. 소위, '잔디밭 공기 구멍 뚫기Lawn Aeration'는 토양에 구멍을 뚫어 주어 잔디밭에 영양 흡수, 수분 유지, 배수, 뿌리 성장과 공기 유통 등을 향상시키는 북미에서의 독특한 잔디 관리법이다. 앞뜰은 최소 40불을 받고, 뒤뜰은 크기에 따라 50불부터 크고 넓은 경우에는 100불도 받을 수 있다고 설명한다. 아침 7시 반에 집 근처에서 CPS의 밴을 타고 회사로 오면 각각 매니저를 배정받고 여덟 명이 한 팀이 되어 에드먼턴의 주거지로 기계를 트레일러에 싣고 나간다. 그다음부터는 각자가 주변에 흩어져서 일일이 집 문을 두드리고 다니면서 영업을 하고, 사람이 없으면 전단지를 편지함에 넣거나, 문앞에 꽂거나 하면서 돈을 버는 일이다. 단점이라면 하루종일 100킬로그램에 육박하는 잔디밭 구멍뚫는 기계Aerator를 끌고 다니면서 직접 영업을 해야 했고, 화장실이 따로 없어서 길거리에서 알아서 해결해야 한다는 것이었다. 또, 본인의 실적에 따라 저녁에 많은 현금을 가져갈 수도 있지만, 최악의 경우에는 빈손으로 귀가할 수도 있다는 사실이었다. 관심 있는 사람은 CPS에서 오늘 실시하는 안전교육에 참석하고 확인증을 받아야 내일부터 근무할 수 있었다. 박 책임은 안전교육에 참석하고, 내일부터 일을 시작하기로 마음을 먹고 소라에게 메시지를 보낸다.

'안전교육 받고 갈게. 내일부터 7시 반에 팀홀튼 주차장으로 출근해요.'

"반갑습니다. 여러분! CPS의 에드먼턴 지부장 로빈 텍사비입니다. 반갑습니다."

모두 반갑지 않은 표정이지만, 억지로 박수를 친다. 한국이나 캐나다나 약장수가 무대에 서면 다 똑같다는 생각을 해 본다. 맘에는 없지만, 억지로 박수를 치니, 다시 한번 약장수가 돼지 멱따는 소리로 크게 박수를 유도한다. 또다시 억지로 큰 박수 소리가 난다.

"여러분은 운이 좋은 겁니다. 저도 3년 전까지는 여러분과 같이 그 자리에 있었습니다. 그리고, 2년 동안 최고의 성과를 거두고 올해부터 바로 매니저를 뛰어넘어 여기 에드먼턴의 지부장을 맡게 되었습니다. 여러분! 제가 하루에 얼마씩 현금으로 가져갔을까요? 이건 진짜입니다. 저도 여러분과 같이 잔디밭 공기구멍 뚫기를 여기 CPS에서 3년 전에 시작해서 첫날부터 300달러씩 많이 벌 때는 500달러씩 매일같이 벌었습니다."

양옆으로 서 있는 매니저들이 고개를 끄덕인다. 일부는 로빈 텍사비를 데리고 다니던 매니저들이라고 했다. 워낙 뛰어난 언변에 덩치가 장난이 아니다. 190이 넘는 키에 몸무게도 100킬로그램이 훨씬 넘어 보인다. 말도 엄청 빠르고 금발에 백인이다.

"여기 매니저들이 그걸 직접 목격하신 분들이고요. 저와 함께 일하셨던 분들이죠. 여러분들이 잘하실 수 있도록 여기 매니저들이 많이 도와주실 것입니다. 오늘 저는 여러분들 앞에 서서 다시 저와 같은 분들이 나오기를 기대합니다. 어렵지 않습니다. 세금은 저희가 다 계산해서 그날 저녁에 꼬박꼬박 현금을 드리게 되고요. 그날 최고의 성과를 내신 분에게는 추가로 100불을 상금으로 드립니다. 2등은 50불, 3등은 30불을 드립니다. 이렇게 좋은 일이 있나 싶으시겠죠? 물론, 좋은 일입니다만, 쉽지도 않습니다. 저기 밖에 보이는 Lawn Aerator는 무게가 거의 100킬로그램에 육박하죠. 하루 종일 끌고 다녀야 하니, 꽤 육체적으로 힘든 일입니다. 또, 집에 계시는 저희의 소중한 고객들은 어떻고요? 모두가 다 친절할까요? 아니죠. 대부분 대단히 불친절합니다. 문도 안 열어 주죠. 어떤 경우에는 엄청나게 넓은 뒤뜰을 단 돈 50불에 해 달라고 한 사람도 있었습니다. 기본적으로 150불을 받아야 했는데, 30분을 밀당해서 겨우 90불을 받아 냈죠. 언변도 뛰어나야 합니다. 여기 이민자분들이 많으신데, 한 시즌 저희와 함께하고 나시면 영어도 엄청 늡니다. 영어를 잘해야 합니다. 자. 그러면 내일 함께하실 매니저들과 소그룹으로 다시 또 모여서 더 교육을 진행하겠습니다."

말은 그럴듯했다. 박 책임도 허허실실 웃으면서 '대부분은 뻥일 테고,

5퍼센트만 믿어 보자'는 심정으로 아내 소라에게 메시지를 보낸다.

'교육이 길어질 듯해. 떠나기 전에 메시지 할게. 점심 조금 늦더라도 기다려요.'

매니저들이 영업 방법을 알려 준다. 친절하게 웃으면서 말해야 한 단다.

"저는 CPS에서 일하는 제이슨이고요. 잘 아시겠지만, 잔디를 더 푸르고 건강하게 관리하시는 데 필요한 잔디 공기구멍 뚫기 서비스를 해 드립니다. 오늘은 특별 서비스로 앞뜰은 무조건 40불이고요. 뒤뜰은 제가 한번 보고 견적을 내 드리겠습니다. 왼쪽으로 가야 하나요? 오른 쪽으로 돌아 가야 하나요?"

계속해서 반복 연습하라고 한다. 고객 앞에서 하는 영업 시나리오 다. 외워서 가야 했다. 내일은 이미 고객과 예약이 되어 있는 집들을 위주로 찾아간다. 적혀 있는 금액을 보니, 대략해도 200불은 되겠다. 그리고도 예약이 되어 있지 않은 집들의 주소가 빼곡히 적혀 있다. 내 일 아침에 다시 줄 것이라고 하면서 걸어 간다. 잠시 보여 준 것이다. 열심히만 하면 현금 100불 이상씩은 매일 소라에게 갖다 줄 수 있겠다 는 생각이 잠시 스친다.

4월 한 달을 CPS와 함께한 것 같다. 사실은 딱 9일을 일했다. 첫날 과 둘째 날, 셋째 날에는 예약된 집들이 있는 지도를 주었다. 이미 예 약이 되어 있었기에 잔디에 공기구멍을 뚫는 작업을 시작하고 끝내면 현금이 바로 주어졌다. 그러나, 그다음 날부터는 영업이 문제였다. 예약된 집이 없는 지도를 준다. 내가 직접 영업을 해야 했다. 대부분의 집에 사람이 없거나, 있어도 서비스 받을 생각이 없다고 했다. 그도 아니면, 앞뜰과 뒷뜰까지 전부해서 40불에 하려면 하고, 아니면 그만 두라고 했다. 처음 3일은 140불, 120불, 115불을 집에 가져갔다. 그러나, 딱 거기까지였다. 그다음부터는 하루 종일 오전 7시 반부터 밤 9시 반에 퇴근해도 60불을 가져오기가 쉽지 않았다. 세금과 기계 사용료, 여러 가지로 최종 금액에서 미리 빼는 금액을 제하고 나면 박 책임에게는 평균적으로 50~60불이 남았다. 더 이상 일을 지속할 수 없었다. 그 사이에 '렛츠고우투에드먼턴'이라는 한인 사이트에서 에드먼턴 검도 클럽이 있다는 사실을 알게 되었다. 매주 월요일 저녁 7시부터 9시까지 두 시간씩 모여서 훈련을 한다고 했다. 검도 2단인 박 책임은 에드먼턴 검도클럽에 나가서 우연히 윤형철 4단과 이도훈 6단을 만나게 된다. 그들은 용접을 하러 에드먼턴에 왔다가 정리해고를 당하고 잠시 쉬는 중이라고 했다. 윤형철 4단은 그 와중에도 이삿짐 아르바이트를 하고 있다고 하면서 박 책임에게 일이 있으면 연락할 테니 할 생각이 있는지를 묻는다. 이것저것 가릴 처지가 아닌 박 책임은 전화번호를 주고, 시간당 10불짜리 이삿짐 짐꾼을 시작한다.

이삿짐센터의 한국인 김도석 사장은 그야말로 진상이었다. 속좁고, 유치하고 쫀잔하기 이를 데 없는 사람이었다. 그말로는 모자란다. 째째하고 치사하고 꽁하다는 묘사를 덧붙여야 했다. 자신은 시간당 110불을 받아 챙긴다. 그리고, 윤형철 4단에게는 시간당 13달러를 주면서 주위에 한국인 사람들을 모으게 시켰다. 그리고, 그 마수에 걸려든 박 책임 같은 영주권자들은 시간당 10불에 이용했다. 어쩔 수 없는 상황에 있기에 그 일에라도 불러주니까 고마운 것도 사실이지만, 정말 유치하고 쪼잔하고 째째하고 치사하기 이를 데 없는 행동이다. 마음의 상처를 크게 받은 박 책임은 이도훈 검도 6단에게 자신의 경험을 얘기하며 아는 일자리가 없는지를 묻는다. 이도훈 6단은 자기 일처럼 크게 상심한 표정을 지으며, 한국인이 하는 사업체에는 가까이 가지 말라고 충고한다. 자신도 처음에 한국인 레스토랑에서 요리사 보조를 했는데, 시간당 14불을 준다고 하더니, 직접 가니까 시간당 10불밖에 줄 수 없다면서 하려면 하고, 말려면 말라는 식이었다고 했다. 그러면서 영어가 가능하니, 육체노동 경험이 있는 가짜 이력서를 만들어서 자신과 함께 조경회사에 면접을 한번 보러 가지 않겠냐고 묻는다. 박 책임은 부지런히 가짜 이력서를 최선을 다해서 만들어 본다. 그 모습을 지켜보는 아내 소라는 가슴이 찢어지는 고통을 참아야 했다. 하지만, 달리 방법이 없었다. 무턱대고 삼성전자를 퇴사하고 아무런 연고도 없는 캐나다에 가족을 데리고 온 무모한 도전에 상응하는 결코 쉽지 않은 일들의 연속이었고, 참기 힘든 고통의 나날이었다. 이력서를 가지고 이도훈 6단을 만나 상의하기 위해 집을 나서는 박 책임의 발걸음이 무겁다.

"잘 정리하셨네요. 여기 에드먼턴에 몇 개의 조경-건설 회사들이 있는데, 5월부터 사람을 뽑기 시작한 것 같아요. 지금이 5월 말이니까 늦지 않았을 겁니다. 저랑 같이 다음 주 월요일에 월코라고 그중에 제일 큰 회사에 직접 면접 보러 가실래요? 거기 근무하셨던 분이 알려 주셨는데, 월요일 8시쯤에 가면 사장과 직접 그 자리에서 면접을 볼 수 있고, 아마 2~3일 내로 바로 연락준다고 하더라고요. 그 분은 작년까지 근무하고 또 다른 회사로 더 좋은 페이 받고 떠나셨데요. 몸은 힘들지만, 크게 기술이 필요치 않는데, 처음 아마 18불부터 시작할 거라고 하시던데요."

"네? 시간당 18불이요? 그렇게 많이요?"

"하하하. 시간당 18불이 많은가요? 하긴, 밴쿠버에서 오셨다고 했죠? 여기 에드먼턴이 시급이 조금 더 높긴 하죠. 그리고, 워낙 사람이 귀해서 밴쿠버나 토론토보다는 조건이 좋은 건 사실입니다. 하지만, 시간당 18불 받아서는 살기 빡빡하죠. 물론, 박지훈 씨는 조만간에 엔지니어로 복귀하실 수 있을 겁니다. 조금만 참아 보세요."

박 책임은 이도훈과 함께 월요일 아침 7시 45분에 월코 본사에 도착했다. 이도훈은 이력서를 가지고 오지 않았다. 아직 준비가 되지 않았다고 했다. 그냥 박 책임이 인터뷰 하는 것만 보고 싶어서 따라 왔다고 했다. 후에 알게 된 것이지만, 시간당 18불짜리 일은 그에게는 성에 차지 않는 일이었다. 그는 자신의 능력이나 주변 상황과 관계없이 시간당 25불 이상의 일자리만 찾고 있었다. 마침 사무실에는 젊은 여성이 사무를 보고 있었는데, 그녀는 다이아나였다. 일을 하고 싶어서 왔다고 했더니 잠시 기다리라고 한다. 사장 론의 사무실로 들어가더니 이내 사장이 들어오라고 했다.

"안녕하세요? 제이슨입니다. 여기 이력서 있고요. 윌코에서 일하고 싶습니다."

"음… 한국에서 조경 관련 경험이 있군요. 그리고, 캐나다에서도 블루칼라 노동일을 해 보셨구요. 제이슨은 혼자서 일하시는 걸 좋아하시나요? 아니면, 팀 단위로 일하는 것을 선호하시나요? 전에 근무하시던 CPS는 혼자서 일하잖나요?"

당장에 눈치를 챌 수 있었다. 답은 팀 단위로 일하는 것을 좋아해야 했다. 여기는 회사니까 팀워크가 중요하지 않겠는가 말이다.

"네. 저는 팀 단위로 일하는 것을 더 좋아합니다. CPS는 조경 관련 경험을 캐나다에서 더 해 보고 싶어서 일했던 것이구요."

"알겠습니다. 집에 계시면 전화드리도록 하죠. 지금 또 하나의 프로젝트가 에드먼턴 시와 협의중에 있어서 곧 결과를 알 수 있습니다. 며칠 내로 연락할 수 있을 겁니다. 그건 그렇고, 안전화는 있나요? 저희가 안전복, 안전모와 안경은 제공합니다만…"

"네, 안전화 있습니다."

이런 면접은 전혀 어렵지 않았다. 고용하는 쪽에서 구인을 하고 있는 상황에 있었고 사람이 부족한 상황이었다. 쉽게 생각했지만, 조경 관련 건설 일용직 일은 육체적으로 굉장히 힘든 일이었다. 몇 번의 경험을 하고 나면 쉽게 하겠다고 나설 수 있는 일이 아니었다. 이도훈이 이력서를 가지고 오지 않은 이유도 그중의 하나였다. 따라서, 사람을 구하는 게 쉽지 않았다. 고용주는 매우 친절했고, 나의 태도를 눈여겨 볼 뿐, 나머지는 자기들이 교육시키고 장비도 제공하고 모든 것이 호의적인 분위기였다. 구직을 하는 입장에서는 가장 좋은 면접 상황이다.

"취직될 가능성이 높으신 것 같습니다."

이도훈은 면접하는 것을 주의 깊게 들은 모양이었다. 가는 길에 팀홀튼에 가서 커피 한 잔씩을 들고 애기를 더 나눈다.

"그러게요. 매우 친절하고 시간당 $18.50라고 하네요. 첫 출발 시급이…. 여러모로 고맙습니다."
"뭘요. 제가 뭘 했다고요. 아무튼, 다행입니다. 기다리시면 전화오지 싶네요. 저는 조금 더 알아보고 결정할 테니, 계속 연락주시고요."

이도훈은 만날 사람이 있다면서 팀홀튼에 계속 남겠다고 했다. 박책임은 서둘러 소라에게 좋은 소식을 전해야겠다고 생각하고 자리에서 일어났다.

이틀 후인 수요일에 사장인 론으로부터 직접 전화가 왔다. 프로젝트를 수주했으니, 목요일에 당장 출근할 수 있냐고 했다. 박 책임은 기쁜 목소리로 출근하겠다고 했다. 이제 생활비를 벌 수 있다. 밴쿠버의 한적한 시골 미션에서 엔지니어로 한 달을 근무한 게 지난 2년 동안에 정상적인 경제 활동의 처음이자 마지막이었는데, 이제 새롭게 다시 시작할 기회가 생겼다. 버티면서 엔지니어 기회에 계속 도전할 수 있는 발판이 마련된 것이었다. 한편으로는 맞는 말이지만, 다른 한편으로는 막노동 경험이 없는 박 책임의 무모하고 미련한 도전이자 결정이었다. 어쩌면, 정말 만에 하나라도 어쩌면… 캐나다에서의 삶은 그렇게 시작된 채로 그렇게 끝날 수도 있는 것이었다. 매일 흙마와 싸우고, 삽질을 하고 해머질을 하면서 위험하고 험한 환경에서 겨우겨우 살아갈 생활비를 벌어 가는 삶을 살려고 캐나다에 온 것이 되어 버릴 수도 있다. 모든 것은 박 책임이 결정할 수 있는 것이 아니란 사실을 그제서야 깨달았다. 삼성전자를 퇴사하고 가족과 함께 캐나다로 이주하는 일은 자신이 결정할 수 있는 일이었지만, 외딴 곳에서 가족을 건사하며 '나는 이런 사람입니다. 이런 일을 시켜 주시면 해낼 수 있습니다' 하고 고용주를 설득하는 일은 그렇게 간단한 일이 아니었다. 지난 2년간 그것을 몸소 체험했다. 너무도 비싼 값을 치렀다. 주거와 교육, 노후에 대해서는 나름 일관성 있는 가치관을 계속 유지했지만, 직장과 관련해서는 가치관이 완전히 바뀌었다. 그래야만 했다. 옳지 않았고, 맞지 않았다. 대단히 위험했고, 너무 몰랐다. 대학원 7년을 큰 어려움 없이 공부하고 삼성전자라는 대기업에서 5년 동안 잘 갖춰진 시스템 아래에서 일했기 때문에 혼자서 모든 것을 처리해야 하는 지금과 같은 상황에 놓여서는 할 수 있는 일이 많지 않은 것이었다.

"제이슨, 왔군요. 여기는 울프 체프스키, 저희 윌코의 안전 담당자에요. 오늘 처음 출근하는 제이슨, 잭, 토마스, 라이언 모두 울프가 진행하는 안전 교육을 오전에 수료하시기 바랍니다. 점심 먹고 오후에 첫 미션을 드리죠. 이따 봅시다. 아참, 교육 시작 전에 제이슨만 나랑 따로 제 사무실로 갑시다."

사장인 론은 제일 나이가 많고, 유일한 동양인인 제이슨을 따로 사무실로 불렀다.

"제이슨, 팀 리더 경험이 있나요?"
"네. 한국에서 팀을 이끌고 일해 본 경험이 많습니다. 할 수 있습니다."
"그럼, 저기 세 명의 아이들을 책임지는 현장 감독을 맡아요. 대신 시간당 19불로 50센트 올려드리죠."
"아. 네. 고맙습니다. 잘해 보겠습니다."

제이슨은 기분이 좋으면서도 한편으론 걱정이 앞섰다. 아무런 경험이 없지만 거짓말을 한 건데, 사장이 저렇게 눈치가 없을까. 팀을 이끄는 리더십에는 자신감이 있지만, 이런 일은 처음이지 않은가. 부딪혀 보는 수밖에 달리 뾰족한 수가 없다. 제이슨은 울프를 따라 2층으로 올라가서 프리젠테이션 자료를 보며 교육을 받았다. 테스트를 치르고 안전 교육 수료증을 받은 후 새로운 팀원들과 2층에서 도시락을 까 먹는다. 세 명의 백인 청년들은 모두 순진했다. 제일 나이가 어린 라이언은 키가 170에 몸무게가 58킬로그램으로 비실비실해 보였지만 깡다구가 있었다. 일을 찾아 동부 온타리오주의 토론토에서부터 3,500킬로미터를 운전해 온 스물두 살의 밝은 청년이었다. 조경 공사일을 해 본 적은 있지만, 시급이 시간당 14불인 토론토보다 이곳 에드먼턴에서 18불을 받고 겨울까지 일하고서 겨울에는 잠시 부모님 댁에 가서 쉬고 내년에 다시 올 생각이라고 했다. 나이가 스물다섯 살인 토마스는 185센티 키에 100킬로그램이 넘는 거구였다. 에드먼턴에서 애인과 함께 동거 중인데, 오일 산업이 한창일 때는 시간당 30불에 하루 열두 시간씩 포트 맥머리에서 일하면서 많은 돈을 저축했다고 한다. 애인은 팀홀튼 매니저라고 했고, 자주 통화를 했다. 27살인 잭은 183센티미터에 70킬로그램으로 딱 좋은 체격이다. 에드먼턴에서 부모님과 함께 살고 있으면서 아마추어 기타리스트인데, 밴드 활동을 하기 위해 여름에는 노동일을 하고, 겨울에는 밴드 활동을 한다고 했다. 모두 착하고 말도 많았다.

점심을 먹고 나서 다 함께 건물 밖으로 나와 담배를 한대씩 피고나니, 안전 책임자 울프가 안전복, 안전모와 안경을 지급해 준다. 포어맨인 제이슨은 흰색 안전모를 받았고, 나머지 세 명은 모두 신참자가 써야 하는 초록색 안전모를 받는다. 북미의 건설 현장에서 사용하는 안전모는 색깔에 따라 다른 의미를 갖고 있다. 흰색은 현장 감독이면서 모든 책임을 지는 포어맨이 착용한다. 현장에서 어떤 문제가 있거나 급한 일이 있어서 책임자와 얘기해야 할 때는 흰색 안전모를 쓴 사람을 찾아가 당신이 현장 책임자, 현장 감독이냐고 물어야 한다. 파란색은 경험이 있는 유경험자들이 착용한다. 1년 이상의 경험이 있는 경력자들이 착용하므로 그들은 자신들이 무엇을 해야 하는지를 잘 알고 있으며, 안전 관련 충분히 숙련이 된 경험자들이다. 신참자들은 모두 초록색 안전모를 착용한다. 이들은 관리 감독이 필요하고, 계속 예의 주시해야 한다. 건설 현장에 처음으로 투입된 사람들이 대부분이고 건설 일용직이 얼마나 위험한지에 대한 의식이 얕기 때문에 잘 지도하고 관리해야 한다. 일반적으로 현장에서는 초록색 안전모를 쓴 신참자와 파란색 안전모를 쓴 경력자가 함께 어울려 일하게 한다.

"헤이, 제이슨! 잠시 저랑 오후에 할 일 의논할까요? 다른 분들은 2층 휴게실에서 커피 마시거나 담배 계속 피워도 됩니다."

사장 론의 둘째 아들이면서 프로젝트 매니저인 제프가 제이슨을 부른다.

"오늘은 노스사스카추원강 바로 남쪽의 글레노라Glenora라는 동네에 23번 F350 트럭을 몰고 가서 일하면 됩니다. 제이슨이 포어맨이고, 잭, 토마스, 라이언과 함께 일하세요. 거기에는 이미 토니가 팀을 이끌고 일하고 있으니까 토니에게 자세한 미션을 전달 받도록 하면 될텐데요. 글레노라는 A, B, C 구역으로 나뉘어서 일을 하고 있어요. 토니 팀이 벌써 레이킹Raking(땅을 평평하게 고르고 가는 일)을 한 A 구역으로 가서 도로 양쪽의 가로수 구역을 더 평평하고 고르게 레이킹 해 주세요. 필요하면 트럭에서 톱소일topsoil(질이 좋은 1급 토양)을 더 추가하도록 하고요. 그리고, 만약 C 구역에 멀치mulch(향이 나는 나뭇조각, 가로수 뿌리 주위를 덮어 모양을 내는 재료)가 모자란다고 하던데, 거기에 멀치를 뿌려 주시고요. 준비되면 트럭에 아이들 태우고, 회사 나가서 좌회전 하자마자 오른쪽으로 우리 회사 스토리지야드Storage Yard가 있잖아요. 문이 열려 있을테니, 주차하고 있으세요. 제가 밥캣Bob Cat(소형 포크레인, Skid Steer)을 몰고 바로 뒤따라가서 톱소일과 멀치를 실어 줄게요."

"네, 알겠습니다."

글레노라는 서울 강남의 압구정동 같은 동네다. 다시 말하면, 에드먼턴에서 가장 부유한 사람들이 사는 강남 부촌이다. 그곳의 도로 양쪽 가로수를 뒤덮고 있는 잔디가 꽤 오래되어서 그것을 새롭게 까는 일을 윌코가 작년에 수주한 것이다. 벌써 토니 팀이 5월 달부터 일을 시작한 곳인데, 밥캣을 운전하는 테크니션은 브라이언이었고, 나머지 세 명의 일꾼이 더 있었다. 제이콥, 매튜, 마틴이었는데, 그들은 하루 종일 삽질과 레이킹을 했고, 브라이언과 포어맨 토니가 소형 포크레인인 밥캣을 운전해 톱소일을 계속 가로수길에 퍼 담았다. 하루에 덤프트럭 8대분이 깔린다고 했다. 제이슨 팀은 그들이 지나간 구역 A에 가서 레이킹을 더 정교하게 하고 곧이어 '소드sod'라고 하는 잔디말이를 까는 임무를 받았다. 소드는 계란말이나 김밥말이처럼 잔디를 말아놓은 것을 말한다. 소드를 만들기 위해서는 넓은 땅에 톱소일을 뿌려서 정교하게 레이킹을 하고 이어서 거름을 뿌려 주고, 그 위에 잔디 씨앗을 뿌린다. 물을 충분히 뿌려 주고 햇볕을 쬐어 주면 잔디가 돋아난다. 상당한 정도로 잔디가 성장하면 소드 커터로 뿌리 길이가 1.5인치 정도 되도록 얇게 벗겨 내고 2피트 × 6피트 길이의 직사각형으로 잘라서 둘둘 말면 그것이 소드라고 불리는 잔디말이가 되는 것이었다. 제이슨은 팀을 이끌고 글레노라에 도착해서 토니에게 다가간다.

"토니! 안녕하세요? 오늘부터 월코에서 일하게 된 제이슨이에요. 혹시 제프에게 전화 받으셨나요?"

"제이슨, 어서 와요. 안그래도 전화받고 기다리고 있었죠. 팀홀튼에서 미디엄 아이스캡 네 잔을 추가로 시켰으니, 마시면서 얘기합시다. 어이! 다들 이리 와서 아이스캡 가지고 가요."

엄청 친절한 백인 아저씨다. 4년 차 포어맨인 토니는 다른 백인 포어맨들과 다르게 본인도 일을 하는 아주 깔끔한 사람이다. 일꾼들 모두가 토니와 함께 일하기를 원했고, 어떤 잡음도 일어나지 않았다. 그렇지만, 그러다 보니 토니 팀이 맡은 일은 대단히 위험하고 까다로운 일이 많았다. 이 글레노라만 해도 부촌이다 보니, 공사 현장을 바라보는 주민들의 시선이 친절하지 않았으며, 공사 현장이 지저분해지거나, 비가 와서 진흙탕이 되면 에드먼턴 시와 회사 본사로 엄청나게 많은 불평 전화가 걸려오곤 했다. 토니는 글레노라에서 발생하는 잦은 분쟁을 자신의 인품과 훌륭한 커뮤니케이션 스킬로 극복하면서 월코에 큰 이익을 남겨 주고 있었다. 사장인 론의 토니에 대한 신뢰는 절대적이었다.

"여기 B 구역은 우리가 지금 덤프트럭 여섯 대분까지 길가 양쪽을 가로막고 가로수길에 쏟아붓고 있어요. 소형 포크레인 두 대가 계속해서 1급 토양을 채워 넣으면 일꾼들이 대략적으로 레이킹을 해서 땅을 고르고 있고, 한 명은 양쪽의 길가를 청소해 나가면서 계속 진군하고 있죠."

"대단하십니다."

"뭘요. 제이슨 팀은 저희가 이미 해 놓은 저 뒤쪽의 A 구역으로 가서 매일 오전에는 레이킹을 하고 오후에는 회사에서 배달되는 소드를 까시는 거예요. 오늘은 먼저 C 구역에 있는 가로수에 멀치를 덮어 주시고 그게 다 끝나면 A 구역으로 가서 레이킹을 시작해 주세요. 회사까지는 15분이면 가니까 퇴근시간을 피해서 아예 6시 넘어서 퇴근하세요. 5시에서 5시 반 사이가 가장 붐벼요. 6시 넘으면 15분 안 걸려요."

"고맙습니다. 그러면, 아이들 데리고 C 구역에 먼저 가서 가로수에 멀치 얹고 그리고, 지도에 있는 A 구역의 처음으로 가서 레이킹 시작하겠습니다."

"네. 레이킹할 때, 우리는 대충 했지만, 제이슨 팀은 정확히 콘크리트와 깊이가 1.5인치 차이가 나도록 해야 합니다. 소드의 흙 두께가 1인치가 조금 넘거든요. 그래야 정확히 잔디가 콘크리트와 일치하게 됩니다. 아시죠?"

"네, 잘 알고 있습니다. 필요한 게 있으면 전화드릴게요. 고마워요, 토니!"

"네, 언제든지 전화주세요. 그리고, 우리의 고객인 Lafarge (대형 건설사) 포어맨인 마크랑 에드먼턴 시의 담당공무원인 루이스가 가끔씩 들러요. 혹시 물으면 친절하게 새로 온 포어맨이라고 하시고요. 6월 말까지만 여기서 소드 깔다가 7월부터 니스큐로 가신다고 하면 되요."

"네? 6월 말까지만 여기서 일하고 7월부터는 니스큐로 간다고요?"

"아니, 몰랐어요? 우리가 니스큐 프로젝트 따서 제이슨 팀 하이어링 한거잖아요? 거기 왕복 8차선 도로에 펜스 설치하고 잔디 심는 거 3년 짜리 프로젝트 엊그제 확정되어서 우리한테 다시 넘어왔잖아요. 랜드 스케이프프로Landscape Pro에서 월코로"

"아, 그랬군요. 저는 그 사실은 몰랐어요. 오늘 오전에는 안전교육 받고 오후에 그냥 여기로 가라고 해서 아이들 데리고 온 거거든요."

"아… 제프랑 론이 설명해 주지 않았나 보군요. 그리고, 제이슨은 월요일 오전 7시까지 회사로 와야 해요. 포어맨 미팅이 매주 월요일 오전 7시부터 30분간 있으니까요."

"여러 가지로 고마워요. 토니, 그럼 가 보겠습니다."

토니는 자상한 사람이었다. 캐나다에 오면 백인들이 모두 토니처럼 자상하고 친절할 줄 알았지만, 그건 한국인인 박 책임만의 착각이었다. 아주 드문 인간이다. 그리고, 언제 어떻게 돌변할 줄 모른다. 그게 지난 2년간 겪어 본 캐나다 백인들의 행동 양식이었다. 나중에 안 일이었지만, 제이슨이 아니면 니스큐 프로젝트에 토니 팀이 투입되어야 할지도 모르는 일이었다. 니스큐 프로젝트는 육체적으로 정신적으로 극단적인 프로젝트였다. 랜드스케이프 프로라고 업계 2위 회사가 에드먼턴 시의 인스펙션을 통과하지 못하고 월코로 프로젝트를 이관한 이유도 뙤약볕에서 하루 종일 흙먼지와 싸워야 하고 하루에 4,000번 이상의 해머질을 해야 하는 극단적인 프로젝트 성격에서 비롯되었다. 시간당 18불 50센트에 그 정도의 극단적인 노가다를 견뎌야 하는 일을 불평 없이 할 사람은 캐나다에서 찾기 쉽지 않았다.

다음 날 아침 7시 10분에 윌코에 도착한 제이슨은 도로에 차를 주차하고 회사로 들어간다. 오늘부터는 정식으로 팀을 하루 종일 운영하게 되었다. 토마스, 잭, 라이언도 회사에 도착해서 안으로 들어와 인사부터 한다.

"안녕하세요, 보스!"

"그래, 안녕! 톰, 잭, 라이언."

"오늘도 글레노라로 가는 거죠?

"맞아, 6월달에는 계속 글레노라로 갈거야. 오늘은 오전에는 레이킹하고, 오후에는 소드 깔 거야. 옐로 나이프(북미의 건설공사에서 사용하는 노란색 칼) 다들 하나씩 챙겨. 그리고, 오후에 혹시 비가 온다는 소식이 있는데, 추울지 모르니까 차에 추가로 옷이 있으면 챙겨서 가지고 가라."

"네. 보스!"

레이킹을 하면서 다들 신나서 떠들어 댄다. 라이언이 토론토에서는 같은 일이라도 시급이 훨씬 적다면서 신나했고, 토마스와 잭도 오일 산업에서 정리해고 된 후에 친구들은 모두 일자리를 아직 구하지 못했는데, 자기들은 구해서 다행이라고 했다. 그리고, 아직까지 레이킹은 쉽고 간단한 일이었다. 오전이라 그렇게 덥지도 않았거니와, 포어맨 제이슨은 토니처럼 팀원들에게 아주 친절했기 때문이었다. 땅을 평평하고 고르게 하는 일은 이미 어느 정도 작업이 되어 있는 상황에서는 어렵지 않았다. 오후가 되자 소드 트럭이 도착을 했다. 양이 어마어마 했다. A 구역에 띄엄띄엄 팔레트 단위로 소드를 놓아 주어서 제이슨 팀이 잔디를 깔기 시작한다. 2피트 × 6피트 한장을 먼저 깔고 나면 옆에는 엇갈려서 지그재그로 깔아야 나중에 잔디가 풍성하고 완벽하게 자란다. 끝으로 가면 엘로나이프로 정리해서 콘크리트 보도블럭에 딱 맞도록 해야 했다. 오후 4시가 되자, 갑자기 어두워지면서 소나기가 쏟아진다. 모두 당황했지만, 제이슨이 트럭으로 올라타라고 지시한다.

"작업 중지! 모두 트럭으로 가!"
"담배 한 대씩 피우면서 소나기가 지나가기를 기다리자."

소나기가 지나가고 나서 다시 소드를 깔기 시작하는데, 그 사이에 물을 한참 머금은 소드가 엄청 무거워졌다. 거기에 진흙이 온몸에 묻는다. 아주 지랄이다. 손이며, 얼굴이며 가슴이 진흙투성이다. 간단히 지나가고 마는 여우비에도 이렇게 지랄이면, 비가 많이 내리는 한여름에는 문제가 심각하겠다는 생각이 든다. 그렇게 6월의 하루가 지나고 퇴근했더니, 소라가 온몸에 묻은 진흙을 보며 깜짝 놀란다.
"아니, 잔디 깐다고 하지 않았어요?"
"응, 아까 비가 잠깐 왔었잖아. 소드에 잔디랑 뿌리에 붙은 진흙이 있는데, 그게 물을 엄청 먹어 가지고는 전부 진흙투성이가 되어 버렸네…. 자기가 빨래하기가 힘들겠어."

"빨래야 하면 되는 거지만, 손이며 얼굴이며 전부가 진흙투성이네요. 아이고, 우리 신랑 이런 일 한 번도 안 해 봤는데, 어쩌면 좋아."

"괜찮아. 그건 그렇고, 이메일 확인해 봤어? 뭐 연락온 데는 없어? 어제 저녁에도 다섯 군데나 지원했는데…"

"연락이 있었으면 내가 메시지 보냈죠. 아무 연락도 없어요. 그리고, 오일 가격은 더 떨어지고 있어서 별로 기대하기도 힘들겠어요."

"그래, 이제 일 시작한 지 이틀인데 뭘… 누가 오래 버텨 내느냐가 문제야. 오래 버텨 내는 사람이 이기는 거야. 힘내자구. 배고프다. 밥 먹자."

"네."

6월 마지막 주 월요일 오전 7시 포어맨 미팅이 끝나자, 사장 론이 제이슨을 사무실로 부른다.

"제이슨, 오늘부터 니스큐 프로젝트를 시작합니다. 잭, 토마스, 라이언이랑 니스큐로 가면 제프랑 내가 갈 거예요. 자세한 설명은 거기서 하겠지만, 이 프로젝트는 아주 중요해요. 현재는 업계에서 우리가 1위지만, 2위 업체와 차이가 얼마 나지 않아요. 이 프로젝트를 성공하고 나면 내년에 에드먼턴 시에서 나오는 프로젝트의 절반 이상을 우리가 수주할 수 있다고 봅니다. 내가 특별히 제이슨에게 이 프로젝트를 맡기는 거는 지난 한 달 동안 진짜 열심히 잘해 주어서 믿음이 가서 그런 거니까 꼭 성공시켜야 해요. 시간당 1불을 올려 줄게요. 시간당 20

불로 다음 페이첵부터 올려 줄게요."

"론, 정말 고맙습니다. 잘할게요. 당신은 우리 회사의 아버지 같은 사람이잖아요. 우리는 전부 가족 같은 사이고요. 언제까지 끝내야 하는 건가요?"

"9월 말까지 반드시 10킬로미터 도로의 양쪽과 가운데에 말뚝을 다 박아서 펜스를 만들고 잔디를 깔아야 해요. 그게 에드먼턴 시와의 약속입니다."

"저희 팀이면 할 수 있을 겁니다. 아이들도 말을 잘 듣고, 어려움이 있으면 제가 요청드릴게요."

제이슨은 흙마를 너무 가볍게 여겼다. 돌이켜 보면 박 책임은 너무 가볍게 생각하는 경향이 있었다. 무작정 캐나다로 이사를 하면 미국과 가까운 북미 지역이니까, 애플에 취직하기도 쉬울 것이라 생각하질 않았나. 애플이 아니더라도 미국의 회사가 많은데 취직 걱정일랑 천천히 해도 늦지 않다고 생각하질 않았나. 직장에 대해서는 겨우 5년 차 경력이면서 선배들의 걱정과 우려에 전혀 개의치 않았던 것이다. 그건 큰 실수였고, 고스란히 자신에게로 되돌아오는 부메랑이 되었다. 일을 시작하자, 그동안은 괜찮았던 팀 분위기가 험악해졌다. 그리고, 일이 힘들자, 말들이 많아지고 쉬려고 하는 기색들이 역력해졌다. 그럼에도 토마스는 묵묵하게 6파운드 해머로 땀을 비 오듯이 흘리며 일을 계속했는데, 말이 많은 잭과 라이언에 대한 불만이 심심치 않게 느껴졌다. 제이슨은 조금씩 이상한 기분을 느꼈고, 조만간에 팀 분위기를 바꿔야지 안 되겠다는 생각을 하기에 이른다.

그러던 8월 중순의 어느날, 산업도로에 오토바이 한대가 나타났다. 그 녀석은 앞바퀴를 들고 질주하더니, 우리가 잘 손질해 놓은 양쪽 차선의 가운데 아치형 흙에 바퀴자국을 이리저리 내고 다니면서 계속 우리를 놀려대었다. 톰이며, 잭과 라이언이 깜짝 놀라 소리를 지른다.

"야, 이 개새끼야, 저리 꺼져! 왜 우리가 작업한 걸 다 망쳐놓는거야? 저리 가지 못해?"
"이런 씨발놈아, 죽여 버린다. 당장 꺼지지 못해?"

다들 쌍욕에다 해머를 바닥에 내동댕이친다. 벙커 레이크를 몰던 톰이 오토바이를 쫓아 가 보지만, 속도가 다르다. 쫓아 갈 수가 없다. 녀석은 재미있는지 계속 작업해 놓은 땅바닥을 엉망진창으로 만들고 다닌다. 제이슨은 주위를 둘러본다. 짱돌이 몇 개 보인다. 안전복 주머니에 몇 개를 넣고, 양 손에 하나씩을 들었다. 조용히 오토바이를 향해 걸어간다. 오토바이를 모는 놈은 혼자서 신났다. 곱게 갈아놓은 평평한 땅을 다 파놓는다. 들쑤셔놓는다. 작업을 다시 해야 한다. 다가오는 제이슨의 손에 아무것도 없는 줄 알았던 녀석이 흠칫 놀란다. 그러나, 이미 늦었다. 제이슨이 힘껏 던진 짱돌이 녀석의 오토바이와 녀석의 등짝을 맞춘다. 주머니에서 계속 돌을 꺼내 도망가는 녀석을 향해 쫓아가면서 던진다. 드디어 저 멀리 사라져가는 오토바이가 더 이상 먼지를 일으키지 않는다.

이번 일로 제이슨의 깡다구가 회사 내에 대대적으로 소문이 났다. 제이슨의 모험담이 모두에게 전달되면서 계속해서 부풀려졌다. 다음 주 월요일 포어맨 미팅이 끝나자 선배 포어맨들이 한마디씩 하며 지나간다.

"짱돌을 던졌다며?"

"머리를 정통으로 맞혔다며?"

"그 녀석, 헬맷을 썼는데도 졸도를 해서 한동안 깨어나지 못했다며?"

"제이슨이 오토바이를 아작을 냈다며? 발로 부수고, 짱돌로 찍고 아주 작살을 냈다며?"

"그 녀석이 겁을 먹고, 자기가 헤집어 놓은 곳은 다시 레이킹 하고 오토바이는 버리고 갔다며?"

"대단하다. 대단해!"

제이슨은 웃음이 나오는 것을 억지로 참으면서 그들이 하이파이브를 청해 올 때마다 손뼉을 마주친다. 그리고는 잭, 톰, 라이언에게 얼마나 소문이 부풀려졌는지를 설명하면서 박장대소를 했다. 이 일이 있고 나서는 팀워크에 문제가 없었다. 모두 제이슨의 눈치를 보면서 팀워크를 해치는 행동을 하지 않았다. 9월 말까지 무사히 10킬로미터의 대장정을 마친 제이슨 팀은 다시 글레노라로 복귀해서 토니 팀과 함께 일을 시작했다. 10월 초 어느 날, 제이슨은 프로젝트 매니저인 제프로부터 한 통의 메시지를 받는다. 내용은 다음과 같았다.

'Jason! We passed the first inspection. Thank you for all your work out there. Jeff'

잭과 톰, 그리고 라이언에게 메시지를 보여 줬다. 모두 하이파이브를 했다. 굉장히 좋은 징조였다. 올 겨울에 눈치우기 Snow Removal 작업에 한 발짝 다가설 수 있다. 캐나다의 조경-건설 일용직은 늦봄부터 초겨울까지만 일을 주는 한시직이다. 초겨울이 되면 즉, 11월 말이 되면 정리해고를 한다. 꼭 필요한 사람들만 잡아두려고 눈치우기 계약을 따내고 밥캣과 일꾼들이 한 팀이 되어 월마트나 코스트코 같은 대형 주차장을 둔 곳이라든가 시청 등의 정부 주차장 눈치우기를 한다. 눈이 오면 어마어마하게 오고, 또 겨울이 길고 자주 눈이 내리기 때문에 눈치우기 작업도 꽤 중요한 돈벌이다. 제이슨 팀은 지금 열일곱 개 포어맨 팀 중에서 꼭 챙겨야 하는 일곱 개 팀에 거의 마지막으로 턱걸이를 하려는 중이다. 쉽지 않지만, 계속 좋은 성과를 내면 사장인 론이 어떤 결정을 내릴지 알 수 없다.

월코에 근무하면서 매일 몇 군데, 통틀어 수십 군데가 넘는 엔지니어 잡에 지원을 했지만, 단 한 군데서도 연락이 없었다. 박 책임은 아내 소라에게 걱정스러운 듯 속삭인다.

"자기야, 아무래도 오일 쪽으로 발을 들여 놓는 게 아니었나 봐. 이제 어떻게 하지?"

아내 소라는 그냥 눈물만 글썽인다. 남편이 고생하는 것도 눈물 겹고, 자신의 인생뿐 아니라 아이들까지 지금 힘겹게 버티고 있어서 걱정이 태산이다. 그동안 한국에서는 남편인 박 책임만 믿으면 웬만한 일들을 다 해결할 수 있었다. 그런데, 여기 캐나다에서는 그게 통하지 않았다. 남편이 힘들어했다. 더군다나, 남편의 문제도 아닌 것 같았다. 알게 모르게 차별이 심하고, 더군다나 전 세계 경제가 좋지 않고 오일 가격이 하루가 다르게 내려가고 있어서 점점 더 겁이 났다. 앞 일을 예측할 수 없었다.

"사실은 오늘 퇴근하다가 EPS_{Edmonton Police Service}에서 'We are hiring!'이라고 하면서 조만간 채용 설명회 한다는 대형 푯말을 네 개나 봤어. 곳곳에 설치해 놓았더라구."
"나도 도서관에 책 빌리러 다녀오다가 푯말 봤어요."

아내 소라도 관심 있게 쳐다봤었다. 다음 주 월요일 오후 7시부터 9시까지 다운타운 EPS 본부 건물에서 'EPS Hiring Information Session'을 한다는 내용이었다. 시민권자나 영주권자이면서 고등학교 학력 이상이면 누구에게나 문이 열려 있으며, 지금 에드먼턴에는 경찰관이 모자라서 앞으로 네 클래스, 160명을 최대한 빨리 모집한다는 내용이었다. 심지어는 앨버타주 에드먼턴 뿐 아니라, BC주와 사스카추원주, 온타리오주에서도 채용설명회를 할 계획이라는 내용이었다. 웹사이트에 들어가 봤더니, 대대적으로 광고를 하고 있었다.

"채용 설명회에 한번 가 볼까? 다음 주 월요일 오후 7시면 일 마치고 딱 맞는 시간이야."

박 책임은 한껏 기대감에 부풀어 아내 소라에게 자신의 백업 플랜을 이야기 한다.

"글쎄, 자기가 이민자인데 될까?"

아내 소라는 시험을 통과하는 것보다 이민자 차별을 더 걱정한다.

"경찰관이 모자라는 것 같던데? 그러니까 대대적으로 광고하고 그러지. 아마 에드먼턴이 경기가 좋다가 안 좋아지니까 범죄가 많아지는 모양이네. 또 사람들은 사람들대로 딴 데보다 여기가 그나마 회사가 있어서 모여들고 하니까 경찰관이 모자랄 수도 있지. 정부야 그동안 오일 산업의 회사들로부터 받아놓은 세금이 충분히 많을테고. 영주권만 있으면 된다잖아."

아내 소라는 잠자코 말이 없었다.
박 책임도 혼자 깊은 생각에 잠긴다. 이쯤에 오니 명확히 해야겠다는 생각을 한다. 회사를 옮기는 일은 말 그대로 직장을 갖고 있는 상태에서 근무하는 회사만 바꾸는 것이 되어야 했다. 먼저 회사를 그만두고 천천히 다음 회사를 알아본다는 생각은 버려야 했다. 절대 그렇게 되지 않는다. 아주 특별한, 정말 말도 안 되는 그런 특수한 경우를 제외하고는…. 그러니까, 이직은 재직중에 하는 것이다. 자신의 재능과 능력이 최고일 때, 충분하고 확실한 보상을 받고 자신의 발전을 도모할 기회를 주는 회사가 나타나면 그 때 이직하는 것이 베스트다. 삼성에 있을 때 함부로 퇴직하지 말고, 이직을 했어야 했다. 뼈저리게 후회한다. 이미 늦었다. 항상 다양한 옵션을 가지고 오픈 마인드로 대화에 나서고 나에게 유리한 상황이 만들어 질 때를 기다릴 줄 알아야 하고, 때가 오면 놓치지 않을 줄도 알아야 했다. 한국에서 북미로 지역을 옮기는 것은 아무런 도움이 되지 않았다. 오히려 이직과 관련해서 지역을 옮기고자 노력했다면 훨씬 일이 수월하게 풀렸을 수 있었겠다는 생각을 해 본다. 쓸데없는 생각이 드는 이유는 이제 현실을 깨달았기 때문이었다. 쉽지 않았다. 엔지니어 취직 자리가 거의 불가능하다는 생각이 점점 마음 깊은 곳에서 느껴지기 시작했다.

10
플랜 B, EPS

월코에 근무한 지 5개월째 접어드는 10월이 되었다. 곳곳에 울긋불긋하고 노랗게 단풍이 물들었다. 이제는 제이슨도 제법 포어맨 티가 난다. 밥캣 운전도 400시간 넘게 해 봤고, 트레일러 주차도 거의 한 번에 완벽하게 할 수 있었다. 한국기업 '두산'이 생산하는 밥캣은 조이스틱이 두 개였다. 왼손과 오른손을 이용하도록 되어 있다. 밥캣은 북미의 건설현장에서 아주 쓸모가 많은 중장비다. 왼손 조이스틱으로는 앞뒤 좌우로 바퀴의 움직임을 제어하고, 오른손 조이스틱으로는 암arm과 버킷bucket의 움직임을 콘트롤한다. 토끼 모양의 옵션을 선택하면 굉장히 속도가 빨랐고, 거북이 모양의 옵션을 선택하면 속도가 느려져서 제이슨은 항상 거북이 옵션을 선택했다. 밥캣 운전자는 경력에 따라 다르긴 했지만, 보통 시간당 22불 이상으로 출발하고 일반적으로는 시간당 25불을 받고 있었다. 트레일러를 주차하는 것도 포어맨으로서 반드시 갖추어야 할 또 하나의 기술이었다. 트레일러를 후진할 때가 중요한데, 일반 차량의 후진과 반대 방향으로 후진해야 한다. 제이슨은 처음에 트레일러를 주차하면서 팀원들의 도움도 필요했고, 10분 이상이 걸렸지만, 10월에 접어들자 더 이상 팀원들의 도움이 필요없었고, 혼자 좁은 공간에도 정확히 트레일러와 트럭을 밀어 넣어 후진 주차를 할 수 있었다.

11월이 되자, 토요일 근무가 없어지고, 오버타임도 없어졌다. 일부 태도가 불량하던 직원들도 더 이상 일이 없다는 이유로 해산dismissal, 즉 정리해고 되었고 회사 전체가 겨울을 준비하는 시기에 접어들었다. 그 사이에 제이슨은 EPS의 채용설명회에 참석했었고, 더욱 관심을 갖기 시작한다.

"소라야, 매주 월요일 오후 5시부터 7시까지 RWRRun With Recruiters이라고 그리스바흐 훈련 센터Griesbach Training Center에서 현직 경찰관들이랑 지원자들이 함께 체력 훈련을 한다네. 나도 참석했으면 좋겠는데… 어떻게 생각해? 회사랑 훈련장이랑도 차로 10분 거리밖에 안 돼. 아주 가까워."

"지금은 6시에 끝나잖아요. 중간에 가는 건 좀 아닌 것 같은데…"

"월요일은 오전 7시에 포어맨 미팅이 있잖아. 아이들한테 내가 약속이 생겨서 그런데, 월요일만 5시에 일찍 끝내자고 하면 동의해 줄 것 같아. 그래도 9시간 반이나 일하는 거야. 나머지 시간은 그 주 아무 날이나 채우면 되니까. 그리고, 우리 팀이랑 토니 팀만 오버타임을 해 주고, 다른 팀은 다 오버타임 안해 주거든. 곧, 오버타임 없어지면 바로 훈련 시작하면 좋겠어."

"그거 괜찮네요. 한번 해 봐요. 내가 츄리닝을 따로 싸 줄 테니까 옷은 깨끗하게 갈아입고 가도록 해요. 음료수랑 간단히 먹을 스낵도 더 싸 줄게요."

소라도 이젠 플랜 B로 에드먼턴의 시경 경찰관을 생각하게 되었다. 절실하게 기도하게 되었다. 아직 아무것도 모른다. 진짜 이민자를 받아 주는 건지, 8단계로 되어 있다는 EPS 채용 절차를 구체적으로 연구하지도 않았기에 하나하나 알아봐야 했다. 제이슨이 밖에서 일을 하고 오면 소라는 웹사이트에서 다양한 내용을 받아 적어서 제이슨에게 알려 주었다. 'Join EPS'라고 하는 웹사이트에 들어가면 모든 정보를 알수 있었다. 1단계는 지원서 작성, 2단계는 필기시험, 3단계는 체력 시험, 4단계는 BDIBehavior Description Interview, 5단계는 PDIPersonal Disclosure Interview, 6단계는 거짓말 탐지기 검사, 7단계는 심리 및 신체검사, 8단계는 배경조사였다. 지원서를 작성하는 데도 갖추어야 할 것들이 꽤 많았다.

첫째로 박 책임의 경우 한국에서의 최종학력 증명서를 첨부해야 했다. 이것은 IQACInternational Qualifications Assessment Certificate라고 하는 기관에 의뢰해서 한국의 서울대학교에 확인을 받아야 했다.

둘째, 160여 장에 이르는 지원서를 한 장 한 장 정성껏 작성해야 했다. 마리화나를 피운 경험이 있는지, 포르노를 본 적이 있는지, 남의 물건을 훔친 적은 있는지 등등을 비롯해 아주 세세하게 적어야 할 것들이 160페이지에 달했다.

셋째, 눈 검사 확인서를 첨부해야 했다.

넷째, 청각 검사 확인서를 첨부해야 했다.

다섯째, CPR 레벨 C(1급 응급처치 자격증) 증명서를 첨부해야 했다.

여섯째, 앨버타주 운전면허증 클래스 5를 첨부해야 했다.

제이슨은 이제 다시 박지훈 책임으로 돌아가서 여권에 있는 자신의 이름을 사용해야 했다. 지원서 160장을 하나하나 작성하는 데, 한 달이 걸렸다. 그러는 사이, 결국은 사장 론이 제이슨 팀은 내년 3월 초에 다시 채용하는 것으로 결정하고 겨울 동안에는 정리해고를 통보한다. 2015년 12월 4일 금요일에 회사에서 각종 농기구를 정리하는 것을 마지막으로 하고 월코와 작별인사를 했다. 박 책임은 월코를 나서면서 '내년에는 경찰관이 되어서 올게요. 그동안 버틸 수 있게 도와줘서 고마웠어요.'라고 되뇌인다. 아무도 제이슨의 속마음을 알지 못했지만, 그의 밝은 웃음에 다들 악수를 하고 어깨를 두들겨 주었다.

"겨울동안 잘 지내고, 내년 3월 중순에 봐요. 내가 제이슨 전화번호로 내년 3월 초에 연락할게요."

사장인 론이 마지막으로 악수를 청하면서 내년을 기약한다. 솔직히는 사장인 론이 큰 이익을 남겼다. 제이슨이 오는 바람에 걱정했던 몇 가지의 프로젝트들이 무사히 인스펙션을 통과했다. 기특하게도 최선을 다한 제이슨을 겨울 동안 잡아 주지 못하는 자신의 무능이 미안했다. 하지만, 겨울의 눈치우기는 월코의 주요 수입원이 아니었다. 겨울에 손해가 나더라도 여름을 위해 꼭 필요한 사람들, 지난 20년간 월코가 성장하는 데 중요한 역할을 했던 사람들을 대우해 주기 위해 사업을 벌이는 것뿐이다. 론은 사업가로서 자신의 역할에 충실해야 했다.

집으로 돌아가는 길에 잠시 보틀데포Bottle Depot(빈 병 수집소)에 들린다. 중고 혼다 오딧세이 밴의 뒷 트렁크에 하나가득 빈 병을 모아놓은 비닐백이 있다. 오늘은 40달러를 받았다. 박 책임은 시간 날 때마다 소라 몰래, 빈 비닐 가방을 들고 나가서 집 주위에서 빈 캔과 병을 주워 담았다. 생각외로 큰 도움이 된다. 40달러는 적은 돈이 아니었다. 2주 가까이 집 주위를 새벽과 저녁마다 산책하는 척 하면서 빈 캔을 주으러 돌아다닌 결과였다. 집에 도착해서 아내 소라에게 월코에서의 마지막 날을 소회한다.

"론이 다정하게 악수를 청하더라고… 내년 3월 중순에 일을 다시 시작할 테니, 겨울에 잘 버텨 달래. 3월 초가 되면 자기가 직접 전화하겠다면서…"

"네. 수고 많았어요."

"씻고 좀 쉬었다가 밥 먹고, EPS에 지원하는 것 같이 얘기 나누자고… 오랜만에 와인 한잔하자. 보틀데포에서 40달러 받아서 10달러짜리 싸구려지만, 와인 한 병 사 왔어."

소라가 흰 이를 드러내며 활짝 웃는다. 얼마 만에 그녀의 웃는 모습을 보는 것인지 모른다. 박 책임도 따라 함께 웃는다. 정말 힘든 한 해였다. 2015년을 절대로 잊지 못할 것이다. 그렇게 박 책임은 중얼거리면서 샤워실로 들어간다.

"자기야, 가장 먼저 해야 할 일이 아마 EI Employment Insurance(실업수당) 신청일 거야."

샤워를 마친 박 책임이 저녁을 먹으면서 말한다. 회사에서 EI 신청에 필요한 서류를 받았고, 대략 실업수당 신청에 관한 얘기를 듣고 왔다. 실업수당을 신청하기 위한 자격요건은 실업 직전에 900시간 이상의 일을 했어야 했고, 자발적으로 회사를 그만둔 게 아니라 정리해고 되었음을 회사에서 확인받아야 했다. 박 책임은 6월 초부터 일주일에 60시간씩 한 달에 240시간 6개월을 일했고 정리해고 되었으므로 자격을 충분히 갖추었다. 신청을 하고 나면 2주에 930불씩, 매달 1,860불씩이 자동으로 계좌에 입금되었다. EI는 최장 1년 동안 나오며, 1년 미만의 경우는 자신이 매달 납입한 만큼의 기간 동안 지불되므로 박 책임은 대략 6개월여 받을 수 있다.

"EI 신청은 자기가 할 수 있어? 나는 EPS 지원에 필요한 내용을 알아봤거든."

아내 소라가 EI 신청에 대해서는 잘 모르는 듯 되묻는다. 박 책임은 고개를 끄덕이며 대답한다.

"응, EI 신청은 내가 할 수 있어, 그건 그렇고 EPS 지원하려면 무엇부터 해야 해?"

"1급 응급처치 자격증인 CPR 레벨 C를 신청하고 이틀 교육받은 후에 테스트하고 수료증을 받아야 해요. 아마 150불 정도 들 거예요. 그리고, 최종학력 증명서도 빨리 신청해야 해요. 여기 기관에 신청하면 걔네들이 서울대학교에 연락해서 증명서를 확인받고 다시 여기 서식으로 보내준데요. 그것도 200불 정도 들 거라네. 전화해서 물어보니, 한국에서 가져온 원본은 소용이 없고, 여기 기관에 직접 신청하면 자기들 기관에서 한국의 관련 기관에 연락해서 확인받은 그 서류가 필요한 거래."

"뭐가 그따위냐? 아니, 한국에서 직접 가져온 서류는 못 믿고, 여기다 돈을 내고 증명서 받으라는 건 또 뭐야? 서류 가지고 돈 장사 하는 거 아냐?"

박 책임은 적지 않은 돈이 드는 것을 확인한 후 짜증을 내기 시작한다. 하지만, 각 나라에서 또 각 기관에서 발행하는 서류를 한번에 확인해 주기 힘든 것도 사실이다. 그러니까, IQACInternational Qualifications Assessment Certificate 에드먼턴 지부에서 한국의 상대 기관에 연락해서 졸업한 학생이 맞는지 확인을 하고 확인이 되면 자기들의 서식으로 확인서를 떼어 주는 것이다. EPSEdmonton Police Service에서는 그 확인 서류를 인정하고 있는 것이다.

"그건 그렇다고 하고, 또 뭐가 필요해?"

박 책임이 다그치듯 아내 소라에게 묻는다.

"응, 눈 검사, 귀 검사 해야 해요. 시력과 청력 검사는 내가 신청해 놨어. 80불, 50불씩이야."

박 책임이 대략 스마트폰을 꺼내어 계산을 해 본다. 경찰관 지원을 하면서 드는 돈이 만만치 않다는 것을 확인한 후 한마디 한다.

"야, CPR 레벨 C에 150불, 학력 증명서에 200불, 시각·청각 검사에 각각 80불, 50불, 다 하면 480불이네. 거의 한국 돈으로는 50만 원인데? 이건 뭐 거의 장사하는 수준이네. 절대 떨어지면 안 되겠는걸, 허허허."
"자기가 다른 건 몰라도 시험에는 강하잖아. 설마 시험에 떨어지기야 하겠어? 나는 이민자들에게도 기회를 주는 지가 걱정스러운 거지."

아내 소라는 이미 박 책임에 대한 강한 믿음이 있었다. 시험에는 통과할 것이다. 하지만, 최종 합격에는 자신이 없었다. 그동안 소라도 너무나 많은 차별을 겪어 왔기 때문이었다. 자신이 이미 밴쿠버에서 고등학교를 마치고 10여 년 넘게 직장 생활을 하면서 한번도 겪지 않았던 일을 지난 3년 동안 너무 많이 겪었기에 한편으로는 이민자 차별을 걱정하게 되었다. 차별의 종류도 가지각색이었다. 심지어는 시민권자인 소라에게 캐나다에서 태어났느냐고 출생지 차별을 하는 백인 여자도 있었다. 보아하니, 캐나다에서 태어나고 자란 사람이 아니라, 중간에 이민 온 사람이 시민권을 취득한 것으로 보인다는 말이었다. 인종 차별, 지역 차별뿐 아니라 이민 차별은 또 하나의 아주 지독한 차별이다. 한국에서 이주를 생각할 때 전혀 예상하지 못했던 치사하고 더러운 차별이다.

"그건 해 보고 얘기하자. 나도 지난 3년간 너무 차별을 많이 받아서 이민자에게도 문을 열어 줄지는 확신 할 수 없지만, 지금 상황을 보면 분명히 경찰관이 필요한 건 사실인 것 같고, 지원자가 모자라는 것도 사실인 것 같아. 여기 아이들 보면 고등학교 졸업장을 가진 아이들조차 많지 않은 모양이야. 그리고, 대부분 마리화나 피고 말이야. 그건 서류에서 걸러지게 되어 있잖아. 가능성이 없지 않아."

모든 서류를 준비하고 또 신청했던 서류들이 도착하니 크리스마스가 지났다. 크리스마스 다음 주에 바로 EPS 본부에 가서 직접 지원서를 접수시키고 나니, 박 책임과 소라는 마음이 훨씬 가볍다. 그 사이에 벌써 실업 수당이 두 번이나 들어왔다. 얼마 지나지 않아, 2016년 1월 23일 토요일 오전 9시에 필기시험을 쳐야 한다는 일정표가 이메일로 왔다. 확인 답장을 하고 나서 도서관에서 빌린 캐나다 경찰관 필기시험 관련 서적들을 공부한다. 정말 열심히 공부한다. 사이사이 계속 엔지니어 구인 공고가 올라오면 지원을 하지만, 100여 군데가 넘게 지원을 해도 단 한군데서도 연락이 오질 않는다. 아예 인사 팀에서도 연락이 오지 않는다. 가슴 속 깊은 곳에서 '절망'이라는 단어가 모질게 피어오른다.

필기 시험은 두 가지로 나뉘어 있다. ACT_{Alberta Communication Test}와 APCAT_{Alberta Police Cognitive Ability Test}가 그것이다. 통계적으로 EPS에서 공개한 필기시험의 합격률은 5퍼센트 미만이다. 그만큼 어려운 시험이라고 할 수 있다. 1차에 통과를 못하면 한 달 후에 재시험을 치를 수 있으며, 2차 시험에 통과하지 못하면 석 달 후에 재시험을 치를 수 있다. 3차 시험에도 통과를 못하면 더 이상은 재시험이 불가하다. 즉, 경찰관에 지원할 수 없게 된다는 말이다. ACT는 세 가지 카테고리로 나뉘어 있었다. 'Reading Vocabulary', 'Spelling', 그리고 'Grammar'였다. 134문제 중에서 최소 73개 이상을 맞추어 55점을 넘겨야 했다. APCAT는 경찰관으로서 인지능력 확인 시험답게 다양한 문제 형식으로 되어 있었다. 사람의 증명사진을 보여 주고, 변장한 모습으로 적당한 사진을 고르게 한다든가, 사거리에서 차량 사고가 났을 때, 어느 차가 도로교통법을 위반한 것인지를 묻는다든가, 가정 불화로 폭력 싸움이 난 현장에 출동했을 때 어떤 순서로 임무를 수행해야 하는 것인지를 선택하게 하는 등 공부하면서 재미가 있었고, 내가 진짜 경찰관이 되면 이런 임무를 하게 되는구나를 간접적으로 느낄 수 있게 해 주었다. APCAT는 120문제 중에서 최소 84문제 이상을 맞추어 70점을 넘겨야 한다. 결코 만만치 않은 시험이다.

✥

　1월 23일 토요일 오전 8시 30분에 EPS 다운타운 본부에 도착한 박 책임은 심호흡을 깊게 하며 마음을 가다듬고 신분증을 보여 주고 자리에 앉는다. 점심시간이 지난 오후 2시가 되어서야 합격증을 받아 들고 나올 수 있었다. 박 책임의 성적은 가까스로 기준점을 넘겼다. ACT는 134문제 중에서 86문제를 맞추어 64점(55점 이상)이었고, APCAT는 120문제 중에서 89문제를 맞추어 74점(70점 이상)이었다. 문제가 굉장히 어려웠고, 겨우 통과한 것이었다. 합격증을 나누어 준 경찰관이 축하한다면서 악수를 청한다.

　"미스터 박? 축하합니다. 오늘 첫 번째로 합격하신 분이군요. 합격은 했지만, 점수를 보시면 아시겠지만 겸손하기를 기대합니다. 그다지 높은 점수가 아니에요. 물론, 불합격자들이 대부분이지만요. 그리고, 특히 다음 A-PREPAlberta Physical Readiness Evaluation for Police Officer(체력 검사)을 잘 준비하세요. 우리 EPS는 A-PREP을 한 번에 통과하지 못하는 사람은 경찰로 인정하지 않는 문화가 있답니다. 달리기 많이 하시고, 저희 리쿠르팅팀에서 이메일로 일정을 조율하기 위해 연락할 겁니다. 그럼, 행운을 빌어요."

　"네, 감사합니다. 최선을 다해서 꼭 합격하도록 하겠습니다."

가슴이 두근두근했다. 답안지를 경찰관에게 내밀고 그가 채점을 하는 모습을 쳐다보면서 그리고, 겨우 합격했다는 사실에 꿈인지 생시인지 모를 정도로 기쁨이 몰려왔다. 건물 밖으로 나오자 마자 아내 소라에게 전화를 한다.

"자기야, 나 합격했어!"
"수고했어요. 하느님, 감사합니다."
"지금 집으로 갈게. 가서 점심 먹어야지. 뭐 맛있는 거 먹자. 배고프다."

마냥 기쁘다. 이제 겨우 첫 번째 시험을 통과했는데, 뿌듯하다. 뒤따라 나온 사람이 인상을 찡그리고 담배를 꺼내 피는 걸 보니, 불합격인 모양이다. 저절로 성호를 긋게 된다. 자연스럽게 하느님을 찾게 된다. 그냥 찍은 문제가 하나둘이 아니었기에, 합격을 내 실력으로 한 게 아님을 잘 알기에 그냥 감사기도를 드리게 된다. 다음 체력 시험을 준비하기로 하면서 주차장으로 빠르게 발걸음을 옮긴다.

그동안 월요일 오후 5시부터 2시간 동안 하는 RWRRun With Recruiters 프로그램에 참석하려고 무던히 애를 썼지만, 쉽지 않았다. 월코에 근무하면서는 끝나는 날까지 제이슨 팀은 오후 6시까지 근무했어야 했고, 정리해고 후 12월과 2016년 1월에는 월요일마다 일이 생겼다. '렛츠고우투에드먼턴'이라는 한국인 전용 사이트에 통역 아르바이트가 뜨거나, 이삿짐 아르바이트가 올라오면 박 책임은 언제나 제일 먼저 지원하고 일을 했다. 이도훈도 가끔가다 연락해 와서 월요일 오후마다 함께 커피 한잔을 하자고 하거나 술을 한잔 할 기회를 만들었다. 검도 하러 간다고 하고, 검도 수련이 귀찮으면 나를 찾았던 것이다. 쓴웃음을 지을 수밖에 달리 탓할 수도 없었다. 이 핑계 저 핑계로 미루고 미루다 결국 필기시험을 합격한 그다음 주 월요일인 1월 25일부터 RWR에 본격적으로 나가서 활동하기 시작했다. 한 겨울이라 두 시간 내내 그리스바흐 훈련 센터 안에서 훈련 책임자chief police officer인 고참 순경senior constable 로버트 캐슬Robert Castle의 지도 아래, A-PREP 연습을 주로 하고, 이어 달리기와 팔굽혀 펴기, 윗몸 일으키기, 턱걸이, 통나무 건너뛰기 등의 운동을 반복했다. 훈련의 마지막은 항상 왕복달리기Shuttle Run였다. A-PREP에서는 레벨 7이면 통과했지만, RWR에서는 레벨 7 이후에 계속 진행을 했다. 서틀 런은 레벨 7이 지나면 지독한 고통이 따르는 짧은 구간 반복 달리기였다. 점점 속도가 빨라지고 숨은 가슴에 차 올랐다. 박 책임은 레벨 9.5까지 해낼 수 있었고, 아주 드문 경우에 레벨 12까지 하는 녀석 두 명이 있었다. 대략 70여 명의 훈련 지원자 중에 두 명은 체력적으로 아주 뛰어났다. 대부분의 남녀 지원자들이 레벨 7을 가뿐히 소화해 낸다.

필기시험을 합격하고 얼마 후에 EPS 본부에서 이메일로 연락이 왔다. 체력 시험 일정이었다. 제일 빠른 일정이 2016년 3월 7일 월요일 오전 10시였다. 박 책임은 확정 답장 메일을 쓰고 최대한 RWR에 집중한다. 그리고, 나머지 시간에도 계속 운동을 한다. 대학원 다니면서는 축구를 했고, 삼성전자에서도 검도를 수련했다. 더군다나, 지난 6개월간 지독한 육체노동으로 근육을 단련했다. 그래서, 체력 시험은 크게 걱정하지 않는다. 아내 소라도 체력 시험에 대해서는 크게 걱정하지 않았다. 하지만, RWR을 지휘하는 고참 순경 로버트 캐슬은 항상 다음과 같이 말하면서 긴장을 풀지 말라고 했다.

"Don't trust yourself!"

이번 체력 시험에 한해서는 자기 자신을 믿지 말라는 말이다. 자신을 과신하지 말라는 표현으로 들린다.

❖

3월 7일 오전 10시에 그리스바흐 훈련 센터에 도착한 박 책임은 다른 열다섯 명의 도전자들과 일일이 인사를 나눈다. 반바지와 반팔 차림에 생수도 한 병을 미리 준비했다. 이미 얼굴이 낯이 익은 대부분의 RWR 동료들과는 웃으면서 얘기를 나누었고, 처음보는 사람들도 몇 명이 있었다. 아마 RWR에는 나오지 않는 사람들로 보인다. 체력 시험인 A-PREP은 7.5킬로그램에 달하는 벨트를 매고 100미터에 준하는 둥그런 장애물 트랙을 뛰어야 한다. 벨트의 무게는 실제로 경찰관들이 차고 있는 벨트의 무게인 7.5킬로그램이다. 권총과 권총집, 그리고 수갑

두 개와 진압봉을 넣은 벨트의 무게다. 그 벨트를 차고 한 바퀴에 25미터인 트랙을 네 바퀴 돌아야 하는데, 중간에 펜스와 계단이 있어서 뛰어넘고 올라갔다 내려갔다를 반복해야 했다. 그리고는 건장한 남성이 당기고 밀기가 쉽지 않은 완력기 두 대를 잡아채어 완벽하게 맞추어야 했는데, 여기에서 시간이 많이 걸렸다. 마지막으로는 70킬로그램인 사람 모형을 15미터 끌어서 옮기는 것인데, 총 2분 10초 내에 마쳐야 했다. 박 책임은 1분 34초 안에 모든 것을 마쳐서 무사히 1차 관문을 통과했다. 그리고, 서틀런 레벨7을 통과했다. 12시가 되기 전에 합격증을 받았다. 총 열다섯 명 중에서 이 쉬운 체력 시험을 통과하지 못한 사람이 네 명이나 되었다. 일부는 너무 뚱뚱해서, 일부는 완력기 사용하는 법을 미리 연습하지 않아서 떨어졌다. RWR을 지휘하는 고참 순경 로버트의 말이 사실이었다. 체력 시험을 너무 쉽게 생각하면 떨어질 수도 있었다. 다시 한번 기쁜 마음을 감추지 못하고, 건물을 나서면서 박 책임이 한마디 한다.

"야! 정말 기분 좋다."

건물 밖으로 나와 주차장으로 걸어가면서 소라에게 전화를 건다.

"나야. 무사히 통과했어. 합격이야."
"그럴 줄 알았어요. 수고했어요."
"지금 갈게. 다 끝나서 주차장으로 걸어가는 중이야."

"네, 와서 같이 점심 들어요."

그렇다. 체력 시험까지는 그닥 어려움이 없었다. 쉽지도 않았지만, 아주 어렵지도 않았다. 박 책임과 소라는 우연히 마음에 품게 된 플랜 B에 대해서 이제 현실적으로 가능할 것 같다는 생각을 하게 된다. 환상인지 희망인지 모를 묘한 분위기에 휩싸이게 된다. 사실, 앞으로는 대부분 인터뷰이거나 거짓말 탐지기 검사, 백그라운드 체크 등 크게 문제 될 것이 없어 보인다. 인터뷰 경험이 워낙 많고 다양한 상황에서 인터뷰를 해 봤기 때문에 영어 인터뷰에 대해 크게 걱정하지 않는다. 거짓말 탐지기 검사도 마찬가지다. 거짓말을 할 이유도 없거니와 떨어질 하등의 책 잡히는 꼬투리가 없다고 판단된다.

체력 검사를 통과한 같은 주의 목요일 저녁에 열린 BDI 인터뷰 워크샵에 참석했는데, 여러 가지 정보를 준다. 생각했던 것 보다 BDI는 복잡하고 규칙이 엄격했다. 준비를 해야 할 시간이 더 필요했다. 한 번에 통과하는 경우가 드물고, BDI 인터뷰를 위한 치밀한 전략을 세우는 게 현명하다고 프리젠테이션 설명을 담당한 현직 경찰관이 강조한다. 여섯 가지 카테고리에 관한 다양한 문제가 문제은행에 준비되어 있고 인터뷰어가 그중에 하나를 임의로 선택해서 인터뷰를 진행한다고 한다. 박 책임은 함께 워크샵에 참석한 RWR의 동료인 알렉스와 다음 날 만나 BDI 통과 전략을 세우기로 약속을 하고 헤어진다. 집에 도착해서 아내 소라에게 워크샵에서 있었던 일을 얘기한다.

"생각했던 것보다 BDI를 한번에 통과하기가 쉽지 않은 모양이야. 당장에 내일 알렉스랑 만나기로 했는데, 알렉스가 질문 유형에 대해 조사한 게 있다네. 그걸 좀 복사해서 받아 올 생각이야."

소라는 잠자코 미소를 짓는다. 알아서 잘하리라 믿는다는 표현이다.

다음 날 팀홀튼에서 만난 알렉스는 표정이 심각했다. BDI를 통과하기가 굉장히 어렵다는 것이다. 질문지를 보여 주는데, 일정한 규칙에 맞추어 답을 하되, 인터뷰 상대방이 내가 말하는 것을 적을 수 있도록 굉장히 천천히 또박또박 말해야 한다고 했다. 집으로 와서 그가 전해 준 질문지를 대상으로 아내 소라와 함께 연습할 질문지를 다음과 같이 만들어 본다.

다음 각 항목에서 한 개 또는 두 개의 질문을 뽑아 지원자에게 질문하고 그의 답변을 종이에 간략히 메모해야 합니다. 이해가 가지 않는 부분은 답변 도중에 구체적으로 질문을 할 수 있으며, 답변자는 물 마시는 시간을 포함해서 적어도 6분에서 8분 정도의 답변 시간 안에 마무리 지어야 하며, 10분이 넘어가는 답변에는 좀 더 간략하고 간결한 표현을 요구해야 합니다. 메모하기에 속도가 너무 빠르면 천천히 할 것을 요구해야 하며, 너무 늦게 말하는 경우는 영어 말하기의 문제점을 지적해야 합니다. 또한 영어 말하기(발음, 표현, 문법 등)에 대해서도 구체적으로 피드백 해 주어야 합니다.

먼저 본인 소개를 요청한 후, 여섯 개의 질문을 차례로 하는데 필요한 경우는 한 개의 질문을 더 추가해 지원자를 힘들게 만들어야 합니다. 표정은 매우 시무룩하거나 불편한 것과 같은 표정으로 매우 퉁명스럽게 질문하고 째려보듯이 쳐다봅니다. 지원자를 매우 불편하게 할 만한 상황을 지속적으로 유지해야 합니다.

1. Adaptability/Decisiveness

- Tell me about a time when you had to adjust to a different work environment
- Describe an occasion when there was a fundamental change in the way things were done in your workplace. What was your response to it?
- Tell me about a time when you had to adjust your priorities to meet someone else's higher priority
- Describe a time when you were responsible for making drastic changes in your team while at the same time had to minimize employee's negative reactions
- Tell me about a time when you altered your work pattern in order to complete a task
- Recall a time when you were approached to take sides on an issue, but decided to stay neutral
- Tell me about a time when you encountered competing deadlines and you had to choose one deadline to fall by the wayside in order to meet the others

- There are times when a firm decision must be made quickly, and there are other times when it is prudent to consider all angles before reaching a conclusion. Give an example of a situation when you took time in making a final decision
- Give an example of a time when you were surprised by an unexpected situation and had to change course quickly
- Summarize a time when you managed a situation characterized by high pressure
- 다른 작업 환경에 적응해야 했던 경험을 말씀해 보세요.
- 일터에서 일하는 기본 규칙 자체가 변했던 경험이 있나요? 그런 경우에 어떻게 하셨나요?
- 다른 사람을 존중하기 위해서 나의 우선권을 양보해야 했던 경험이 있으면 말해 주세요.
- 팀원들의 반대를 최소화하면서 팀의 규칙을 크게 바꿔야 했던 경험이 있었나요?
- 임무를 완수하기 위해 평소 일하는 방식을 바꿔야 했던 경험이 있나요?
- 어떤 이슈에 대해 한쪽 편을 들라고 요청받았으나 중립을 지켰던 경험이 있나요?
- 마감일이 서로 상충해 한쪽을 선택하고 한쪽을 희생해야 했던 경험에 대해 말해 주세요.
- 확실한 결정을 빨리 해야만 하는 경우도 있고, 다양한 각도에서 문제를 바라보고 신중하게 결정해야 하는 경우도 있죠. 최종 결정을 하기 위해 시간이 많이 필요했던 상황을 말씀해 주세요.

- 예상하지 못했던 상황에 깜짝 놀라서 전략을 재빨리 수정했어야 했던 경험을 얘기해 주세요.
- 과도한 압박이 있었던 상황을 처리해야 했었나요? 어떻게 그 상황을 잘 극복했나요?

2. Initiative/Perseverance

- Please describe a time when you dealt with a situation without receiving input from staff members
- Summarize a time when you managed a situation characterized by high pressure
- Working in a team environment has its benefits. Likewise, working independently is also rewarding. Provide an example of a time when you were commended for your ability to complete a task on your own
- Describe an occasion when you managed a situation that was your supervisor's responsibility
- Give an example of a time when your patience was tested. How did you handle it?
- Tell me about the most competitive situation you have experienced and how you handled it
- Describe an occasion when you managed a situation that was out of the ordinary for your position
- Tell me about a time you implemented an initiative and met resistance from the majority of your staff

- Describe a time when you learned from a mistake you had made
- 위로부터 지시를 받지 않고 상황을 처리했어야 했던 경험에 대해 말씀해 주세요.
- 과도한 압박이 있었던 상황을 처리해야 했었나요? 어떻게 그 상황을 잘 극복했나요?
- 팀 단위로 일을 하면서 팀워크를 극대화할 수 있는 장점이 있고, 마찬가지로 독립적으로 일을 하면서의 장점도 있죠. 스스로의 힘으로 프로젝트를 마무리해야 했던 경험을 얘기해 주세요.
- 당신의 상사가 책임져야 할 일을 본인이 처리했어야 했던 경험이 있으면 말씀해 주세요.
- 본인의 인내력을 시험당했던 적이 있나요? 어떻게 감당해 내셨나요?
- 가장 치열하게 경쟁했던 경험이 있다면 어떻게 극복했는지 말씀해 주시죠.
- 당신의 위치에서 일반적으로 처리할 수 있는 일이 아닌 상황을 감당했던 경험이 있나요?
- 팀에 동기부여를 해서 일을 효과적으로 처리하고자 했는데, 오히려 대부분의 팀원들로부터 저항을 받았던 경험이 있으면 말씀해 주세요.
- 당신이 저지른 실수를 통해서 교훈을 얻은 경험이 있다면 말씀해 주세요.

3. Interpersonal Skills
- Describe a time when a staff member did not meet your

expectations and what you did about it

- Describe a time when you managed an individual who had excellent hard skills but needed help with his or her soft skills
- Describe a time when you divided the responsibilities of a task to a member of a group
- Describe a time when you were responsible for making drastic changes in your team while at the same time had to minimize employee's negative reactions
- Tell me about an occasion when you were optimistic while others around you were pessimistic
- Recall a time when a team member criticized your work in front of others. How did you respond?
- Recall a situation in which you had to please more than one person at the same time
- 팀원이 당신의 기대를 충족시키지 못하는 성과를 냈을 때, 어떻게 하셨나요?
- 기술은 뛰어난데, 인간 관계가 약한 멤버를 잘 이끌어 간 경험이 있으신가요?
- 팀 멤버들에게 책임과 역할을 적절히 배분해서 프로젝트를 성공시킨 경험이 있나요?
- 팀원들에게서의 반대를 최소화하면서 급격한 변화를 책임져야 했던 경험을 얘기해 보세요.
- 주변의 모두가 비관적으로 생각하는데, 혼자서만 낙관적으로 바라본 경우가 있나요?

- 팀 동료 중 한 명이 모두가 있는 데서 당신을 비판했던 기억을 살려 보세요. 어떻게 그 상황을 처리하셨나요?
- 동시에 한 명 이상의 팀원들을 만족시키는 결정을 했었나요? 경험을 얘기해 주세요.

4. Organization Skills

- Give an example of a situation in which you took specific steps to meet your objective in workplace
- Describe an occasion when you divided the functions of a team among its members
- Give an example of a problem or situation that needed an immediate short-term solution
- Tell me about a time when you managed more than one project at once
- Recall a situation in which you used more than one skill at a time
- How do you decide what gets top priority when scheduling your time?
- What do you do when your schedule is suddenly interrupted? Give an example
- Describe how you develop a project team's goals and project plan?
- How do you schedule your time? Set priorities? How do you handle doing twenty things at once?

- When all have been over-loaded, how do your people meet job assignments?
- How do you manage or schedule your time?
- How do you typically plan your day to manage your time effectively?
- How do you keep the balance between work and family (personal) life? How do you stay organized?
- 일터에서 자신의 목표를 달성하기 위해 특별한 과정을 밟았던 경험이 있다면 얘기해 주세요.
- 팀원들에게 책임과 역할을 적절히 나누어 주었던 경험에 대해 말씀해 보세요.
- 문제를 곧바로 풀어야 했던 예가 있다면 알려 주세요. 단기적인 해결책을 임기응변으로 대처했던 경험을 말씀드리는 겁니다.
- 동시에 몇 가지 프로젝트를 진행해야 했던 상황을 말씀해 주세요.
- 한 번에 여러 가지 기술을 동시다발적으로 사용해야 했던 프로젝트에 대해 얘기해 보세요.
- 스케줄을 잡으면서 우선 순위를 정하는 당신만의 규칙이 있다면 알려 주세요.
- 당신의 스케줄이 갑자기 엉망이 되었을 때 어떻게 그 상황을 헤쳐 나갔나요?
- 팀의 목표와 프로젝트의 성과를 어떻게 성공적으로 이끌었는지 경험을 얘기해 보세요.
- 스케줄을 어떻게 정하시나요? 우선순위를 정하는 규칙이 있나요? 한 번에 스무 가지 일을 처리해야 하면 어떻게 하실 건가요?

- 모두가 과도한 업무로 힘든 상황에서 어떻게 각자의 임무를 완수할 수 있었나요? 그런 경험이 있다면 말씀해 보세요.
- 스케줄 관리를 어떻게 하시나요?
- 시간을 효과적으로 이용하기 위해 보통 하루 일과를 어떻게 정하시나요?
- 어떻게 워라밸을 실행하시나요? 또 워라밸을 위해서 어떻게 균형을 잡으시는지 알려 주세요.

5. Stress Management

- How did you react when faced with constant time pressure? Give an example
- People react differently when job demands are constantly changing; how do you react?
- What was the most stressful situation you have faced? How did you deal with it?
- Describe a situation in which you had to arrive at a compromise or help others to compromise. What was your role? What steps did you take? What was the end result? How did you manage the stress at the situation?
- Tell us about setbacks you have faced. How did you deal with them?
- What has been your major work related disappointment? What happened and what did you do?
- 지속적인 압박이 계속될 때, 어떻게 감당하시나요? 예를 들어 설명

해 주세요.

- 임무가 계속 바뀌면 사람들마다 반응이 제각각이죠. 당신은 어떻게 반응하시나요?
- 가장 심한 스트레스를 받은 경우와 그 때 어떻게 스트레스를 관리했는지 알려 주세요.
- 타협을 했어야 했던 경우가 있다면 얘기해 주세요. 또는 다른 사람이 타협해야 할 때 조언했던 경험이 있으면 그것을 말씀하셔도 좋습니다. 그런 경우에 당신의 역할은 어떤 것이었나요? 어떤 과정을 통해 조언을 하셨나요? 그 상황에서 스트레스를 받았을텐데, 어떻게 감당하셨나요?
- 프로젝트 진행이 더디어지면 어떻게 처리하셨나요? 경험을 말씀해 주세요.
- 실망스런 상황이 발생하면 어떻게 하시나요? 어떤 일이 일어났었고, 어떻게 처리하셨나요?

6. Valuing services and Diversity

- Give a specific example of how you have helped create an environment where differences are valued, encouraged and supported
- Tell us about a time that you successfully adapted to a culturally different environment
- Tell us about a time when you had to adapt to a wide variety of people by accepting/understanding their perspective
- Tell us about a time when you made an intentional effort to get

to know someone from another culture

- What have you done to further your knowledge/understanding about diversity? How have you demonstrated your learning?
- What have you done to support diversity in your unit?
- What measures have you taken to make someone feel comfortable in an environment that was obviously uncomfortable with his or her presence?
- 서로 다르다는 것이 오히려 권장되고 모두에게 응원받는 상황을 만들기 위해 노력하신 특별한 경험이 있나요?
- 문화적으로 상이한 환경에 성공적으로 적응했던 경험을 얘기해 주세요.
- 다른 사람들의 시각을 이해하고 받아들여 다양한 사람들과 어울렸던 경험이 있으면 알려 주세요.
- 다른 나라, 다른 문화에서 온 사람을 알기 위해 노력했던 경험이 있다면 얘기해 주세요.
- 다양성을 이해하고 더 깊이 알기 위해 어떤 노력을 했나요? 그런 노력을 어떻게 표현했나요?
- 다양성을 존중하고 지지하기 위해서 무슨 노력을 했습니까?
- 그가 또는 그녀가 있다는 사실이 불편한 사람을 위해 어떤 노력을 했나요? 그 사람이 편하게 느끼도록 취한 조치로는 어떤 것들이 있었나요?

아내 소라가 질문지를 받아 보더니, 심각한 표정을 짓는다. 쉽지 않다는 의미다. 알렉스가 매우 진지하고 심각했다고 전했더니 이해가 간다고 한다. 문제를 받으면 STAR_{Situation, Task, Action, Result} 형식에 맞추어 대답을 해야 했다. 한 문제에 대략 6분은 넘겨야 했고, 10분 이내에 대답을 마치는 것이 가장 좋다고 워크샵에서 들었다. 박 책임은 우선 전혀 경험이 없으니, 워크샵에서 들은대로 첫 번째 BDI 인터뷰는 적당히 준비를 해서 도전하고, 그 경험을 바탕으로 두 번째나 세 번째에서 결정을 보기로 한다. BDI 인터뷰 다음부터는 솔직하기만 하면 된다고 했다. BDI 일정에 대한 이메일이 도착해서 바로 답장을 한다. 제일 빠른 3월 30일 오후 2시로 일정을 잡는다.

3월 30일 오후 1시에 EPS 본부에 도착한 박 책임은 미리 준비된 컴퓨터 앞에 앉아 심리 검사를 시작한다. 한 시간은 충분히 걸렸다. 그리고, 오후 2시가 되자, 대런과 앙리가 준비하고 있는 방에 들어가 BDI 인터뷰를 시작한다. 그들은 물 한잔을 박 책임 앞에 놓아 주고, 자기 소개를 시작하라고 한다. 박 책임은 준비한 대로 최선을 다해 BDI 인터뷰를 했지만, 결과는 예상대로 불합격이었다. 별로 놀라지도 않았다. 그들은 덤덤한 표정으로 충고한다. 나중에 알았지만, 그들은 굿캅-배드캅_{Good Cop-Bad Cop} 역할을 나누어 맡는다. 대런이 배드캅을 맡아서 계속 지적을 하고 인상을 쓰고 말을 끊는다. 그에 비해서 앙리는 부드럽게 말을 들어 주고 다음에 더 잘 준비하면 좋은 결과를 기대할 수 있을 것으로 믿는다고 하면서 박 책임의 기분을 풀어 준다. 다 짜여진 각본대로 하면서 거의 첫 번째 시도에는 떨어뜨리는 게 원칙이었다. 이미 에드먼턴 경찰 가족이어서 BDI에 대해 충분히 어떤지를 아는 지원자만 아주 드물게 첫 번째 시도에서 합격하는 경우는 있다고 했다. 배드캅을 맡은 대런이 퉁명스럽게 자신의 파일을 닫으면서 말한다.

"어이, 미스터 박. 준비 더 하고 다시 오세요."

이제 BDI에 대해 확실히 이해했다. 서두르지 않을 것이다. 여섯 개의 각 카테고리 별로 두 개씩 에피소드를 준비하기로 결심한다. 총 열두 개의 에피소드가 준비되면 그걸 다 외워서 어떤 질문에도 응용할 수 있도록 연습하기로 결정한다. 이번에는 여섯 개의 에피소드만 머릿속에 어렴풋이 준비하고 직접 현장에서 주어지는 질문에 임기응변으로 답하고자 했더니 굉장히 어려웠다. 질문이 다양하다 보니 미리 준비했던 에피소드의 내용이 질문의 본질에 딱 맞지 않고 매우 어색했다. 에피소드는 중복해서 사용할 수 없으므로 가능하면 충분히 많이 준비하는 게 좋다. 월코에 다시 근무하면서 에피소드를 하나씩 하나씩 작성하고 완벽히 외우려고 노력한다. 매일 저녁 두 시간씩 투자를 해서 시나리오를 적는다. 몇 개의 예제가 다음과 같이 탄생했다.

제목: 채용 담당 경찰관들과의 달리기 프로그램

• 상황

운 좋게도, 지난 1월 23일에 치른 에드먼턴 경찰 모집 필기시험에서 합격했다. 에세이를 다 쓰고 난 후에 나는 맨 뒤쪽에 앉아 있는 경찰관에게 다가가서 나의 에세이를 제출했다. 그는 밝은 미소와 함께 나에게 합격증을 주면서 다음과 같이 말했다. "축하합니다. 미스터 박. 당신은 에드먼턴 경찰 모집 필기시험을 통과했습니다. A-PREP이 다음 단계입니다. 지원 서류는 이미 전부 다 제출했나요?" "네, 다 제출했습니다. 경관님!" "좋습니다. 에드먼턴 경찰은 지원자들과 채용 담당 경찰관들과의 달리기 프로그램을 운영하고 있습니다. 아주 좋은 프로그램이죠. 당신의 개인적인 스케줄이 허락된다면 매주 월요일과 목요일에 시행되는 달리기 프로그램에 참여할 것을 강력히 추천합니다." 나는 집에 돌아오자마자, 에드먼턴 경찰 홈페이지에 들어가서 달리기 프로그램을 확인하고 참석하기로 결심했다. 그날 밤, 나의 아내 제니 리 Jenny Lee는 푸짐한 저녁을 준비했고, 다음 주 월요일인 1월 25일, 월요일부터 꾸준하게 달리기 프로그램에 참석하라고 충고해 주었다.

• 임무

달리기 프로그램에 대한 나의 임무는 신체와 정신이 균형을 이루도록 계속 꾸준히 프로그램에 참석하는 것이었다.

• 액션

1월 25일에 처음으로 그리스바흐 훈련센터에 도착했을 때, 나는 로

비에 줄 서 있는 지원자들의 엄청난 규모에 충격을 받았다. 거기에는 70명이 넘는 경찰관 지원자들이 있었다. "우와! 엄청나게 빡신 경쟁인 걸!" 나는 쫌생이였다. 경쟁이 덜 할수록 더 좋다는 생각을 하고 있었는데, 이것은 완전히 잘못된 생각이었다. 내가 틀렸다는 걸 깨닫는 데는 오랜 시간이 걸리지 않았다. 시간이 흘러 갈수록, 나는 그들이 모두 나의 친구이자 동료라는 것을 알게 되었다. 그들은 나의 적이나 경쟁자가 아니었다. 그 첫날, 나는 마리오 란다Mario Landa라는 친구를 그곳에서 만났다. 그와 나는 릴레이 달리기 시합에서 같은 팀에 있게 되었고, 그가 BC주의 캠룹스라는 곳에 살고 있다는 사실을 알게 되었다. 나는 일년 전에 BC주의 미션이라는 곳에 살았던 기억을 되살려 그와 쉽게 말문을 열 수 있었다. 그는 2주 후인 2월 6일에 필기시험을 앞두고 있었는데, 나의 성공적인 필기시험 통과 경험을 알려 줬더니 도움이 된다며 매우 좋아했다. 나는 구체적으로 캐나다 경찰관 시험집을 꼭 보고 가라고 일러 주었다. 또한, 필기시험을 마치면 에세이를 써야 한다고 힌트를 주었고, 에세이 주제로는 '경찰관으로서 어떻게 지역사회에 공헌할 것인가?'와 '인생의 롤모델은 누구인가?'라는 것을 알려 주었다. 마리오는 답례로 A-PREP 머신을 어떻게 작동하는지 나에게 친절하게 설명해 주었다. 밀고, 당기고, 오른쪽으로 틀고, 다시 밀고 중앙으로, 그다음에 다시 당겨서 왼쪽으로 틀고, 밀고 다시 중앙으로. 그리고는 바로 다음 머신으로 가서 손잡이를 꽉 부여잡고 가슴쪽으로 끌어당기고, 다시 처음 머신으로 가서 각각 두번씩 반복하는 것을 알려 주었다. 채용 담당 경찰관들과의 달리기 프로그램을 총괄하는 대장은 고참 순경인 로버트 캐슬이었다. 그는 매우 열정적이며, 활기가 넘쳤고, 그곳에 참석하는 모든 이에게 사려깊게 행동했다. 우리는 다음과 같은 운동 및 동작을 반복했다: 윗몸 일으키기, 팔굽혀 펴기, 스쿼트, 플랭크, 런지와 단거리 달리기. 채용 담당 경찰관들과의 달리기 프로그램에 참석하면서 개인적으로 체력운동도 병행했다. 체력적으로 강해지기 위해서 아침에는 윗몸 일으키기, 팔굽혀 펴기, 스쿼트 그리고 플랭크 운동을 했고, 가끔씩은 체육관에 가서 A-PREP 의 단거리 반복 달리기를 준비하기 위해 장거리 달리기 연습을 했다. 나의 목표는 2,400미터를 12분 안에 주파하는 것이었다. 첫 번째 날에는 1,000미터를 5분에 달렸다. 시간이 흐를수록 나는 달리기 속도를 높여 나갈 수 있었고, 결국에는 지치지 않고 두 배의 거리를 달릴 수 있었다. 최고 기록은 2,400미터를 11분 53초에 달린 것이었는데, 200 미터 트랙을 12바퀴 돌았다. 동시에 장거리 수영 연습을 꾸준히 했다. 마침내, 1,000미터를 쉬지 않고 수영할 수 있었다. 이것은 25미터 수영 트랙을 스무 번 왕복하는 것이었는데, 이를 위해서 나는 매주 월요일에 열리는 달리기 프로그램에 하루도 빠짐없이 참석했다. 에드먼턴 경찰관이 되고 싶은 진실한 마음으로 최선을 다했다. 가끔씩 조경일이 늦게 끝나서 훈련에 늦을 때도 있었다. 하루는 그리스바흐 훈련장에 오후 7시가 넘어 도착했는데, 훈련이 이미 끝나고 문도 굳게 닫혀 있었다. 하지만, 나는 실망하지 않았다. 좌절하지도 않았다. 나 자신과 아내에게 한 약속을 지키고자 했다. 달리기 프로그램에 참석하기 시작한 후 단 한 번도 빠지지 않은 기록을 자랑스럽게 생각한다.

• **결과**

결과는 질문에 따라 각기 맞추어 대답하면 되었다. As a result로 시작해서 간단하게 질문에 맞는 결과를 얻었다고 하면 되는 것이다.

제목: 에드먼턴 검도 클럽

• 상황

2015년 3월 첫째 주, 나는 다문화를 더욱 깊이 이해하고, 에드먼턴에서의 네트워킹을 넓히고자 에드먼턴 검도 클럽에 참여하기 시작했다. 검도는 일본 무술인데, 나는 한국에서 5년 동안 수련을 한 후 검도 2단을 땄다. 검도 클럽은 98로 106길 코너에 있는 우크라이나 국립 스포츠 센터에서 매주 월요일 오후 6시부터 9시까지 열렸다. 유단자들은 오후 6시부터 8시까지 수련을 했고, 초보자는 오후 8시부터 9시까지 훈련을 했다. 검도 클럽은 다양한 문화의 사람들로 구성되어 있었다. 국적으로는 캐나다인, 일본인, 한국인, 유럽인들까지 포함되어 있었고, 남녀 노소가 함께 훈련을 했다. 나는 지도자로서 검도 클럽을 이끌어 가는 두 명의 마스터를 기억한다. 스티브 문로Steve Munro와 쟈넥 흐샤Zanac Hsia였는데, 그 두 명은 모두 10년 이상의 경험을 가진 검도 3단이었다.

• 임무

검도 2단의 유단자로서 내 임무는 유단자 수련이 끝나고 난 후 초보자들을 지도하는 것이었다. 동시에 훈련이 끝나면 두 명의 지도자를 도와서 훈련장을 깨끗이 청소하는 것이었다.

• 액션

검도 수련에 가기 전, 나는 죽도와 호구 및 검도복을 준비했다. 우크라이나 국립 스포츠 센터에 도착해서는 친구들과 가볍게 인사를 나누고, 1층 탈의실에서 검도복으로 갈아입었다. 가끔씩은 일때문에 늦기도 했지만, 최대한 수련 시작 전에 도착하도록 노력했고, 유단자 훈련시간이면 스티브의 지도를 경청했다. 아울러 쟈넥과 격렬하게 훈련했다. 때때로 나는 쟈넥에게 어려운 동작을 어떻게 소화내는지 묻곤 했다. 초보자 그룹을 잘 지도하기 위해서 우리는 초보자그룹 전원을 서너 명의 소그룹으로 나누었고, 나는 그중의 한 소그룹을 담당했다. 나는 그들에게 어떻게 죽도를 정확하게 잡는지, 검도복은 어떻게 올바르게 입는지를 가르쳤는데, 이유는 검도복을 입는 방법이 초보자에게는 상당히 복잡했기 때문이었다. 단지 도복을 입는 것인데, 우스울 수도 있겠다. 무엇보다도 그들에게 발 동작을 상세하게 설명했다. 검도 초보자에게 있어 발동작만큼 어려운 동작도 없기 때문인데, 발 동작이 자연스럽게 몸에 익어야 다음 단계로 넘어갈 수 있다. 그들이 기본기를 충분히 이해하고 나면, 그다음에야 비로소 죽도를 어떻게 다루어야 하는지 알려 주었다. 특히, 나는 상호대련을 할 때에 상대방에 대한 엄격한 예의를 강조해서 가르쳤다. 유단자로서 초보자들을 가르쳤지만, 엄격함과 친절함의 균형을 이루어 가르치고자 노력했고 훈련이 끝나면 모두 함께 센터 구석구석을 깨끗이 청소했다.

• **결과**

이 시나리오에 대한 대답도 질문에 따라 여러 가지 카테고리에 사용할 수 있다. 내 자신을 새로운 환경에 적응시켰다고 할 수도 있고, 다양한 문화에 접해서 경험이 있다고 할 수도 있다. 사람들과의 관계에 대한 카테고리와 정리 정돈, 시간 관리 기술organizational skill에 대해서도 적용할 수 있었다. 각 에피소드에 대한 시나리오를 제대로 짜서 외워 두면 어떤 질문에 대해서도 STAR 형식에 맞추어 대답할 수 있다. 박 책임은 그걸 배우면서 하루하루 매진해 나갔다.

제목: 캐나다에서의 첫 직장인 IMW

• 상황

나는 2014년 6월 17일을 매우 특별하게 기억하고 있다. 우편함을 열었을 때, 편지 봉투가 하나 있었는데, 그것은 나의 영주권 카드였다. 나는 나의 가족들과 같이 정식으로 캐나다 사람이 된 것이 기뻤다. 6월 중순, 나는 직장을 구하기 위해 몇군데 회사와 인터뷰를 진행하고 있었다. 특별히 6월 17일을 기억하는 이유는 IMW라는 회사의 엔지니어링 상무인 듀어트 소사Duarte Sousa와의 인터뷰를 성공적으로 마쳤기 때문이다. IMW는 압축 천연가스를 만들기 위한 압축기, 디스펜서, 그리고 저장 시스템을 만드는 회사로서 Ironside Machine and Welding의 줄임말 표현이다. 부서장인 에릭 리Eric Lee와 한 번 더 인터뷰를 한 후에 나는 기구설계 엔지니어로 취직이 되었다.

• 임무

내 임무는 압축 천연가스에 사용되는 압축기를 설계하는 것이었고 동시에 새로운 환경에 빨리 적응하는 것이었다. 나는 일과 가족 사이에 균형을 잡기 위해 워라밸을 실천해야 했다.

• 액션

취직이 된 첫주에는 오리엔테이션, 작업장 안전 관리 등을 소개했고 그 사이에 나는 동료들과 첫 인사를 나눌 수 있었다. 엔지니어링 팀에는 70여 명의 엔지니어들이 근무하고 있었다. 절반은 나와 같은 기구 엔지니어였고, 절반은 전기엔지니어였다. 우리 팀에는 해보 쑨

Haebo Sun이라는 또 한 명의 기구 엔지니어가 있었는데, 그는 밴쿠버에서 2년 동안 주니어 엔지니어 경험을 쌓고, 내가 취직되기 2주 전에 IMW에 채용된 친구였다. 매일 정규 근무 시간인 오전 8시보다 30분 먼저 출근하면 그는 항상 책상 위에 커피 한 잔을 놓고 이메일을 체크하고 있었다. 나도 커피 한 잔을 들고 그에게로 가서 10여 분간 가벼운 대화를 나누었다. 첫 두 주는 편안하고 쉬운 그냥 적응하는 기간이었다. 기계를 설계하기 위해서 나는 솔리드웍스라는 특별한 CAD 프로그램을 사용해야 했는데, 한국의 삼성전자에 근무하면서 프로엔지니어라는 다른 종류의 프로그램을 사용했기에 적응하는 데 시간이 필요했다. 기본적인 사용법은 같았지만, 세세하게는 차이가 있어서 솔리드웍스에 익숙한 해보에게 큰 도움을 받았다. 점심 시간 후에 나는 미국기계공학회지ASME에 실린 나의 논문을 그에게 보여 줬다. 그 논문은 자동차 차체 제작에 사용되는 알루미늄합금 판재의 성형에 관련된 논문이었다. 기계를 설계하기 위해서는 금속 재료에 대해 상당한 정도의 지식이 필요했기에 해보는 나의 논문에 큰 관심을 보였다. IMW에 근무하는 동안 나는 해보와 굉장히 친하게 지내게 되었다. 회사에 근무한 지 일주일이 지나자, 나는 부서장인 에릭에게 일을 시켜달라고 했다. 그러자, 그는 "솔리드웍스 CAD 프로그램 연습에 집중하시고, P & IDPiping & Instrumentation Diagram나 열심히 공부하세요."라고 퉁명스럽게 답했다. IMW에서 기구 엔지니어로 근무하기 위해서는 솔리드웍스 CAD 스킬과 P&ID에 대한 지식이 매우 중요했다. 솔직히 나는 일을 시작할 준비가 되어 있었지만, 부서장인 에릭이 특별한 임무를 줄 때까지 기다리기로 했다. 두 주가 지난 어느 날, 엔지니어링 팀의 상무인 듀어트가 나에게 "이봐, 제이슨! 우리가 현재 개발하고 있는 압축기에 필요한 용접 설명서를 작성해 줄 수 있겠나?"라고 물었다. 용접 설명서는 두 소재를 덧붙이기 위한 기계의 특정 위치를 나타내야 하고 용접 공정에 대한 다음과 같은 내용을 포함해야 한다: 소재, 용접 온도, 용접 후 최종 형상. 나는 할 수 있다고 대답했고, 총 8장에 이르는 용접 설명서를 작성한 후 부서장인 에릭과 상무인 듀어트에게 동시에 이메일로 보고했다. 듀어트는 좋아했고, 에릭은 좀 놀라는 눈치였는데, 내가 빨리 적응하고 능숙한 설계 능력을 보여 주었더니 꽤 만족스러운 것 같았다. 그 이후 에릭은 나에게 정식으로 일을 주었고 동시에 기계 제작에 필요한 소재 개발과 페인팅 기술을 담당하게 했다. 행복하고 즐거운 일터였다. 월요일부터 금요일까지 하루에 8시간, 일주일에 40시간, 아주 규칙적이고 정확한 일과 시간이었다. 오전 8시부터 오후 4시 반까지. 집에 귀가해서는 아내, 제니 리와 잠깐 대화를 나누고 아이들과 함께 신나게 놀았다. 저녁 식사후에 우리는 집 주변을 걸었는데, 때때로 아이들은 나무에 올라가기도 하고 놀이터에서 놀기도 했다. 가족과의 휴식이후에는 파이프 설계를 위해 유체역학을, 박판금속성형을 위해 고체역학을 공부했다. 그리고, 유튜브를 보면서 솔리드웍스 CAD 프로그램을 연습했다. 자정쯤에 간단히 하루 일과를 정리하는 일기를 쓰고 잠자리에 들었다. 항상 준비된 상태로 있기 위해서 세세한 내용을 플래너에 적고 또 PC에 적어 저장했다. 이러한 일련의 노력으로 나는 새 직장에 잘 적응할 수 있었고, 항상 스케줄 관리에 철저했으며, 일과 가족 사이의 워라밸을 실천할 수 있었다.

• 결과

이 시나리오 역시 여러 가지 카테고리에 응용할 수 있도록 에피소드를 적절히 꿰어 맞추었다. 결과는 얼마든지 간단하게 정리할 수 있었다. 상황과 액션 아이템이 중요했다. 임무와 결과는 아주 간단히 언급하면 되는 것이다.

제목: 삼성전자

• 상황

2012년 크리스마스에, 나의 가족과 심현수 가족은 2018년 동계 올림픽이 열리게 될 강원도 평창에서 겨울 캠핑을 즐기고 있었다. 미스터 심은 그 당시에 나의 비즈니스 파트너였다. 나는 삼성전자 LCD 사업부에서 시니어 기구 엔지니어로 근무하고 있었고, 그는 세계적인 철강회사인 포스코 마그네슘 사업부에서 영업 담당 대리로 근무하고 있었다. 한국의 평창은 캐나다 앨버타주의 재스퍼나 밴프처럼 매우 아름다운 곳이다. 그로부터 3개월 전, 나는 '차세대 태블릿 PC의 몸체에 적용할 마그네슘합금 개발' 프로젝트를 시작했다. 프로젝트의 목표는 차세대 아이패드의 몸체에 마그네슘합금을 적용하는 것이었다.

• 임무

내 임무는 매우 새로운 소재인 마그네슘합금을 차세대 디스플레이 제품의 몸체에 적용해 가장 가볍고 날렵한 태블릿 PC를 생산하는 것이었다. 아울러 나는 몇 개의 프로젝트를 동시에 진행해야 했고, 집과 일터에서의 균형을 잡아야 했다.

• 액션

내가 9월 초에 새 프로젝트를 시작했을 때만 해도, 마그네슘합금 판재는 디스플레이 제품의 몸체에 적용하기 어렵다는 것이 널리 알려진 사실이었다. 왜냐하면, 디스플레이 제품의 몸체에 가장 필요한 90도 벤딩이 마그네슘합금 판재로는 불가능하기 때문이었다. 나는 기존에 정형화된, 한 가지 소재로 설계하던 방식을 깨 버리고 마그네슘합금과 알루미늄합금의 하이브리드 설계 방식을 고안해 내었다. 이는 마그네슘합금이 가진 취약성, 즉 90도 벤딩을 알루미늄합금으로 극복하기 위한 아이디어였다. 구체적으로 마그네슘합금은 디스플레이 몸체의 평평한 바닥 부분을 대체하고 벤딩 부위는 알루미늄합금으로 만들어서 두 소재를 결합하는 것이다. 이를 위해 나는 새로운 방식의 두가지 소재 결합 개념을 창안했다. 즉, 열쇠-자물쇠 또는 '남male-녀female' 결합 방법이었다. 매일 오전에는 새 프로젝트에 올인하고 나머지 프로젝트들은 팀원들과 분배해 진행하게 조정했다. 1년 전, 나는 애플의 K70 프로젝트에 참여하게 되어 애플 디스플레이팀의 앤디 쿠퍼Andy Cooper라는 기구 엔지니어와 친밀하게 지내며 1년이 지난 후에도 계속 연락을 하고 있었다. 나는 새로운 개념의 프로젝트를 앤디에게 이메일로 설명했고 그의 조언을 구했는데, 그는 나에게 혁신적인 생각이라며 존경의 표시를 해 왔다. 프로젝트를 성공적으로 마치고, 나와 심현수 대리는 어려운 프로젝트의 성공을 위한 파티를 준비했고, 우리는 두 가족이 함께 크리스마스에 강원도 평창으로 캠핑을 가기로 결정했다. 다행스럽게도 미스터 심 가족과 우리 가족은 캠핑을 즐기는 캠핑 마니아들이었다. 특히, 겨울 캠핑을 위해 우리 가족은 겨울용 캠핑 장비를 구입해야 했다. 예를 들면, 돔 형태의 겨울용 텐트와 따뜻한 침낭, 그리고 손난로 같은 것들이다. 프로 엔지니어로서 대학원에서 공부했던 박판금속성형에 대한 교과서도 빠뜨리지 않고 준비했다. 맛있는 음식, 별빛이 가득한 밤하늘과 따스한 모닥불, 그리고 신선한 공기와 수북이 쌓인 하얀 눈. 그야말로 너무 황홀했다. 우리 아이들은 미스터 심의 외아들인 심훈과 눈사람을 만들며 신나게 놀았다.

나는 그곳에서 봤던 아내의 행복한 미소를 잊지 못한다. 아내인 제니리는 당시에 너무 바쁘고 꽉막힌 한국 문화에 지쳐 있었다. 나는 때마침 제일 바쁠때라, 새벽 5시에 일어나 자정까지 일해야 했고, 월요일부터 일요일까지 일주일에 7일을 일에 묶여 살아야 했다. 휴식이 없었다. 대부분의 한국 직장인들은 회사에서의 극심한 경쟁에서 살아남기 위해 하루의 대부분을 직장에서 보냈다. 여유가 없었다. 상쾌한 분위기에서 푹 쉬고 나니 아주 편안한 마음으로 정상 생활에 복귀하게 되었다. 한번에 여러 프로젝트들을 관리해야 하기에 나는 하루의 스케줄 관리를 매우 빡빡하게 해야만 했다. 나는 세 명의 선임 엔지니어들과 미팅을 잡고 우리 팀에 주어진 업무를 공평하고 효과적으로 배분하기 위해 회의를 했다. 각각의 역할과 책임을 나누고 배분했는데, 첫째 선임 엔지니어는 새 프로젝트의 설계와 개발을 담당했고. 둘째 선임 엔지니어는 모든 제품의 소재 개발 및 연구를 담당했으며. 셋째 선임 엔지니어는 소니와 삼성전자 VD 사업부에 판매하는 32~55인치 프리미엄 핑거슬림 LED TV 설계를 맡게 되었다. 나는 오전에 새 프로젝트의 구체적인 내용, 즉 소재의 두께, 무게, 가격과 생산 공정 등에 집중했고, 동시에 포스코의 심현수 대리 및 애플의 앤디와 소통하면서 프로젝트의 가능성을 높여 나갔다. 점심 식사 후에는 위의 첫째와 둘째 선임 엔지니어들과 새 프로젝트의 소재 개발 및 설계 이슈에 대해 논의를 했고, 오후 3시에는 위 셋째 선임 엔지니어와 현재 진행되고 있는 소니와 삼성전자 VD 사업부 TV제품 생산에 대해 얘기를 나누었다. 3개월 동안 정말이지 집에 가지 못하는 때가 부지기수였지만, 여러 프로젝트를 동시에 성공적으로 끝마칠 수 있었다.

- **결과**

삼성전자에서의 개발 프로젝트를 묘사한 에피소드의 시나리오다. 에피소드는 머릿속에 형상화하기 쉬운 나의 실제 경험담을 말하며, 시나리오는 질문에 따라 바로바로 대답을 할 수 있도록 외우기 쉬운 영어 표현들이다. 4개의 에피소드와 시나리오 외에 여덟 개를 더 준비한 박 책임은 이제 실제 연습에 들어가야 했다. 그 전에 마지막 결과를 정리하는 시나리오를 작성한다. 모든 문장 앞에 As a result를 삽입하면 된다.

결과 정리

① Adaptability & Decisiveness

I could improve my ability & confidence to vary between being flexible and holding firm on my decision depending on the situation requirements. By maintaining a constant position in a self-assured manner, I was able to complete the particular task in a timeline & schedule.

(적응력 및 결단력, 저는 상황에 따라 융통성을 발휘해야 하는지, 아니면 확고한 결정을 내려야 하는지에 대한 저의 능력과 확신을 향상시킬 수 있었습니다. 자신 있는 태도를 유지하며 마감일 스케줄에 맞추어 저의 업무를 확실히 끝마칠 수 있었습니다.)

② Initiative & Perseverance

I could show my initiative to complete my task in the face of obstacles. By taking positive actions without request or need, I was able to get confident in my ability to take care of my mission.

(동기부여 및 인내력, 저는 어떠한 장애물이 있더라도 저의 임무를 해내겠다고 다짐했습니다. 굳이 필요가 없더라도 최대한 긍정적인 자세를 유지해 저의 업무를 완수할 수 있다는 자신감을 갖게 되었습니다.)

③ Interpersonal

I could work effectively with different people and teams by

putting them at ease. Respect for diverse opinions, relevant concerns resulted in the minimum conflict and the promoting harmony. I could achieve the group's goal by cooperating with others and working toward consensual solution.

(인간관계, 그들의 상황을 이해하고 도와줌으로써 다른 팀원들과 효과적으로 협력할 수 있었습니다. 다양한 의견에 대한 존중과 관심으로 충돌을 최소화하고 조화를 이룰 수 있었습니다. 또한, 모두가 동의하는 해결책을 얻기 위해 서로 협력하고 논의하는 태도를 발전시킬 수 있었습니다.)

④ Organization

I could enhance my ability to set priorities, to plan and effectively allocate appropriate resources. Attending to details turned out high quality outcomes. I could stay organized using my planner and smartphone in an effective way. Specifically, I was able to develop good habits to check the calendar before I go forward without consideration. Could set well-organized life style.

(우선순위 결정력, 저는 제가 가진 자원을 적절하게 분배해 효과적으로 계획을 세울 수 있었습니다. 디테일에 집중해 훌륭한 결과를 만들어 낼 수 있었고, 플래너와 스마트폰을 이용해 항상 우선순위에 민감하게 반응할 수 있었습니다. 특히, 계획을 확인하지 않고 행동을 먼저 하는 실수를 방지하기 위해 자주 달력과 스케줄을 확인하는 습관을 키울 수 있었습니다. 결과적으로 매우 잘 계획된 저의 인생 설계를 할 수 있었습니다.)

⑤ Stress Management

I could develop the ability to work well under pressure or opposition while maintaining effectiveness and self-control in the midst of stress, including emotional strain, ambiguity, risk and fatigue. Plus, I figured out the best way to deal with the stress in my life. Running, reading and listening to the music regularly with my family.

(스트레스 관리, 저는 극심한 스트레스와 감정적으로 피곤한 환경에서도 효과적으로 일할 수 있는 능력을 키울 수 있었습니다. 아울러, 정기적으로 달리기와 독서, 음악 감상을 통해 제 인생에서도 어떻게 스트레스 관리를 잘 할 수 있는지 알게 되었습니다.)

⑥ Valuing Service & Diversity

I better understand the multi-cultures and diversity based on the experience. It helped me expand my sound and good networking with others in local community. Humble attitude, fast feedback to the others and yield, generosity (let them go first), leniency turned out to be the best policy for new friendship.

(봉사활동 및 다양성, 실제로 겪은 경험을 기반으로 다문화와 다양성에 대한 이해를 높일 수 있었습니다. 이를 바탕으로 지역사회에서 저의 네트워킹을 넓힐 수 있었고, 겸손한 태도 및 적극적인 대응으로 새로운 사람들과의 관계를 지속 발전시킬 수 있었습니다.)

아내 소라와 상의한 박 책임은 먼저 시나리오의 완성도를 체크한다. 구어체로 머릿속에 완벽히 암기할 수 있어야 한다. 문법은 크게 중요하지 않았지만, 너무 틀리면 안 되기 때문에 구어체에서 자주 사용하는 것으로 작성했다. 박 책임이 작성하고 소라가 확인을 했기 때문에 크게 문제는 없는 것으로 확신한다. 질문지도 엄청나게 많은 양을 추리고 추려서 간략히 만들었다. RWR에 몇 명의 한국인 친구들이 있었다. 에드먼턴으로 유학을 와서 고등학교를 마치고 대학을 마쳤으나, 현재의 직업에 만족하지 못하거나, 오일 산업에서 정리해고를 당하거나 두가지 중에 하나인 경우였다. 박 책임처럼 한국에서 온 이민자로서 지원자는 그중에 없었다. 그들 모두 한국어와 영어가 가능했기에 질문지를 프린트해서 공유해 주었더니 너무나들 좋아했다. 그들도 BDI를 준비하고 있는 중이었다. 그들은 박 책임의 경쟁자가 아니라 친구이고 서포터였다. 서로 돕지 않으면 BDI를 통과하기가 쉽지 않았다. 어차피 인터뷰는 잘하거나 못하거나 인터뷰어가 합격, 불합격을 자의로 결정하는 것이기 때문에 최대한 많은 연습을 필요로 했다. 3월과 4월 중에는 월코에서 오버타임이나 토요일 근무가 없었기 때문에 최대한 주말을 이용해서 한국인 RWR 친구들과 서로 질문을 하고 대답을 받아 적으면서 연습을 한다. 아내 소라와는 매일 저녁 한 시간 이상씩 똑같은 연습을 계속 한다. 이제 박 책임은 열두 개의 에피소드를 머릿속에 완벽히 형상화 할 수 있었고, 모든 시나리오를 완벽히 처음부터 끝까지 또박또박 말할 수 있었다. 지원할 준비가 되었던 것이다. 마지막으로 RWR의 지휘관인 로버트 캐슬 순경에게 이메일로 자신의 준비상황을 체크받고 싶다고 연락하고 로버트의 답장을 기다린다.

"소라야, 이번에는 통과할 거야. 해 보니까 재미있네. 열두 개의 에피소드 말고도 얼마든지 인터뷰에 임기응변으로 대답할 수 있겠어. 그리고, 캐나다의 정부 잡은 모두 이 BDI 인터뷰를 하니까 이번에 아주 잘 준비하는 것 같아. 그냥 엔지니어 잡 인터뷰에도 크게 도움이 될 것 같구."

"근데, 자기 정말 경찰관 할 거야? 위험하지 않겠어? 왜 엊그제 코스트코 다녀오다가 주택가에서 신호등에 걸려 있을 때, 경찰관 몇 명이 중무장 하고 한 집을 에워싸고 있는 거 봤잖아. 집 안에 있는 사람이 총을 가지고 누군가를 위협하고 있는 것 같다고 했잖아. 나는 왠지 겁이 덜컥 나더라고. 그냥 엔지니어 잡을 구하는 게 더 낫지 않겠어?"

"야. 이제 와서 그게 무슨 소리야? 나도 자기 맘 다 알아. 그리고 위험하지. 안 그래도 순직하는 경찰관과 소방관이 1년에 몇 명씩 나온다잖아. 얼마 전에도 CBC 뉴스에 경찰관 두 명이 총에 맞아 순직한 사건이 있었다며? 한번 경찰이 되면 5년을 도로 경찰로 의무 복무해야 하고 그다음에야 범죄수사대CSI같이 좀 더 안정적인 곳으로 발령받을 수 있다는데, 그때까지 버틸 건지 아니면 그 전에 오일 가격이 올라서 엔지니어 잡이 충분히 안정적이다 싶으면 또 엔지니어로 지원을 하든지 결정하면 되잖아. 그래서 이거 시작한 거 아니었어?"

소라는 고개를 끄덕인다. 하지만, 한숨을 내쉰다. 맞는 얘기지만, 막상 남편이 캐나다의 현직 경찰관이 된다고 생각하니 겁이 나기 시작하는 것이다. 미국보다는 심하지 않지만, 그래도 북미라 총기 소지가 허락되고 심심치 않게 사망하는 경찰관이 1년에 몇 명씩 나오는 상황을 익히 알고 있기 때문이다.

한편, 박 책임은 윌코에서의 고달픈 포어맨 생활에도 점차 적응해 갔다. 힘들고 지치지만, 가족을 건사하고 생활비에 큰 보탬이 되는 직장이 있는 상태에서 EPS에 도전하고 있는 자신이 대견스럽다. 나이 사십이 넘어서 자기 자신이 대견스러운 것은 그다지 자랑할 일이 아닌 것을 이제서야 깨닫는다. 대견스러운 정도를 넘어서 현실을 직시하고 많은 것들을 통제할 수 있어야 했다. 다행스럽게 윌코라는 곳에서 직장을 구할 수 있었고, 또 정말 다행스럽게 EPS에서 경찰관을 모집하고 있었기 때문이지 밴쿠버에서처럼 아무런 구직의 기회가 없었다면 할수 있는 일이 아무것도 없었을 것이다. 많은 이들이 구직을 단념하고 실업급여에 의존하고 겨우겨우 살아갈 때, 박 책임은 윌코에서 계속 조경-건설 관련 일을 배운다. 발톱에는 피멍이 들고, 손바닥에도 여기저기 없던 굳은 살이 박혔다. 또 온몸의 쓰지 않았던 잔 근육들이 발달해서 이젠 블루칼라 노동자들의 삶을 피상적으로만 이해하고 있지 않았다. 실제로 체험하고 경험하니 생각했던 바와 많이 달랐다. 화이트 칼라 노동자들의 고달프고 힘든 삶에 비할 바가 아니었다. 박 책임에게는 훨씬 더 고통스럽고 일에 적응하기가 힘들었다. 블루칼라 일에 적성이 맞는 사람들은 몸을 쓰면서 자연스럽게 어떤 근육을 사용해야하며, 어떤 모션으로 움직이는 게 효율적인지를 직관적으로 깨달았다.

경험에 의해서도 매우 쉽게 익혔다. 하지만, 박 책임은 그게 안 되었다.
올해가 월코에서는 마지막이다.